复旦大学中文系作家班

创办 30 周年(1989—2019)纪念

复旦大学中文系高山流水文丛

顾问：陈思和　骆玉明　主编：陈引驰　梁永安

博士彰文联的道德情操

凡一平／著

复旦大学出版社

总序

"五四"新文学运动一百年来的历史证明：新文学之所以能够朝气蓬勃、所向披靡，为中国社会的进步和发展作出了那么大的贡献，一个很重要的原因，就是它始终与青年的热烈情怀紧密连在一起，青年人的热情、纯洁、勇敢、爱憎分明以及想象力，都为文学创作提供了丰厚的资源——我说的文学创作资源，并非是指创作的材料或者生活经验，而是指一种主体性因素，诸如创作热情、主观意志、爱憎态度以及对人生不那么世故的认知方法。心灵不单纯的人很难创造出真正感动人的艺术作品。青年学生在清洁的校园里获得了人生的理想和勇往直前的战斗热情，才能在走出校园以后，置身于举世滔滔的浑浊社会仍然保持一个战士的敏感心态，敢于对污秽的生存环境进行不妥协的批判和抗争。文学说到底是人类精神纯洁性的象征，文学的理想是人类追求进步、战胜黑暗的无数人生理想中最明亮的一部分。校园、青春、诗歌、梦以及笑与泪……都是新文学史构成的基石。

我这么说，并非认为文学可能在校园里呈现出最美好的样态，如果从文学发生学的角度来看，校园可能是为文学创作主体性的成长提供了最好的精神准备。在复旦大学百余年的历史中，有两个时期对文学史的贡献是不可忽略的：一个是在抗战时期的重庆北碚，大批青年诗人在胡风主编的《七月》上发表个性鲜明的诗歌，绿原、曾卓、邹荻帆、冀汸……形成了后来被称作"七月诗派"的核心力量；这个学校给予青年诗人们精神人格力量的凝聚与另外一个学校即西南联大对学生形成的现代诗歌风格的凝聚，构成了战时诗坛一对闪闪发光的双子星座。还有一个时期就是上世纪70年代后期，复旦大学中文系设立了文学创作与文学评论两个专业，直到1977年恢复高考的时候，依然是以这两个专业方向来进行招生，吸引了一大批怀着文学梦想的青年才俊进入复旦。当时校园里不仅产生了对文学史留下深刻印痕的"伤痕文学"，而且在复旦诗社、校园话剧以及学生文学社团的活动中培养了一批文学积极分子，他们离开校园后，都走上了极不平凡的人生道路，无论是人海浮沉，还是漂泊他乡异国，他们对文学理想的追求与实践，始终发挥着持久的正能量。74级的校友梁晓声，77级的校友卢新华、张锐、张胜友（已故）、王兆军、胡平、李辉等等，都是一时之选，直到新世纪还在孜孜履行文学的责任。他们严肃的人生道路与文学道路，与他们的前辈"七月诗派"的受难精神，正好构成不同历史背景的文学呼应。

接下来就可以说到复旦作家班的创办和建设了。上世纪八九十年代之交，复旦大学受教育部的委托，连续办了三届作家班。最初是从北京中国作协鲁迅文学院接手了第一届作家班的学员，正如《复旦大学中文系"高山流水"文丛》策划书所说的，当时学员们见证了历史的伤痛，感受了时代的沧桑，是在痛苦和反思的主体精神驱使下，步入体制化的文学教育殿堂，传承"五四"文学的薪火。当时骆玉明、梁永安和我都是青年教师，永安是作家班的具体创办者，我和玉明只担任了若干课程，还有杨竟人等很多老师都为作家班上过课。其实我觉得上什么课不太重要，我已经完全忘记了当初的讲课情况，学员们可能也忘了课堂所学的内容，但是师生之间某种若隐若现的精神联系始终存在着。永安、玉明他们与作家班学员的联系，可能比我要多一些；我在其间，只是为他们个别学员的创作写过一些推介文字。而学员们在以后的发展道路上，也多次回报母校，给中文系学科建设以帮助。

三十年过去了。今年是第一届作家班入校三十周年（1989—2019）。为了纪念，作家班学员与中文系一起策划了这套《文丛》，向母校展示他们毕业以后的创作实绩。虽然有煌煌十六册大书，仍然只是他们全部创作的一小部分。因为时间关系，我来不及细读这些出版在即的精美作品，但望着堆在书桌上一叠叠厚厚的清样，心中的感动还是油然而生。三十年对一个人的生命历程而言，不是一个短距离，他们用文字认真记录了自己的生命痕迹，脚印里渗透了浓浓的复旦精神。我想就此谈两点感动。

其一，三十年过去了，作家们几乎都踏踏实实地站在生活的前沿，在商品经济大潮的呼啸中，浮沉自有不同，但是他们都没有离开实在的中国社会生活，很多作家坚持在遥远的边远地区，有的在黑龙江、内蒙古和大西北写出了丰富的作品，有的活跃在广西、湖南等南方地区，他们的写作对当下文坛产生了强大的冲击力；即使出国在外的作家们，也没有为了生活而沉沦，不忘文学与梦想，是他们的基本生活态度。他们有些已经成为当代世界华文文学领域的优秀代表。老杜有诗："同学少年多不贱，五陵衣马自轻肥。"这句话本来是指人生事业的亨达，而我想改其意而用之：我们所面对的复旦作家班高山流水般的文学成就，足以证明作家们的精神世界是何等的"轻裘肥马"，独特而饱满。

其二，三十年过去了，当代文学的生态也发生了沧桑之变。上世纪90年代以来，文学已经从80年代的神坛上被请了下来，迅速走向边缘；紧接着新世纪的中国很快进入网络时代，各种新媒体文学应运而生，形式上更加靠拢通俗市场上的流行读物。这种文学的大趋势对"五四"新文学传统不能不构成严重挑战，对于文学如何保持足够的精神力量，也是一个重大考验。然而这套《文丛》的创作，无论是诗歌、散文还是小说，依然坚持了严肃的生活态度和文学道路。我读了其中的几部作品，知音之感久久缠盘在心间。我想引用已故的作家班学员东荡子（吴波）的一段遗言，祭作我们共同的文学理想：

> 人类的文明保护着人类，使人类少受各种压迫和折磨，人类就要不断创造文明，维护并完整文明，健康人类精神，不断消除人类的黑暗，寻求达到自身的完整性。它要抵抗或要消除的是人类生存环境中可能有的各种不利因素——它包括自然的、人为的身体和精神中纠缠的各种痛苦和灾难，他们都是人类的黑暗，人类必须与黑暗作斗争，这是人类文明的要求，也是人类精神的愿望。

我曾把这位天才诗人的文章念给一个朋友听，朋友听了以后发表感想，说这文章的意思有点重复，讲人类要消除黑暗，讲一遍就可以了，用不着反复来讲。我不同意他的观点，我说，讲一遍怎么够？人类面对那么多的黑暗现象，老的黑暗还没有消除，新的黑暗又接踵而来，人类只有不停地提醒自己，反复地记住要消除黑暗，与黑暗力量做斗争，至少也不要与黑暗同流合污，尤其是来自人类自身的黑暗，稍不小心，人类就会迷失理性，陷入自身的黑暗与愚昧之中。东荡子因为看到黑暗现象太多了，他才要反反复复地强调；只有心底如此透明的诗人，才会不甘同流合污，早早地离开了这个世界。

我之所以要引用并且推荐东荡子的话，是因为我在这段话里嗅出了我们的前辈校友"七月派"诗人中高贵的精神脉搏，也感受到梁晓声等校友们始终坚持的文学创作态度，由此我似乎看到了高山流水的精神渊源，希望这种源流能够在曲折和反复中倔强、坚定地奔腾下去，作为复旦校园对当今文坛的一种特殊的贡献。

复旦大学作家班的精神还在校园里蔓延。从2009年起，复旦大学中文系建立了全国第一个MFA的专业硕士学位点。到今年也已经有整整十届了,培养了一大批年轻的优秀写作人才。听说今年下半年,这个硕士点也要举办一系列的纪念活动。我想说的是,作家们的年龄可以越来越轻,我们所置身的时代生活也可以越来越新,但是作为新文学的理想及其精神源流,作为弥漫在复旦校园中的文学精神,则是不会改变也不应该改变,它将一如既往地发出战士的呐喊,为消除人类的黑暗作出自己的贡献。

  写到这里,我的这篇序文似乎也可以结束了。但是我的情绪还远远没有平息下来,我想再抄录一段东荡子的诗,作为我与亲爱的作家班学员的共勉:

> 如果人类,人类真的能够学习野地里的植物
> 守住贞操、道德和为人的品格,即便是守住
> 一生的孤独,犹如植物
> 在寂寞地生长、开花、舞蹈于风雨中
> 当它死去,也不离开它的根本
> 它的果实却被酿成美酒,得到很好的储存
> 它的芳香飘到了千里之外,永不散去
> 停留在一切美的中心
> ——《停留在一切美的中心》

2019年7月12日写于海上鱼焦了斋

目录

第一章 / 001

第二章 / 052

第三章 / 077

第四章 / 133

第五章 / 200

第六章 / 252

后记 / 259

第一章

1

我把米薇带去见李论的路上,米薇像只蛐蛐,在我的耳边聒噪。出租车虽然向着城内行驶,但米薇并不知道山本酒楼在什么地方,李论又是什么人。

我告诉她我也不知道山本酒楼在哪里,但我知道我们要去的地方,只有有权的男人和漂亮的女孩才能去。

米薇还不满意,非要问个明白。我说:"不过我没有权,可我的朋友李论有权。而你是个很漂亮的女孩,这连大学里的小孩都知道。"

米薇说:"学校里有很多漂亮的女同学,为什么只带我去?"

我说:"因为我只看好你。"

"我明白了,因为我很随便,"米薇说,她扭过脸去,用手擦了一下车窗玻璃上渗进的雨水,"因为我在学校谈情说爱……不,是男女关系出了名的。"

我哑口,一下子想不出妥帖的话。我看着米薇,想看她脸上是什么表情。她是不是生气了?她的眼睛有阴云吗?她的嘴是不是噘着?可我现在只看见她的头发。她的头发是金色的短发,街市上正时髦的一种,但在大学里却独一无二。

米薇是东西大学比较独特的学生,这是毫无疑问的。她至少和曼德拉上过床,这是我亲眼所见也是米薇承认了的。

曼德拉是我的学生,他不远万里,从非洲来到中国,拜我为师。

元旦的早上,我去留学生宿舍看望曼德拉,祝他新年快乐。

我发现米薇躺在曼德拉的床上。

那时候她已经留着这样一种头发,蓬松活泛,像沙滩上的水母,露在被子的外面。她的脸开始被头发埋着,不愿让我见到。后来我说曼德拉,待会校领导还要来看你,我只不过是打前站。她的头突然转动,像地球仪从西半球转到东半球,我这才看见是米薇的脸。

米薇的脸是东西大学最出众耀眼的脸,是公认的美貌,像一幅名画。但现在这幅名画被一个叫曼德拉的黑人留学生据为己有,藏在自己的宿舍里。这是犯众怒的事情,如果被校方和更多的人知道的话。

米薇脸向着我,对我微笑。我还以微笑。我看着屋子里七零八落的衬衫、乳罩、腰带、裤衩和鞋袜,说:"我这就出去。"

我前脚走,曼德拉后脚跟了出来,只穿着裤衩和披着衬衫。

"中国有句俗语,'家丑不可外扬',"曼德拉在走廊拉住我说,"你是我的导师,相信你是不会把你学生的事情讲出去的。"

我说:"放心吧,我不会。不过,你得叫米薇赶快走,待会校领导真的要来。"

曼德拉应声回了宿舍。

五分钟后,我在留学生楼的门外看见了匆忙走出的米薇。她看见我,没打招呼就从我身边走了过去。我想我一定是把米薇得罪了,可是我又想我得罪她什么呢?我事先并不知道她和留学生有染,我又不是故意的,再说我根本没把这事张扬的打算。正这么想,米薇回转身,走到我的面前。

"彰文联老师,"她说,"你其实应该为你的学生感到自豪,因为能和我米薇上床的男人,是你的学生。曼德拉是用花言巧语把我诱上床的,并且使用的全是中文。这可有你的功劳,你教导有方。不过,我是自愿的。"米薇说完便是一笑,那笑怎样看都像一只旋涡。

那旋涡又出现了,米薇的脸转了过来。我以笑相迎,我想接下来不管米薇说什么,我都笑着。

"彰老师,你有外遇吗?"米薇说。

我笑着摇头。

"我不信。我不信除了你夫人,你一个女人也没有。"

"结婚前有过,但那是不能算是外遇的。"

"算是什么?尝试,对不对?"

我笑着不答,脸朝前。从车前挡风玻璃的反光镜里,我发现出租车司机也在笑。"结婚以前那叫考驾照,"我说,"结婚后恪尽操守,就不再违章了。是不是师傅?"

出租车司机还是笑,雨帘厚厚地遮着窗外,使得反光镜里的笑容特别清楚,像暗房里放的幻灯片。

"师傅,到哪了?"我问。

"已经在民生大道上,"出租车司机答,"再有两公里,就到了。"

我伸头去看车上的计程表,计费现在是二十八元,按每公里一点六元算,扣除起步价七元,我们已走了大约十三公里,还要走两公里,这也就是说东西大学和山本酒楼的距离是十五公里。我们就要到山本酒楼了,李论就要见到我给她送去的女大学生了。

李论在山本十八包厢等我们,是穿和服的小姐把我们带进去的。那小姐走着日本步,却讲着地道的中国话。

"李老板,您的客人到了。"她对坐在沙发上的李论说。

李论放下手中的茶杯,朝来人欠了欠身,二话不说。他的眼睛像两个齿轮,目光炯炯地照射米薇。米薇像一张图,放在了扫描仪里。

"这是米薇,"我看图说话,"东西大学最漂亮的学生,大四,外文系。"

李论听一句,喉咙里就噢一声,加带点一次头。我的话好像是撒下的一把米,而李论则像一只公鸡。

"这就是李论,"我说,"省计委计划处处长。凡是大的项目或工程,都得经过他的手。"

"你不是说他还是你的朋友吗?"米薇说,她觉得我介绍得不够。

"这要看李处长的态度,"我说,"我们过去是朋友,高中时曾同穿一条裤子。现在不穿了,不知道还算不算?"

"当然,"李论说,"你比过去还够朋友。"

"何以见得?"我说。

"这还用说吗?"李论看着米薇,像为他的结论指证。

米薇也不会装傻,说:"是呀,我这样的学生,彰老师也舍得带来见你,真是两肋插刀。"

我说:"你话里藏刀。"

米薇笑。

我说:"你笑里也藏刀,我最怕你笑了,你的每个笑都隐藏着危险。"

米薇说:"那以后我不对你笑了,我对你哭。"

李论说:"把笑给我吧,我不怕危险,我喜欢挑战。"

米薇冲着李论一笑。李论高兴地说快请坐。

我和米薇合围着李论坐了下来。穿和服的小姐跪着给我们倒茶,递热毛巾。这才像日本人,我心里想,而我的嘴里却说这个酒楼起什么名字不好,为什么要叫山本?是日本人开的吗?李论说是个鸟日本人,我批的我还不清楚?这是地税局的房子,当初报告的时候说是建办税大楼,房子起好后,变酒楼了。我说允许这样呀?李论说酒楼开张,有钱的请有权的,都来这里吃,还说允许不允许?

我说:"那山本是怎么回事?"

李论说:"这还不明白?冠个东洋名,装作外资企业,好洗钱好避税呗。"

我说:"税务局都这么干,谁还愿缴税?"

李论纳闷地看着我,说:"你问得真奇怪,你们大学成千上万地收费,难道就没人上学了吗?"他转过脸去看米薇。"是不是米小姐?"

"我叫米薇,别叫我小姐。"米薇说,口气像挺严肃。

李论忽然觉悟什么,"噢,对不起,"他说,"我忘了,好女孩已不能叫作小姐了。"

米薇说:"那你还是叫我小姐吧,我已经不是好女孩了。"

李论说:"谁说不是?我看你是。"

米薇说:"你问彰老师,我是不是?"

我说我可没说过你不是。

李论一举手,说不说这个,进去吃饭。他屁股离开沙发,抬脚朝一面墙走去。就在我纳闷的时候,那面墙突然开放,露出又一个包厢,又一个日本秀跪在包厢口做恭候状。我和米薇跟着李论走了进去。包厢里有一张桌子,桌子上有一个火锅,有筷子、杯子和碗,就是看不见凳子。李论一屁股坐在地板上,把腿盘了起来,俨然小日本做派。我和米薇也不例外,但我们看起来更像中国北方坐在炕上的中年汉子和小媳妇,所有的动作、姿态显得特别的慌乱、别扭和老土。

一丝不易觉察的耻笑掠过李论的嘴脸,它像一支看不见的毒箭,射进我的胸膛。日本秀这时候掀开锅盖,一团蒸汽腾腾冒升,像云雾掩盖山峦遮住李论的嘴脸,却挡不住他的声音。

"我们来这里主要是喝汤,"李论说,"这里的汤是全市最好的汤,找不到第二家。"

米薇说:"那这是什么汤?"

李论说:"这个汤没有名字,它好就好在没有名字。"

米薇说:"为什么没有名字?"

李论说:"因为它的美味根本无法用文字来概括和表达。再美的女人都能用语言来形容,但这个汤不能。"

我说:"但总是能用钱来计算和衡量,它总不能不要钱吧?"

李论说:"你说得好,这个汤是一千六百八十八块钱。"

米薇的眼睛瞪得像患了甲亢,说:"没有吧?"

李论说:"喝了再说,你就知道值不值。"

蒸汽慢慢消减和平息,日本秀已舀好了汤,摆放在我们各位的面前。我看着我面前的这碗汤,就像我小时候看着不容易看到的一本书,或者说像看着宝贝一样。汤碗里还有我没见过的肉,就像我不认识的字一样。小时候遇到不认识的字,我就去问老师。现在遇到没见过的肉我只有问李论,如果我想知道的话。

"这是什么呀?"米薇搅动着自己那碗汤问,她也不认识汤碗里的肉。

李论趁机把屁股挪得离米薇更近,瞅着米薇碗里的肉说这是山瑞。米薇说哪个ruì?是尖锐的锐吗?李论说不,是董存瑞的瑞。米薇说有这种动物吗?李论说有的。米薇挑动另一块肉问这又是什么?李论说这是鹰呀。你碗里这块是鹰的胸脯。米薇说是养的吗?李论说不是,鹰怎么能养呢?是野生的。今天这锅里的东西全是野生的,有蛇,有龟、蛤蚧,还有穿山甲等等。米薇说这是保护动物,可不能吃。李论说放心吃吧,它们都是从越南跑过来的,不受本国保护。米薇被李论的幽默逗笑,说没有吧,我可是去过越南的,我在越南见习了半年,可从没吃过这些东西。李论说你是什么时候去的越南?米薇说就上学期呀。李论说噢,它们是1979年,中国一改革开放,就跑过来了。米薇说1979年?我还没出生呢。它们的岁数可比我还大。李论说姜是老的辣,汤是老的甜。野生动物是越老越补,这个汤下午就开始熬了,现在正好。

喝吧试试。米薇舀了一匙羹,运到嘴边,张口又说没事吧?李论说男的喝了健身,女的喝了美容。米薇说只要喝了不发胖,我就喝。

米薇在李论的鼓动和注视下把汤喝了,把肉也吃了。她喝得缓慢,吃得舒服,那汤和肉在她嘴里仿佛是男友的唾液和舌头,堵得她气喘和沉醉。毫无疑问她是喜欢这种汤肉的。

当然我和李论也把汤肉喝了吃了。我喝了一碗,还想再来一碗,李论把杯举了起来,说干杯。酒是已经倒好了的,红黄红黄的,看上去像是茶水。三人碰杯后全干了。

"哇!"米薇难受得叫了起来,"这是什么酒呀?好辣!"

"这是泡酒。别误会噢,是浸泡的泡,不是大炮的炮,"李论启发式地说,"是酒楼自己泡的酒。"

"用什么泡的?"米薇说。

李论神秘兮兮看着米薇,说这可不好说。米薇说有什么不好说的?李论说说了怕你不敢喝。米薇说我不是已经喝了吗?李论说那我说了,你还得继续喝呵?米薇说好吧,你说。

李论说这是乌猿酒,猿,就是猴子。米薇一听,喉咙"噢"地发声,背过脸去想呕。李论忙伸出手去轻轻拍米薇的背,说我不说就好了,都是你让我说。米薇咳了几声,清了清喉咙后,把脸转了回来,说没事了。她看了看我,说彭老师,你怎么一点反应都没有?我说我还没喝够,所以没反应。米薇说你还想喝呀?我说干嘛不喝?喝了这种酒,能使人变得聪明。米薇说去,我才不信呢。我说你看,你不是变得聪明了吗?

米薇情绪又好了起来,汤照喝,但乌猿酒是怎么说也不喝了。李论又是哄又是劝,他的意图我很明白,就是要把米薇搞醉。

"乌猿酒你不喝,别的酒你要喝,"李论说,他没等米薇答应,看着日本秀,"换酒!"

米薇说:"别的酒我也不喝。"

"茅台?"李论说。

米薇摇头。

"五粮液?"李论又说。

米薇又摇头。

"那你想喝什么酒,你说?"

米薇说:"什么酒我也不喝。"

"人头马,"李论说,"人头马你也不喝吗?"

米薇这下没有摇头,说:"人头马,我喝。"

李论朝日本秀一扬手:"上人头马!"

"嗨,"我看着米薇,"开什么玩笑?"我又看着李论,"米薇是开玩笑。"

米薇说:"我不开玩笑,他上人头马,我就喝。"

李论说:"我也不开玩笑。"他又朝日本秀扬手,"上呀!"

我很清楚地听见日本秀在包厢里给服务台打电话:十八厢上一瓶人头马。我想米薇和李论也不会听不到,可他们装聋作哑,一个看着一个,用眼神表达什么。我试图听懂他们眼睛里的话——

米薇:我让你阔,你阔呀?

李论:我就阔给你看,又怎么的?

米薇:那你舍得上人头马,我又有什么舍不得喝的?

李论:我就希望你喝,就怕你不喝。

米薇:我喝了你想把我怎么样?

李论:把你弄到床上去。

米薇:和我上床可没那么容易。

李论:除非你不醉。

米薇:我醉又如何?

李论:你醉了就由不得你。

米薇:我还有彰文联老师在呢,是他把我带出来的。

李论:就是他把你带来给我操的呀!

米薇:他为什么要这样做?

李论：他要求我办事呀，要请我吃饭。我说请人吃饭，不如请人出汗。现在操别的女人已经没劲了，就想操女大学生，把个把女大学生介绍过来吧。彰文联说我可以把女大学生介绍给你，但能不能操是你的事。我说那当然，你只管把人带来，能不能操不关你的事。彰文联说那好，我找个女大学生介绍给你。我说一定要漂亮呀？彰文联说我把我认为漂亮的带给你，你认为不漂亮可以再换。我说那太好了。彰文联说我把女大学生带去给你，那我们学校放在你那的项目报告？我说日后再说。

米薇和李论四目相视，他们眼睛里的话没有声音，却比有声音更使我感到震颤。他们的目光犹如雷电，把我扯了进去。我被李论暴露了，或者说他把我出卖米薇的秘密给出卖了——

我把一名漂亮女大学生送给李论，就是为了一份报告。

那份报告放在李论那里已经半年了，至今没有动静。黄杰林便叫我去找李论，他现在是大学的副校长，不知他是怎样知道李论和我是老乡加朋友，他说通过你们是老乡和朋友这层关系，把报告给搞清楚了。

我说我恐怕不行。

他说你人还没去，不要说不行。

我说我不行的，你去才行。

黄杰林说我行就不找你了。

我说你是学校领导都不行，我更不行。

黄杰林说你评不上教授，你有情绪我知道。但这事还非有你不行。黄杰林摸着自己的胸口，说只要你把报告……只要你把李论这一关打通了，明年再评审的时候，我一个评委一个评委地去做工作，你教授还评不上我不做这大学的副校长，我向你保证。

我说不要你保证，因为我已决定不要这个教授。

黄杰林说那你要什么？你说。

我说我只要学校放我走，我老婆在外边已经等了我三年，我再不走，就算我能熬，我老婆可不能再熬。

黄杰林笑道谁让你熬，学校虽然没让你走，可没有让你熬呀？不要自己压抑自己嘛。

我说你的意思是允许我搞婚外恋，或煽动我嫖娼？

黄杰林说你篡改我的意思了。

我说你什么意思？

黄杰林说我的意思就是不要压抑自己嘛。

我说那我只有手淫了。对，没错，我手淫，我为祖国献石油。

黄杰林哈哈笑过之后，说你还是为学校做贡献吧，只要项目争取下来，你贡献可大了，到时候你要什么给你什么。

我说这可是你说的？

黄杰林说我黄杰林说话算话。我授权你代表学校，用车，用钱，用什么方法都行。

我说那好，我试试看。

于是，我找了李论。

李论让我给他找个女大学生，我就把米薇给他找来了。

人头马送上来了，摆放在桌上。它像一簇带刺的鲜花，我不敢碰，米薇也不敢碰。李论说我来。他抓过酒瓶，把瓶盖打开，往米薇的酒杯斟酒。然后，他说来，干！米薇看着我们，说你们不喝呀？李论说人头马是专为你点的，我们喝我们的泡酒。米薇说我一个人喝这么一瓶？想弄死我呀？李论说你爱喝多少喝多少，不强迫你。米薇说这可是你说的？李论说我说的。

米薇自愿举起杯子，干了第一杯人头马。她叹了一声，吐出舌头。李论说怎么样？米薇说好喝。她看着我，说彰老师，你也喝呀？我说我不喝。米薇说这么好的酒你不喝，你真笨。我说所以我得继续喝乌猿酒，等我变聪明了再喝人头马。米薇说随你的便。

李论亲自往米薇的碗里舀汤和肉，说大学里伙食不好，你要多喝点多吃点，呵？米薇说谢谢。她喝了两口汤吃了一块肉，然后举杯，说李处长，我敬你一杯。李论说叫我李论，或者叫李哥。米薇说李哥，我敬你一杯。李论说好。两人干杯。

接下来李论举杯敬米薇，米薇说你先敬我彰老师呀。李论说好。他将手向一变，杯子转到我的前面。我们两兄弟干一杯，他说。我说好。李论和我干杯后，把杯子朝向米薇，说现在我可以敬你了吧？米薇说倒酒呀。

米薇断然接受李论的敬酒，像球员从队友那里接过传球，朝下半场跑去。我本来可以拦住她，不让她再往下走。但我没有拦她。我放任她甚至纵容她随心所欲。她的酒量就要到了底线。

"我们划拳好不好？谁输了喝酒。"李论看米薇有些晕乎后说。

米薇说来就来，我们来石头剪刀布。李论说同意，这是你们女孩子的强项。两人开始出手。米薇出剪刀，李论出布。米薇说你输了。李论说好，我喝酒。米薇得意地看着李论把酒喝了下去。接着，米薇出石头，李论出布。米薇说哎呀我输了。她喝了酒后说再来。李论出石头，米薇出剪刀。李论说你又输了。

米薇连续输了几轮，说不来了，我老是输。李论说那我们玩牌好不好？比大小，纯粹是赌运气，我相信你运气一定很好。米薇说是吗？

李论叫日本秀拿来一副扑克。这次是我们三个人一起玩。每人抽五张牌后打开，顺牌比有对大，有对比没对大，都没对的时候A最大，2最小。

米薇的运气看上去不错，我和李论喝得都比她多。其实，这是我和李论玩弄的一种伎俩，当米薇把牌打开的时候，我和李论只有一个人开牌，另一个人认输，认输的人也就不必开牌了。李论和我这么做，是因为我们不想使米薇喝得烂醉。我需要她保持自制，而李论则需要她保持亢奋。

屡屡赢牌的米薇越来越高兴，她看着我和李论把一杯又一杯酒喝进嘴里，就像热情的球迷看着球星把球送进篮框一样。

后来，我和李论双双举手投降，都说不喝了。李论说买单吧。我说好。我招呼日本秀说买单。

账单送了上来，日本秀问谁买单？李论用手指着我，说他买。他迅速朝我使了一个眼色。我把账单接了过来，一看傻了眼。

"多少？"李论说。

"三千二百零八。"我说。

李论问日本秀："打折了没有？"

日本秀说："打了，八折。"

我看着账单，迟迟不掏钱。

李论说怎么啦？我看着李论，他正在向我眨眼。

"我没料到这么多，所以没带够钱。"我说。

李论说那我买吧。他的手朝屁股伸去，我忙坐起来去阻止他。我说哪能让你买单，不能，绝对不能！我看了看手表，说时间还早，这样吧，我出去拿钱。我有卡，我到有自动取款机的地方取，我这就出去。我站起来，边迈出包厢边说米薇，你在这里陪着李哥。

我离开山本酒楼，像一个纵火的人，离开现场。我希望我点燃的欲火在我走后熊熊燃烧，但又害怕被发现，被见义勇为的人捉拿。我躲在民生大道边上的棕榈树下，心神不宁地观望。我望见山本酒楼灯火璀璨，像一座金山，又像一座火山。我想象那金山火山上的人，特别是其中两个人，正在分享和切割黄金，或者正在被烈火融化。

2

李论恼怒地在电话里鸟我："我让你找大学生，你怎么给我找了个鸡来？"

我说谁是鸡啦？

"就是昨天你带来的那个,她实际上是个婊子。"

我说她怎么是婊子啦?她明明是外语系四年级的学生,有校徽,有档案,有学生证,她怎么成婊子啦?

"要了钱才让操的女人,你说是不是婊子?"

我说她跟你要钱啦?

"不要钱?不要钱我能说她是婊子吗?"

我说这到底是怎么啦?

李论说你过来再说,顺便把昨天吃饭的发票给我报了。

我去见了李论。我们在省老干部活动中心旁边的大唐茶楼会面。中午的茶客比较少,我们依然选了一个角落坐下。茶水点心上来后,李论和我面面相觑,看谁忍不住先笑。

结果是我先笑。李论跟着笑后说你笑什么?我说你笑什么?李论说我笑我自己操来操去,想从良搞个干净点的纯一点的,结果最后……我操!

我说我也笑我自己找来找去,想找一个很漂亮很甜的给你,想不到……看来我的礼物是白送了。

"也不能算是白送,"李论说,"话又说回来,她和街市上的婊子还是不同的,她毕竟是大学生,因此你还是有贡献的。"

我说她到底怎么啦?说说看。

李论看了看旁边没有别人,说好,你也不是外人。

——昨天你不是借故走了吗?你走了以后,我就说彰文联这小子,不会回来了。米薇说为什么?他不是说取钱去了么?我说取什么钱?大学老师能有几个钱?他取钱是假,逃跑是真。米薇说怎么是这样?不会这样的,彰文联老师不是这样的人。我说他就是这样的人。我中学的同学、同乡、同宿舍,我还不懂他?然后我就开始恶毒地攻击你。我说你是个很精明的人,你整个的中学时代,都在蹭我的饭吃。我和你去电影院,快到电影院的时候,你就开始落后,然后电影票自然是由我来买。这当然不是事实,可是为了证实你不会回来了我必须如此贬你。米薇说那现在怎么办？我说怎么办？我买呗。

——我把单买好后，米薇说我怎么办？彰老师跑了，把我一个人扔在这，我怎么回去怎么走呀？

——我说你不能走，你得留在这里做人质，等彰文联把钱拿来了你才回去。

——你开玩笑？米薇说。

——我不开玩笑，我说，你是得留下。其实这是你彰文联老师把你留下的，不能怨我。当然，我也希望你留下。

——米薇说留就留，你以为我怕么？反正今天是周末。

——我说这就对了。我现在就带你到宾馆去。

——米薇没有反对。

——我在新都宾馆要了一间房，六百三，还是打了折的。米薇走进房间一看就说我的天哪，你居然让人质住这么好的房子？！我说没办法，谁让我是一名怜香惜玉的绑匪呢？也因为你是天之娇女，身价高呀！米薇一跃趴在床上，说彰老师彰老师，你可别那么早来赎我呀，让我在这好好睡一觉吧。我说彰文联彰文联，你可听见了？你最好永远都别来领人。米薇继续趴在床上说那我不是没命啦？你撕票怎么办？我说哪里，谁敢害你，我不会害你的。我宠你爱你还来不及呢。米薇说我醉了。然后就不说话了。我说小米？米薇？米薇还是不说话，好像是睡着了。我轻轻拍了拍她的背，没有反应。然后我就开始撩她。我的手像梭子穿过她的头发，又从她的头发滑下来，落到背上，变成了熨斗，它贴在裙子上熨来熨去，我感觉它的温度是越来越高，高得已使我浑身燥热。于是我想该熨裙子的另一面了。

——我把米薇的身子翻过来。熨斗继续工作，但是没有那么顺畅了，它在熨胸口的时候出了事故。米薇像着了火似的睁眼坐立，把熨斗推开，说干什么嘛？我知道这种时候就像骑在虎背上，不能软弱。我抱住米薇,把她压了下去。米薇不愿服从地扭呀扭,但我可是喝了酒的武松。我三下五除二,米薇很快就温顺了。她说我依你,但是你要答应我。我说你说,你说什么我都答应你。她说你不能白玩我。我说那是。她说我要读书还要出国。我说需要多少你说?她没说。我心急火燎,说你快说。她突然哭了,眼睛有水,像是真哭。我放开她,掏出钱包,把所有的钱都抽出来,大概有两千多三千块。我说现金只有这么多,愿意我就给你。她没说愿意也没说不愿意。我把钱搁在枕头边上。她眼睛一闭,说你可以等我睡着了你再上来么?

李论说到这,不说了。他像一个会说故事的人,留了个包袱给听故事的人。而我也不需要他像罪犯一样把事实经过一五一十地坦白交代,因为我不是警察。我不仅不是警察,而且还是他的帮凶。我帮助他实现睡女大学生的欲望,我做了我能做的一切,但最后李论并不满足。他看上去挺失望。

我食指敲了一下桌子,说拿来吧。李论说什么?我说发票,昨天吃饭的发票。李论一面拿发票我一面拿钱。我把早备好的钱往桌上一搁,然后往他身前一推。三千二百零八,我说,你数一数。李论说要三千得了。他拿起钱,把二百零八退给我。我说不要。李论说伤你自尊啦?

我说我哪有自尊?我已经没有自尊了。

"你们学校搞的那个项目,我一定会弄好的。"李论说。

我说:"怎么?还有希望?"

"没有希望我能把发票给你报呀?"李论说。

"我以为完了。"我说。

"你出面怎么会完呢?"李论说,"你出面就不同了。"

"谢谢。"我说。

"朋友兄弟,不用言谢。"

我说:"是大恩不言谢,好,我不言谢。"

"听你的意思,好像项目拿下来,你好处大大的?"李论说。

我说:"是的,项目批下来,我就可以离开东西大学了。"

"去哪?"

"出国呀,我老婆在英国,等我过去。"

"我操,就这点好处呀?"

"对我和我老婆来说,是大功告成或功德无量。"

我给李论添茶,李论看了看表,说:"好啦,你回去吧,等着,我会让你得好处的。"

3

我坐在讲台上,手里举着一本书,书的封面对着学生。我说谁看过这本书?

教室里哗然一片,像炸开的锅。我等着学生们静下来,目光趁机在教室里搜索。

我看见曼德拉,也看见米薇了。但是他俩没有坐在一起,这是我注意并且发现他们私情后两人第一次隔开听课。

曼德拉还坐在平常的位置上,而米薇竟和他隔了三四排。我看得出他俩出了问题,我似乎也清楚他俩的问题在哪——那肯定是和上礼拜米薇的夜不归宿有关,当然也和我有关,因为上周末是我把米薇带出去的,我一个人回来。我是他俩之间矛盾的制造者,但是他们却都来听我的课。曼德拉是我带的研究生,我的课他不得不来,尽管我这门课主要是对本科生上的。而米薇是完全可以不来的,因为她的专业是英语,中国文学不是她必修的课程,虽然她也可以选修并从此拿到学分,但选修的原则是自愿、喜欢,事到如今,难道我或我的课还没有令她生厌吗?

教室里的喧哗逐渐平息了下来,我的目光和心思回到书上。

"听同学们刚才的口气和看你们的神态,"我晃动着书本说,

"我敢说你们都看过这本书,因为它是《上海宝贝》。"

一阵笑后,我边指着封面上的女郎边说这一节课就上她。又一阵笑后我说知道她是谁吗?

众口一词:卫慧。

我说对,书的作者。怎么样,她?

有男生说挺漂亮。还有男生说挺性感。又有男生说我有点挺不住了,老师。

我说你得挺住,因为卫慧是个喜欢挑战男权的人。如果你连四十五分钟,我是指这节课呵,现在只剩四十分了,如果你连四十分都挺不住的话,卫慧会很失望的。

课堂爆笑后,我又说女同学的看法呢?

有女生说风骚。还有女生说做作。又有女生说我可以在课堂上呕吐吗,老师?我说可以,但是你得小心别人说你和卫慧是同一另类,因为卫慧说或卫慧在小说里说,她只在两种情况下呕吐,一、没有大麻,二、怀孕。

请求呕吐的女生在哄堂大笑中愤然起立,欲离开教室。

我说:"你可以等我把话的意思表达完毕再走吗,玉昆爱同学?"

玉昆爱没有理会,离开座位朝教室的后门走去。

"我想,这可能是我的最后一课了。"我说,"当一名教师连说错话的权利都没有的话,当教师真没意思。我错了,很对不起玉昆爱同学。"

玉昆爱走到后门门口的时候停了下来。她回身坐在后排的空位上。

整个教室的目光又回到我的身上。从窗户射进的阳光照在《上海宝贝》上。

我把《上海宝贝》往桌上一撇,说害人不浅呀!这本书究竟害了多少人?谁也没办法统计。我所知道的,它首先把出版这本书的人给害了,这个人叫安波舜,是春风文艺出版社的总编辑,"布老虎丛书"的策划者,但自从策划出版了《上海宝贝》,他就只能跟这两项宝贝职务说拜拜了。其次是差点害了我,如果刚才我不及时道歉或检讨,我这副教授的形象也就毁了。唯一没有受害的可能就是卫慧,她现在靠着《上海宝贝》的稿费买了豪宅、汽车,还有一顶"美女作家"的花冠戴在她的头上。卫慧是不是美女?从封面上看,她是,但这是影楼的杰作。卫慧本来不是美女,但是她走进影楼,给化妆师粉饰了一个下午,拍了照片,再经过几个编辑、评论家的吹捧,就成了美女。

"彰老师,你见过卫慧吗?"有学生问我。

我说:"我没见过,但我敢肯定,我们在座的任何一位女生,都比她漂亮。"

一学生:"那老师为什么还要上她?"

我说:"因为我勇敢呀。都说《上海宝贝》是一部不健康的作品,是吧?卫慧呢,是一个有缺憾的作家,是吧?尽管她看上去很美。这样的作品和作家,别人是不敢拿到大学的讲坛上来评讲的,但是我敢。我为什么敢?因为我不怕明天就有人攻击我是个诲盗诲淫的教师。再说你们也不是未成年人,你们是大学生,我不怕也不担心你们的鉴赏力、辨别力、免疫力和抵抗力被这本书腐蚀和摧毁。即使我不评讲,你们其实也都在读和议论这本书。与其让这本书私下里抢手流行,津津乐道,不如摆到桌面上来、课堂上来,明断是非。你们说怎么样?"

学生们用热烈的掌声,鼓励我往下讲。我又一次举起《上海宝贝》,"生活中的卫慧并不漂亮,"我说,"但封面上的她是漂亮,她看上去很美。就是说这是一个被包装过并且包装得颇到位的作家,也可以说是一件很有卖点的商品。它的卖点在哪里?一个字,性。"我把"性"字写在黑板上,接着说:"大家不必对这个字讳莫如深,我们今天就正视它。关于《上海宝贝》的性描写……"

我一口气讲了近四十分钟,像一挺机枪,向我瞄准的对象扫射。我语言的子弹,没有遮拦地打在《上海宝贝》上和"美女作家"的身上,虽然我当着学生的面,但他们不过只是听众或就像观众,耳闻目睹《上海宝贝》和"美女作家"是如何遭到我的抹杀,在我的讨伐中玉殒香消、体无完肤。我无情的打击和解剖让学生惊愕,就好像我已变成了刽子手或变态的杀人狂。

我的感觉在下课后得到证实——我走在从教室到宿舍的路上,看见米薇彳亍在路边的一棵树下,她显然是在等我,有话和我说。

我主动靠过去,说:"你好,米薇。"

米薇没有答应。她的不礼貌使我感到一种不祥。我立刻又想起了我把她扔给李论的那个晚上,我是有罪过的,如果她确实感觉受到伤害的话。我准备向她道歉,现在就道歉。我说:"米薇,对不起,那天晚上我……"

米薇掀起手掌,打断我说:"不说那晚上。"

我说好,不说。

她看着离路边更远的树,说害怕别人说你闲话吗?

我说不怕。

于是我们走进了林子,经过一棵又一棵的树,像交友的男女似的穿梭,可我清醒意识我们不是在交友,而是在变成敌人。

"你今天的课我去听了。"米薇说。

"我看见了。"我说。

米薇瞄着我抱在手里的教材,说:"你不是很讨厌美女吗,干嘛还当宝贝似的抱着不放?"

我说:"这是教材,我不能扔呀。教授扔了教材,不就像当兵扔了枪支一样么?"

米薇说:"对,你不能扔,这是你的饭碗、武器。你还得靠美女要饭吃饭打天下呢。"

我听得出米薇的话一语双关，说："是的，美女是财富、宝贝，人皆爱之，美女无敌呀。"

"那你为什么对美女那么深切痛恨，无情抨击？"米薇盯着我说，"你不觉得你有些变态么？"

我望着米薇盯我的眼睛，像面对两个向我报复的枪眼，那随即喷发的火焰，在迫使我投降。我愿意投降。

"我变态，"我说，"我是个两面人，一面是教师，一面是文盲，不，法盲。或者说一面是人，另一面是兽。"

米薇破怒为笑，看上去她对我的检讨还满意。我们相处的气氛回到了从前。

米薇问我晚上可不可以请她吃田螺，这是我们和好如初的标志。我说可以呀，叫上曼德拉一起。米薇说叫他干什么？我说平时我们总是一起的呀。

米薇说："我和他已经吹了，你不知道？"

我说为什么？

米薇说："玩腻了。他对我已经没有什么新鲜感。他的中文其实说得并不好，所用来哄女孩的花言巧语全是过时的了。"

我说："你就因为这甩了他？"

米薇说："彰老师，你的学生占了我的便宜，而我对他一无所求，这已经很对得起他了。"

我想说那我是不是得替他感谢你，但我没说。

"那……晚上我请你吃田螺。走吧。"我说。

我们走出林子。

4

这两个找我谈话的政工干部一男一女，男的严肃，女的也严肃，我原以为是校纪委的，但不是。他们说他们是校组织部的，他们带来校委会的决定，拟任命我为校学生工作处的处长，问我有什么意见。

我愣了半天，一下子没有从错误的思路转过弯来，而还在往下走。我想我惹祸了，这祸因我而起，受害人是米薇，学校肯定知道了。我犯了错误，应该受处分。

"你考虑好了吗？"男干部说。

"什么？"我还在懵懂。

"关于对你的任命呀。"女干部说。

"没搞错吧？"我说。

"你这是不相信组织，"男干部说，"人事问题，怎么会搞错呢？"

我说我是一名教师，不会搞人事呀。

女干部忽然露出笑容，看上去平易近人了些，她说我原来也是教师，后来才搞行政。你可能不知道我，但我知道你。你的文章我读过，你上课很受学生欢迎。你没结婚的时候，我和你爱人曹英是隔壁宿舍，你当然不会注意到我。我说哪里，我想起来了。实际上我并没有想起来。我说好几年了呵，我以为你出国了呢。她说我哪有你爱人有本事呀。我一直在学校里。我说这大学太大了，同一地面上都没碰面。她说你也从政了，以后就常碰面了。我说是真的吗？她说当然是真的，这是经过领导推荐、组织考核、群众评议、校委会讨论决定了的，最后才找你谈话。

"可我怎么总是觉得这就像是开玩笑，我怎么当得了处长哟。"我说。

"你应该相信领导，相信群众，"男干部说，"也应该相信你自己。你在学生中有很高的声望，相信你完全能胜任学工处处长的职务。"

男干部连说了四个相信，让我不相信都不行。我说好吧。

离开两名找我谈话的干部，我去了黄杰林办公室。他并没有请我去，但是我要去，因为我觉得我这突如其来的升迁一定和他有关。他在幕后活动，我要到后台去探望他。

黄杰林见我进来，把文件夹合上，说："来啦，谈完啦？"

我说完啦。

他说："你站着干什么？坐呀！"

我坐在沙发上，用低矮的姿势看他。他摁桌面上的电话，说你进来一下。他的桌子像一条船一样大。很快有一个少妇走了进来，我想是他的秘书，因为他叫她给我倒茶。少妇给我沏一杯茶，还送我一个微笑后退了出去。我看着瓷杯里缓缓下沉的茶叶和逐渐绿化的茶水出神。他说你喝茶呀，我这里的茶叶你还信不过？上等的龙井。我端起茶杯喝了一口，然后抬头看他。他也在喝茶。他那杯子是用咖啡瓶做的，可以透明地看见澄澈的茶水和均匀的叶片，交融在瓶子里。

"有什么想法？"他说。

"我想请你吃饭。"我说。

"吃饭可以，但不用你请，"他说，"和我吃饭还用你请？"

"我总得谢谢你呀。"

"谢什么呀，我们之间，不用客气。"他说。

"没有你，我哪能当什么处长？"

"什么能不能的，"他说，"我都能当副校长了，你当一个处长还不能么？"

"你有当官的天赋，我没有。"我说。

"你不当，你怎么知道你有没有？"他说，"你当了，天赋自然就发挥出来了嘛。"

"我当了这处长，"我说，"我还能走吗？"

"去哪？"

我说："出国呀。我老婆在那边等我呢，你知道的。"

"先当处长再说吧，"他说，接着喝茶，"会送你走的。"

"什么时候？"

"等项目批下来，"他说，"你任务还没完成呢。"

我说："怎么？李论还没给消息么？"

"给啦，但还需要一些时间，"他说，并意外地站了起来，走到我的身边坐下，"你还得继续努力呵！"话音刚落，他的手也落到我的肩膀上。

我感觉我正在承受一只象腿。

5

我当处长后接听的第一个电话竟然是李论打来的。我连我办公室的电话号码都还不知道，李论的声音就钻进了我的耳朵里。他连贺带讽地说彰处长，那椅子好坐吗？我说比教室的椅子好坐。他说那就对了。你现在是处长，我也是处长，我们现在可以平起平坐了。我说我这处长是管学生的，你那处长是管钱管项目的，能和你比？我们这处长有一礼堂呢。

"这你就不对了，"李论说，"美国总统是总统，尼加拉瓜总统也是总统呀，有个名分就行啦。好处嘛，多多少少会有的。"

我说哎，你怎么知道我当处长的？他说操，是我暗示他们让你当的。我对你们校领导说你们派一个教师来谈项目，也太不合适了吧？这不，你从政了。我说原来是这样，我谢错人了。

"你请我吃饭吧，"李论说，"带上上次那小妞。"

"我可能叫不动她了。"我说。

"为什么？"

"你知道为什么。"

李论说："你懂什么，女人就像马，只要骑上去一次，把它制服，第二次骑上去它就服服帖帖了。"

6

我和米薇依然打的进城。我没有要学校派车不是我想廉洁，而是想让腐败做得隐蔽些。我觉得我已经腐败了，从给李论送女大学生开始，我走向堕落。我从副教授变成一名皮条客，又成为一名处长。从上次打的起步，我花的每一分钱都是公款，所有的消费都能报销。我没有做官的准备，却有了支配一定人力物力的权力。当我跟米薇说我要进城请李处长吃饭你还去不去时，米薇毫不犹豫就答应了。她说如果你还是教师那另当别论，可你现在是处长了我敢不去吗？我说你别管我是处长不处长，我也不是强迫你，你要愿意我才带你去。米薇说我愿意。我说真愿意？她说真愿意。我说那好。

米薇坐在出租车里，像只猫，显得冷静了许多，不再像上次问这问那。很显然她对此行的目的心知肚明，像我一样心照不宣。我们好长时间都不说话，直到手机铃响我和李论通话。

我开始听见手机叫的时候没有意识是我的手机在叫，因为我根本不觉醒我有手机。我的手机是刚配的，只呼过李论一次，然后塞在衣袋里就忘了。所以手机在车厢里响的时候，我无动于衷。手机连贯地响。我提醒司机说师傅，你可以接手机。司机说我没有手机，是你们的。这时米薇把手伸进小包里，掏出一手机来，看了看，说不是我的。她转眼看我，说是你的，彰老师。我一愣，啊？忙伸手东摸西摸，在其中一个衣袋里摸出手机来，看见手机上指示屏显着一串数码，铃声来源也更加明确。我摁了OK键后把手机提到耳朵边上。

"文联吗？"李论的声音。

我说："是我。"

"怎么这么久不接电话？"

我说："听不见，我们现在是在车上。"

李论:"你们到哪了?"

我说:"半路。"我看看窗外,"过了长罡路了。"

李论:"新港饭店懂得怎么走么?"

我说:"出租司机知道。"

李论:"操,还打的呀?好,我在大厅等你们。"

放下手机,我瞄着米薇,发觉她也正在看我。我们相视笑了。米薇说你的手机号码多少?告诉我。我说不记得。她说不想让我晓得是吗?我说真不记得,这手机是今天上午刚拿给我的。她说是嘛,那我有办法知道你的号码。我说好啊。她说你打我的手机。我说好。她说你拨13907771666。我拨13907771666,她的手机响了。她看着来电显示说你的号码是13914414054,怎么那么多4呀?这号码不好。我说学校给的,号码由不得我选。米薇说有8和6的,肯定都给校长书记们拿光了。我说你的号码6可不少呀。她说我不一样,我是私人手机。我说你有手机了也不把号码告诉我。她说告诉了呀。我说在哪?她说在你的手机上呀。我恍然觉悟,说你聪明。

接着我们说话不停,不知不觉到了新港饭店。米薇先下车。等我付完车费进饭店,米薇和李论已经在大厅里会面了。李论一只手夹包,一只手揽着米薇的腰。米薇显得不太情愿或自然,但也没有闪开。他们看上去像还不够和谐或默契的一对情侣,在等待一个有约在先的客人或朋友。

见我走近,李论放开米薇,来和我握手。我说我们还要握手?他说当然要握,这是祝贺。我接过李论的手,感觉像被螃蟹夹着一样,因为他下手很重。我说我当一个处长值得你这么用劲么?他说今晚我要狠狠宰你。我说你宰吧。今晚我带够钱了。

我们坐在一个我不留意名字的包厢里。新港饭店的主打菜顾名思义是海鲜。我让李论点菜。李论张口先点了一只龙虾,然后瞟我一眼。我说看我干什么?点呀。他说没事吧?我说没事,你尽管点。李论继续点菜，我装着无所谓的样子，只顾和米薇说话。我说就剩一个学期了呵，还有几门课没拿学分？米薇说两门，"英国史"和"中国当代文学"。我说那不多，说明你很努力呀。她说"中国当代文学"你还上不上？我说上呀。她说我以为你当处长了就不上课了，让别人上。我说谁说？我还是副教授嘛，我本质上是教师。米薇说那很好，考试出什么题目现在可不可以告诉我？我说课还没上完呢，谁想到出题呀？她说那到时出题的时候可不可以告诉我？我说这个嘛，到时再说。她有点嗲气地说不嘛，你先答应我。我说好，我答应你。她十分高兴颠了颠屁股。我说不过，我这科考试是写论文，就是提前告诉你题目你还是一样凭能力发挥的。米薇说那没关系，开卷更好，只要文章是你改就行，你总不会让我不及格吧？我说那倒是，你不会不及格的。米薇说我恨不得现在就敬你两杯。

酒菜在我和米薇说话间送了上来。一只硕大的龙虾夺去了我们全部的视线，让我和米薇目瞪口呆，因为它非常恐怖——处理过的龙虾居然还是生的，它断成了三节或分成三部分，头部和尾部原封不动，中部是切得很薄的生虾肉，是我们要吃的部分。米薇畏缩地说这怎么吃呀？李论说生吃呀。米薇说生吃怎么吃呀？李论说没吃过吧？米薇说没吃过。李论看了看我，我说我也没吃过。李论说我教你们怎么吃。

李论先往味碟里放配料，有油、花生、姜丝和芥末，然后夹着生虾肉和配料搅在一起，送进嘴里。

看着李论吃得津津有味的样子，我和米薇如法仿效，各吃进了一口生虾肉。

"怎么样？好吃吗？"李论说。

米薇点头，说唉，好吃。李论端起杯子，说来，干杯。米薇看着杯子说白酒呀？李论说吃生虾要喝白酒，白酒杀菌。米薇这才端起酒杯。

我们三人碰杯正要喝下，李论说慢！忘了说祝酒辞了。米薇说对。她看了看我。李论说祝彰文联同志当官，接着发财！米薇说祝彰老师当处长！

我们三人重新碰杯，把酒一饮而尽。

接下来的内容基本上就是上面的重复或循环，所喝的每一杯酒都和我当处长有关，就像吃的每一口生虾肉都要蘸配料一样。如果说有不一样的话，就是我喝两杯酒，李论和米薇才喝一杯酒，因为他们在轮流敬我。米薇成了李论的同盟，她彻底倒在了李论的一边。

我被他们搞吐了。

我跑进包厢里面的卫生间里，把龙虾吐出来，把名酒吐出来，因为这些美食在我的肚子里还来不及消化，但是我认为它们已经变成了秽物，就像金钱进了当官的腰包里而又被迫退出来就是赃款了一样。我没有退赃的经历，但是我尝到了呕吐的难受或痛苦——我胃如刀绞，喉咙像火烧一样，全部的唾液变成辣水。我呕吐的声音像肺痨病人的咳嗽，经久不衰。我同时还听到另一种声音，那是从卫生间外面发过来的，明确无误是李论和米薇幸灾乐祸的笑声，仿佛是在为我的呕吐伴奏、讴歌，它提醒我进行下一步的表演。

我趔趔斜斜出了卫生间，扶着墙壁、李论的肩膀回到酒桌坐下。我横眉竖眼发起酒疯。我说你给我开个房间，李论。我回不去了，不回去了。李论说不回，不回。我说你搞什么名堂，李论，报告怎么还没批下来？是不是不给我面子？我这么求你你都不批，算什么老乡、朋友，狗屁！李论说批，肯定批。我说什么时候批？他说就批，很快就批。我说我再给你一个星期，你不把我们学校的事情给办了，我交不了差，出不去跟我老婆团圆，我×你！李论说好，事情办不成，你×我。我掏出装着钱的信封，扔在他前面，说买单，给我开个房间。李论向服务员举手，说小姐，买单。我眯上眼睛说小姐，小姐。李论说知道，我给你找个小姐。我将头垂在酒桌上，不吭声，然后听见米薇说彰老师，彰老师？我当然也不吭声。米薇说彰老师醉了。李论说是，回不去了。米薇说那怎么办？李论说开房间睡呗。还有你，另开一间，我们一起。米薇说去你的。李论说去我的。米薇说哎，你真要给他找小姐呀？李论说刚才不是说了嘛。米薇说你别害我彰老师，他是个好人。李论说好人也是人。米薇说我不准你给彰老师找小姐，否则我送彰老师回去。李论说好，我不找。

我趴在饭店房间的床上，像头昏头昏脑的熊一样。李论和米薇架着我好不容易来到这里，还要被我折腾。我"烂醉如泥"，却知道是李论给我脱鞋，把我的身翻过来，然后米薇用热毛巾给我擦脸，把被子盖在我的身上。我听见米薇抱怨李论说都是你撺火我，要不然他不会醉成这个样子。李论说他该醉，当处长了嘛，他高兴。米薇说也是，我也为他高兴。李论说那就行了，我们的目的达到了。米薇说是你的阴谋得逞了。

李论和米薇一走，我坐立起来，像头猛兽在房间里活动。我先打开电视，然后到洗手间往浴缸里放水。我回到床上看电视，偶尔也看一眼电话。我期待有电话铃响，但是又很害怕。在观望的这段时间里，我的心一直像有头小鹿在跳。电视里正在播放一部叫《跪下》的连续剧，一男一女接吻后却不再继续。我心灰意冷关了电视，还把灯关了。

我又一次从床上下来已是半夜，是门铃声把我弄起来的。谁在深夜里来临？我又喜又忧去把门打开，看见服务员身边站着个保安，我说什么事？服务员说你没事吧？我说没有呀？服务员说你忘了关水了，我听见洗手间的水哗哗流个不停，所以……我一拍脑门说对不起，我这就关。我转身进洗手间把水关了，又回到房门口，服务员和保安还站在那里，坚持说先生再见后才离开。

我泡在浴缸里，轻轻地洗浴，这个澡两三个小时前就该洗了，但让我给忘了。

7

  曹英说你在什么女人的家里？谁那么有魔力让我的丈夫彻夜不归？

  曹英是在电话里这么问我的。我是回了大学的住所才接的这个电话。开锁的时候我就听见电话在响，很显然我的妻子按捺不住对我的怀疑。她用电话牵制我的行踪，就在我在宾馆里什么电话都没有的时候，这个电话却一直叫个不停，像一条单纯的小狗，呼唤了我一夜。我没有回宿舍睡觉，曹英据此认为我去了别的女人家里。她的断定从遥远的英国传到丈夫所在的中国，距离事实也十万八千里。我如何澄清或解答对她不忠的诘问？

  "昨晚我在一个朋友那里喝醉了，"我说，"是李论那里，知道吗？我的老乡，中学同学，以前我好像跟你提起过。是男的。"

  "你什么时候学会喝酒了？和我结婚的时候男女老少敬你你都不喝。"

  "我不是不能喝吗？可我的朋友，这个老乡老灌我。一个祝贺一杯，一杯一个祝贺，我不是当处长了嘛。"

  "你还当处长了？"

  "是，学工处处长。"

  曹英："好大的官，都不跟我说。"

  "说了怕你笑话，这是学校赶鸭子上架。我想，反正我也要走的，当就当呗，过几天官瘾也行。等去了国外，哪有中国人官当呀。"

  "你还想着出国，亏你。"

  "想呀，因为想你。"

  "你和另外一个女人在一起的时候就不想到我。"

"我没有别的女人。"

"你以为我相信吗?"

"你应该相信,就像我相信你一样。"

"你要有别的女人也没什么,我们分开三年了,其实你也该有了。"

"你这话是什么意思?"

"没别的意思。"

"你的意思是不是说,我要有别的女人的话,你也会有别的男人?"

"这是你的意思。"

"你就是这意思。"

"你爱怎么想怎么想,反正我不像你,乐不思蜀。"

"谁知道?"

"好了不说了,我困了,轮到我睡觉了。"

我慢慢把话筒放下,因为曹英已经挂线。我们之间交流的通路被切断了,妻子和丈夫的共同语言没有了。身体分开了,心也隔膜了。地位不同了,时间也不对了。现在英国的夜晚是中国的白天,同种的夫妻一个睡去一个醒着,像东边日出西边雨。

8

我坐在学工处我的办公室,给李论的办公室打电话。

我说:"李论,时间到。"

李论说:"什么时间到?"

我说:"一个星期呀,现在是第七天。"

"什么一个星期?"

"上星期我们一起吃饭,我们学校的项目报告,你答应一个星期给解决,现在已经一个星期了。"

李论说："这个呀？你不是喝醉了么？"

我说我根本没醉。

李论说："操，你骗我呀，我以为你醉了，还给你脱鞋。"

我说："我不装醉，你有机会和女大学生睡呀？"

李论说那倒是。我说我们学校的项目报告到底办得怎么样了？李论说你急什么。我说我老婆那边已经给我亮黄牌了，学校黄杰林这边又成天催我，项目不批下来，我任务没完成，就走不了，我能不急吗？李论说你急也没用，那么大的一个项目，不是轻而易举说批就批的。我说我已经卖力到无计可施了，还叫轻而易举吗？

李论说："你以为请吃两餐饭，叫一个女大学生来陪，就很了不得了么？"

我说那你以为有什么比献身更极致的行为或方式呢？李论说那不叫献身，是卖身。你和你的学生为我提供的服务，我是负了小费的。

我说你别占了便宜还卖乖，李论！李论说没错，我是占了便宜了，不过是小便宜。你知道你们学校项目有多大吗？两个亿！知道吗？我说什么项目这么大？

李论说："你不知道？"

我说："不知道。"

李论说："操，你跑来跑去，竟然连为什么项目都不知道？！"

我说："我是跑腿的，只知道如何打动你，至于具体为什么项目，知道不知道我无所谓。"

李论说："那你不要再跑了，如果你连项目内容一无所知的话，你的奔跑也就失去意义和价值。你只想做一名狗腿子，难道不想成为东西大学的一名功臣吗？"

彭冰突然这时候走了进来，我连忙降低话筒，用手封住听口，生怕李论的话传给学工处副处长听见。彭冰见状，知趣地一笑，说我待会再来。她正要退出去，我喊住她留步，然后把电话挂了。

彭冰看上去比我尴尬，因为我捂话筒的动作让她以为我感觉她发现了我的隐私，她为此不安。一个副手让上司感觉被自己抓住了把柄那是很危险的，就像一名领导感觉被下属抓住把柄同样很危险一样，这是我从书上读到前人的经验之谈，现在变成了我的感受。我如何消除或化解这种感受？

"一个老朋友，在得知我当处长后来电耻笑我，我怕你听见跟着我一起受辱。"我说。

"你这个老朋友一定是个神仙，要不就是个疯子，"彭冰说，"因为两者都不食人间烟火。"

"就是，"我说，我看见她手上有一份文件，"什么事？"

彭冰把文件递给我，说："这是关于新闻系学生胡红一等聚众赌博的处理意见，你签一下。"

我接过文件，随手翻阅，看见文件上罗织着"唯利是图、麻将、现金、饭票、通宵、输、赢、恶劣、开除、察看、警告"等字眼，像火花一样闪耀。我感觉新鲜，又感觉烫手。我说怎么签？彭冰说你就签同意，或不同意。我说那签同意好呢还是不同意好？彭冰说按照校规和常规你应该签同意。我说好，我同意。

我在文件上签上：同意彰文联。

我看着我的签字和署名，一种我没体验过的快感迅速在我身上沸腾，它有别于美食、沐浴、获奖和做爱，或在美食、沐浴、获奖和做爱之上。这种至高无上的快感是权力赐予我的，尽管建立在别人的疼痛之上，因为我签发的是处分人的文件。

彭冰一走，我重新给李论打电话。李论当头就说你居然和我甩电话？我说对不起，我的副处长突然进来，她是个很敏感的女人。李论说原谅你。我说刚才你说功臣是怎么回事？李论说见面好说，见面再谈吧。我说和上次一样么？

李论说："算了，你一个人来吧。"

我独自去见了李论。碰面后他把我拉到丽晶城。我们一走进丽晶城就有人请我们脱衣服，还伺候我们脱衣服。

我惶惑地说这是怎么回事？李论边脱衣服边说桑拿，先桑拿再说。你没有桑拿过是吧？今天我请你桑拿。接着李论脱得一丝不挂，他白胖的身躯像白海豚一样溜圆油滑，让我忍俊不禁。他说你笑什么，你脱呀！

我和李论一样脱得一丝不挂。

我们进了一只蒸笼。蒸笼里的蒸汽像山峰的云雾，而温度却比煤窑里还要燠热。我的汗喷涌而出。浓浓的蒸汽使我和李论彼此看不清，但不妨碍我们对话。

李论说感觉好吗？

我说还行。

"大学教授桑拿，可是不多见。"

我说："你正一步一步把我往邪路上引。"

他说："桑拿并不犯法。"

我说："那为什么有人害怕桑拿？"

李论说："那是因为桑拿完了以后还有色情服务。"

我说有吗？

李论说："如果你害怕，你就不要这样的服务。"

我说："安全不安全？"

他说："这个世界没有绝对的安全，美国那么强大的国家，尚且被偷袭，一个洗桑拿浴的地方，谁敢保证没有突如其来的检查？不过，我来这么多次，没有遇到过什么不测。"

我说今天不会有什么吧？

李论说不知道，难说。

我忽然觉得难受，可能是心慌引起的。我说走吧。他说不蒸啦？我说不蒸了。他说吓唬你的，你不用怕，真的。

我说："说什么我也不蒸了。"

我像名新贼似的出了蒸室，匆忙用水一冲，然后到更衣室找我的衣服穿上。伺候我穿衣服的服务生问我为什么不按摩？这里的小姐档次很高的，有很多是大学生。我说是吗？服务生说进来都经过身份验证过的，那还有假？我说她们敢说自己是哪所学校的学生？服务生说那不会。我说那怎么验证？服务生说听她们说英语，我们这有会英语的，考她们英语。我说哦。服务生边把皮鞋递给我边说你的皮鞋我们擦过了。我说谢谢。等到我穿戴完毕，服务生把一张单递给我，说帮个忙。我一看是张小费单，想了想他帮我擦了皮鞋，便在上面签了20.00。服务生很高兴说谢谢老板。我说我不是老板，跟我来的那个才是，待会由他结账。服务生说有人帮你结账，更说明你是老板，真正的老板是不用自己掏钱的。我朝服务生一笑，说你懂的还不少。

我在丽晶城门外等得不久，李论也出来了。他说本来想让你解决一下问题，没想到你还不领我这个情。我说我不习惯在这种地方解决问题。他说随你的便，我们吃饭去吧。

吃饭的时候，李论拿出东西大学的报告。

这是我第一次看见学校的报告，报告的标题是"关于东西大学科技园的立项报告"，一个月来我忙乎的就是这份报告。这份报告很厚，足足有十几页。李论说你不用细读，我告诉你重要性就行。我停止阅读报告。李论说这份报告一旦批准，将有两亿国家资金源源不断地进入你们学校的账户。而科技园建成后，你们学校的硬件便达到了"211"工程的要求，你知道什么是"211工程"吧？就是"21世纪建立全国100所重点大学"的简称，也就是说，科技园建成后，东西大学便可以跨入全国重点大学的行列。

我的视线重新回到报告上。盯着报告上的文字，我感觉到金光闪耀、一字千斤。我的手因激动而发抖。李论这时把报告收了回去，说现在你明白怎样成为东西大学的功臣了吗？

我说："报告批下来，功臣应该是你。"

李论说："我不想成为功臣，我只想得到我想要的。"

我说我也是。

李论说你不就只是想让学校送你出国吗？

我说："学校先让我当了处长，这是一种厚爱。"

李论说："没有我施加压力，你当得成处长？如果我这一关过不了，你这处长也别想再当。"

"所以你要帮我。"

"我当然想帮你，但我又不想便宜了你们学校。这么大的一个项目弄一个熟人来就想过我这一关，我李论还没做过这么容易的事。"

我说你想要什么？你说。

李论瞪着我，说："你不懂吗？"

我说我不懂，真不懂。李论说你可以不懂，但你们学校领导难道不懂吗？我说那我就不懂了。李论说你回去告诉黄杰林，最近我要出国，回来才能办这份报告，问他有什么表示没有？我说你要去哪个国家？

李论看着我摇头，说："你这个人真傻还是假傻？真傻嘛，你又是副教授，博士出身。假傻嘛，你的脑袋又确实迟钝、木讷。"

我说真傻，你没听世人说傻得像博士嘛。听过关于博士的笑话吧？李论说没听过。我说那我讲给你听。

我喝了一口啤酒，开始讲笑话。我说IBM制造了一台测试智商的新机器，叫作"更更更更更更更深的蓝"，然后找来了一个本科生、一个硕士生和一个博士生来检验。本科生把头放了进去，机器发出一阵悦耳的音乐，说道："恭喜你，你的智商是150！你是个天才！"硕士生把头伸了进去，机器平淡地说："你的智商是100，你是个人才。"最后博士生把头也伸了进去，机器叽里咕噜地响了一阵之后说道："不许往机器里丢石头！"博士生气愤极了，他找到管理员要求看程序的原代码，管理员满足了他的要求。博士生认真地检查并修改了原程序,直到他满意为止。这一回,博士生谨慎多了,他没有直接把头伸进去,而是先找了一块石头摆了进去。机器又是一阵叽里咕噜后说道:"啊!原来您是位博士!真是有眼不识泰山!"

李论听完一顿,然后才开始大笑。真正或顶尖的笑话是经过脑袋急转弯后才发笑的笑话,看来我的这个笑话到了这一级别。我看着李论笑得那么开心,也感到很高兴。

"你能讲这样的笑话,说明你不傻,"李论说,"我相信你知道如何让你的学校操作这件事。"

9

我带着李论的信任走进副校长黄杰林办公室。他的办公室宽松阔气,像酒楼里的豪华厢房,那巨大壁柜里的一套套伟人的著作,像一瓶瓶名酒,让我赏心悦目。我的脸色可能还好看,所以黄杰林张嘴就问我有什么好消息?我不置可否,黄杰林以为我想吊他胃口,又是请我坐又是给我沏茶。他坐在我身边,等我开口。

"李论要出国,他说回来就办理我们学校的报告,"我说,有些心虚地看着黄杰林,"不知这算不算好消息?"

黄杰林点头,"还有什么?"他说。

"还有,他暗示我们学校是不是该有所表示?"

"怎么表示?"黄杰林说,"你不是表示过了吗?"

我说:"请他吃了两餐饭,可能这太简单了。"

黄杰林说:"你除了请他吃饭,就不会做他的工作?"

"做了,能做的我都做了。"

"你们是老同学、老乡,他就不通融一下?"黄杰林说。

我说:"我的面子还是太小了,说不动他。恐怕还要来点别的才行。"

"来什么？"

"钱吧。"我说。

"我知道他想要钱，"黄杰林说，他站起来，屁股扭来扭去，"有钱就不找你了。"

"万把两万总是可以吧？"我说。

黄杰林不扭屁股，只把脸扭过来，脸和屁股像大小两面鼓都对着我。"什么？"他说，"你以为李论这样的处长是田螺呀？万把两万就知足了。这样的项目，这些人，没有五六十万上百万根本填不饱！而我们学校不可能出这个钱，从哪出这个钱？所以我们不能用出钱的办法，只能用别的办法。"

我说："我所有的办法都用尽了，除了用钱。"

黄杰林说："这就是你的能力问题了。我们可是把希望寄托在你身上，并且给了你相当的待遇。"

我说："你是指提我当处长这件事情么？"

黄杰林说："当然处长也不算是什么提拔，"他的屁股扭到背面，"你副教授的职称也相当于处级，还要高一些。"

"可很多人宁愿当科长，也不愿当副教授、教授，因为教授也都被科长处长们管着，"我说，"现在是科长治校。"

黄杰林说："体制，体制造成。以后会改观的。"

我说："那是以后，所以我现在还得珍惜处长的官衔，因为它比科长还大。"

"你明白就好。"黄杰林说。他去办公桌上拿烟，抽出一支叼在嘴里，准备点火的时候，"你抽吗？"他说。

我说："谢谢，抽。"

黄杰林把烟盒伸过来，我从中抽出一支。他给自己嘴上的烟点上火后，把火挪过来，欲给我点烟，但是被我拒绝。我从他手里接过打火机，重新打火，把我嘴上的烟点燃。我浓重地吸了一口，让烟雾从鼻孔里出来。黄杰林见状，说你什么时候学会抽烟的？还像那么回事。我记得你不抽烟。

"最近，"我说，"我现在不仅学会抽烟，我还学会了喝酒。"其实我说的不全是真话，我是抽烟的，只不过在别人面前我不抽，因为以往我抽的是低档的香烟。

"跟我一样，"黄杰林说，"我搞行政以前，这两样我都不会。"

我看着黄杰林，突然发现他特别亲切，像一个常人。我觉得这是烟酒起的作用，因为我们谈到了烟酒，还共同吸烟。吸烟让我感觉我成了黄杰林的同盟，我们在一条战壕里。我的命运和他雷同或近似，因为我也踏上了行政之路。我记得黄杰林也是在副教授的时候转行的，他开始也先当学工处处长，再当校长办公室主任，然后当副校长。在他当办公室主任的时候，他评上了教授——这好像很滑稽，因为拼命上课和研究的人评教授比登天还难，而不学无术的人却奇妙地当了教授。我现在准备和他一样，因为我已当了处长，我的本职工作已经转移。在行政的岗位上，将来我不仅能评上教授，而且还要当教授的评委。想到这我激动不已，像触了电一样。我嘴上的烟像一根电棒，弄得我全身打哆嗦。

10

李论说等吧，等我什么时候突发神经，可能就把你们学校的项目报告给办了。

"听你的意思，东西大学是永远成不了全国重点大学了，因为按你的身体和思维状况，你是永远也不会发神经的，你硬朗和清楚得像一台电脑。"我说。

李论微微一笑，"电脑也是很容易被病毒感染的嘛。"他说。

"你是一台铜电脑，只有钱才能毒害你，"我说，"可是我们学校没有钱，领导已经明确表态过了。"

"那就等呀，"李论说，"公事公办，也很好嘛。我先组织一批专家对立项进行评估论证,你们学校原来请的那帮专家不算。等验证通过了,我才把报告呈送上去,这恐怕也该到了年底吧,然后报告在领导集体那里还要冷却一阵子,除非我催一催,这样就到了春天。春天来了……"

"去他妈的春天!"我打断李论的话说,"我等不到那个时候,就算学校能等,我不能等,我老婆也不能等!李论,你就不能看在中学时候我们一起挨饿的分上,帮上一把吗?尽快把项目报告给办了!"我几乎是哀求的口气对李论说。

"对不起,恕我爱莫能助,"李论说,"这项目太大了。"他打开双手,还做了个耸肩的动作。

我们现在在一个叫"欧典"的茶园里,这是一个情侣会面的天地,相会的人都是一男一女,除了我和李论。我和李论话不投机,看起来分明就像产生分歧的同性恋者。这一察觉让我感到丧失脸面。我迅速站了起来,丢给李论一句话说你买单,就走开了。

李论撑着我的屁股,说你别走呀,有话好说,我们那么多年的交情,我是肯定不会忘的,但是……

我比兔子跑得还快。

11

我对米薇大骂李论。那时候我刚在课堂上骂完王朔,因为王朔骂了鲁迅。骂鲁迅是不允许的。我骂了两节骂鲁迅的人后离开教室,往学校的办公楼方向走。我没忘记上课的时候我是副教授,不上课的时候我是处长。

在往办公楼的路上我把手机打开,这是转换身份的标志。教学楼和办公楼相距约五百米,我没走到一半手机响了。

我一接是米薇的声音。她阴阳怪气说彰先生去哪呀?我心想这小妞不是刚听完我的课么?从哪打电话来?回头一看,她果然跟在我身后，约有二十米的距离，边打手机边冲我笑。我正要挂机，她说别挂，继续走。我回头像和另外的人通话似的边走边说干嘛？米薇说我有话和你说，但考虑到你的影响，我们就在电话上讲吧，反正你电话费能报销，我无所谓。我说好呵，有什么特别的话你就说。她说我看你情绪不对，为什么？我说我哪情绪不对？她说你骂了两节王朔，我看出来了，你心里不顺。我说我是不顺。她说为什么？因为家庭？事业？你事业蛮顺嘛。我说屁话。她说我们刚祝贺你当处长，下次我们还要祝贺你当副校长，乃至校长！我说祝他奶奶的！她说你为谁发这么大的脾气？因为我？还是因为他，李论？

我大声说："别提李论这狗娘养的！"

这时我离办公楼已不远，我的骂声应该能被楼下的人听见，如果有人认真听的话。

米薇说："你和李论怎么啦？李论对你怎么啦？"

"你问李论不就知道了？"

"我不问李论我问你！你们到底怎么啦？告诉我，你一定告诉我！"

说着我到了办公楼前，针对米薇的逼问，我不好上楼。我说好吧，你回过头走。

我回过头的时候，看见米薇已回转身去，变成她走在前，我走在后。她袅娜的身材比从正面看更加生动。

我眼睛看着二十米开外的米薇魔鬼般的身材，嘴接着对手机说你还不知道是怎么回事么？米薇说不知道，真的不知道。我说好，事到如今，我告诉你，全告诉你。

"你是一件礼物，"我说，"是我为了达到目的而送给李论的礼物。"

"是，我知道，一开始我就知道。"

"李论收下礼物了，他对我说他很满意。"

"对,我满足他了。"

"但是我让他办的事他没有办。"

"所以你很生气?"

"是,因为我觉得他耍了我,还玩弄了你。"

"你让他办的事对你很重要么?"

"非常重要。这是学校交给我的任务,负责做通李论的工作,把学校一个两亿元的项目报告给办了。学校对我很信任,为此先提我当了处长。但是李论拖着不办。这事没办成,我就对不起学校对我的信任,最关键的是我就出不了国,不能出国和我的夫人团聚。"

"是吗?"

我看见米薇停了下来。我说你怎么不走了?她说我等你。我说你不怕影响我了吗?

她说:"不怕,我豁出去了。我决定再豁出去一次。"

我走到米薇的身边,把手机关了,米薇也关了手机。我和她面对面站着,却不知说什么好。一个个学生、教工经过我们的身边,有的我认识,但所有的人都免不了或禁不住看米薇一眼,因为米薇实在是太美了。他们同时也免不了看我,因为我和漂亮的女学生在一起,仿佛在靠山吃山,近水楼台先得月。

"你既然利用了我,为什么不再利用下去呢?"米薇先开口。

"不,我已经错了,我不能再错下去。"我说。

米薇盯着我,大概是想观测我的认错是否真诚。她大概看到我眼睛里的真诚,所以她说:"彰老师,就让我为你做一件错事吧。"

我说你打算做什么?

她说没想好,总之做我可以做的。

我说你千万别乱来。

米薇笑了笑,然后走开。她牵动我的视线,把我的目光愈拉愈长。

12

这一天，我感到非常吃惊，因为李论来到了东西大学。他本来是约我出去的，但是我说我没空。事实上我有空，整个下午我都在办公室里看报纸，我就是不想和李论见面。李论打电话说你可以出来一下吗？我说不可以，因为我要开会。

李论说："有一件事很棘手，需要和你面谈。"

我说什么棘手的事都不行，我马上就开会。他说会后呢？我说会后也不行，会后还有会。

李论说："你治我呀？这事你也有分。"

我说什么事？他说见了面才能和你说。我说可是我不能出去，也不想出去。他说好，你是爷，现在。

通完电话不到一个小时，李论就到了我们学校。他是自己开着车来的，把车停在办公楼前，然后叫我出来。我钻进李论的车子，他立马将车开走。我说要带我去哪？他说找个僻静的地方，附近有吗？我说只有餐馆，但现在我不想上餐馆，太早了。他说那去你房间，去你房间行吗？

我指引李论开着车穿行在校园里，来到我宿舍的楼下。他说你住几楼？我说七楼。他说太高了吧？我说那就不上去，你有什么事可以在车里说。他说也行呵，我急昏头了。

李论告诉我米薇怀孕了。

"一大早，米薇跑来找我，她说她怀孕了，"李论说，两手击了方向盘一下，"我操！操出事来了。她拿出一张检验单，尿HCG阳性，就是妊娠反应，说白就是怀孕了，问我怎么办？我说怎么办，打掉呗。我给了两千块钱给她，她不接，我又加到三千、四千、五千，她还是不接。我说要多少你才肯你说？她说我不要钱。我只是想要这个孩子。我说你疯了？这怎么可能？她说有什么不可能的，反正我快毕业了，现在怀孕，到毕业的时候，才五个月，你现在就开始和你老婆离婚，等我毕业的时候，我们就结婚。我说你这是敲诈。她说随你怎么说都可以，反正我就是这么想的，也决定这么做。我说你不怕学校开除你吗？我叫彰文联开除你！她说我不怕开除，但愿你也和我一样，不怕开除。我见来硬的不行，就来软的，我哄她说你先把胎打掉，专心完成学业，等毕业了，我给你找个好的工作，然后我们再结婚，我们还会有自己的孩子的。但我左哄右哄，她就是不肯。她说我才不信你们这帮男人，我连彰文联老师都信不过。完了，就这样，我找你来了。"

李论有些无助地看着我，像一个不自信的球员把球传给了他相信的另一名球员，他把难题踢给了我。我说找我有什么用？没用的。

"这事跟你没关系吧？"李论狐疑地看着我说。

我瞪着李论，说："去你妈的，你什么意思？"

李论赶忙摸了摸我的左臂，说："别生气，说着玩的。我知道肯定是我的，跟你无关。"

"米薇是东西大学的学生，你把我的学生弄怀孕了，也不能说一点关系没有。"我说，口气变得软和。

"所以你要帮忙呀。"

"怎么帮？"

"说服她把胎打掉，不听就吓唬开除她。"

"她要是不理这一套呢？"我说，"一个用钱都不能解决的问题，用别的办法更不能解决。"

"这就要看你的啦，"李论说，"我不会让你白帮这个忙的。"

"你不会把米薇不要的钱给我吧？"

"不不，"李论说，他思忖了一会，"我们这么说吧，你这边帮我把米薇的事给解决了，我这边帮你们学校办项目报告的审批，立刻。"

"你不是说要等到明年春天么?"我说。

"什么春天,"李论说,"等到明年春天小杂种还不早就出来了?"

"别叫你的骨肉小杂种,"我说,"不然我袖手旁观我跟你说。"

"好好,我不叫小杂种,我叫宝贝行吗?"李论说,手往方向盘中心一拍,一声汽笛骤然响起,划破课外活动前的校园。

13

我坐在我的办公室里,等着米薇。我本来不想把她约来这里,想找个好谈话的地方。我首先想请她去学校附近的酒楼,进一个包厢。但酒楼里到处都是本校来吃饭的人,而且都是大头头小头头们,难免让他们发现。我不想让他们猜疑我是勾引学生上床的男人,我还没这个胆。于是我又想把她约去树林里,我甚至想把她约到我的房间去,但我细想这两个地方比上酒楼更像是幽会,在树林是谈情,在房间就是做爱了。我和米薇的关系没有情爱,所以我想在办公室妥当些。

米薇走了进来,背着一个坤包,一看皮质就知道属于非常高档的一种,说不定是李论给她买的。我请米薇坐下,然后去把办公室的门掩上,但留了指头大的一条门缝。

"处长的办公室也不见得怎么好嘛,"米薇边观望办公室的装修边说,"沙发又硬又旧。"

"只有校长的办公室沙发才是皮的。"我说。我坐回椅子上,点了一支烟。

米薇忽闪着眼看着我,似是预测我想问她什么。

"最近身体好吧?"我说。

"好呀。"她说。

"没出什么问题?"

"没有。"

"没有吧?"

米薇:"没有,难道你希望出什么问题?"

"可我听说……你去医院了是吧?"

"李论来找你了?"米薇说。

我点头,"这个问题很严重,"我说,"对你很不利,在只有我知道这个事之前,你再去一趟医院,尽快。"

"我不去。"米薇说。

"你要去,必须去!"我说。

"我为什么要去?"

"因为你是在校大学生。"

"可我很快就毕业了。"

"你没有结婚。"我说。

"我出去就结婚。"米薇说。

"那不行,也不太可能。"

"所以我这么做就有可能。"

"你这么做到头来受害的只能是你。"

"我愿意。"

"告诉我你这么做真实的目的是什么?"

"为了你。"

"别瞎扯。"我说。

"李论耍了你,他害你辜负了领导的信任,害你不能出国,"米薇说,"当然他也玩弄了我。我现在要整他一下,让他负责任,接受教训,不能再耍人。就这个目的。"

"你这样做代价、风险很大,你知道吗?"

"我无所谓,只要能帮你。你起初带我去见李论不就是想让我帮你,把事办成吗?"

"我现在不需要你的帮助。"

"我就是要帮你，帮到底。"

"你真要帮我是吗？"

米薇颔首。

"好，"我说，"那你就去医院。李论说了，只要我能说服你去医院，他就把我们学校的项目报告给批了。"

"我不信，他要把报告批了我才去。一定要这样。"米薇的口气十分坚定。

我无奈地注视米薇，这个我行我素的女孩，一个被拉入东西大学公务活动中不小心受孕的女学生，一个决定报复或要挟男人的女子，她现在就在我面前，像一棵不畏严霜的小树。她现在夹在两个男人之间，一个是我，一个是李论，我们都是使她陷入绝境的风雪。但是从目前的姿态看，她铤而走险是为了我，倾向非常明确。她居然不把和她上过床的男人视为知己，却正在和把她推向火坑的男人推心置腹。这是一种什么样的品质、性格和人格？我搞不明白。

"怎么不说话？没话我可走了。"米薇说着站了起来。

我说你走吧。

14

东西大学科技园的立项报告终于批了下来，这是我和李论达成口头协议一个月后的一天。

项目报告的批文摆到了学校领导办公会上，乐坏了清高或迂腐的大学首脑们，这些首脑包括校长、副校长、书记、副书记，两道班子都是一正五副，一共一打。他们听了宣读还不够，还把批文在手上传来传去，比当年看自己的任命书还激动。因为有了这纸批文，科技园就不将再是空中楼阁，21世纪初跨入重点大学的梦想就要实现，到那时他们是谁？是重点大学的校长、副校长、书记、副书记！想到这些，谁能不心潮起伏、兴高采烈？在办公会上，领导们表现出少有的团结和统一，一致同意保送彰文联同志赴英国学习深造。

　　黄杰林向我讲述这些的时候却十分冷静，就好像他不是学校首脑们其中的一员。而事实上他是副校长中排名最前的一位，是常务副校长，并且科技园的批文是由他负责争取得到手的。在首脑们那里，黄杰林才是真正的功臣，而我不过是他麾下的马前卒或走狗而已，我被保送出国不过就像主子慰劳的一把夜草或一根骨头。对于这些权威而言，出国算得了什么？出国是他们的家常便饭，去美国就像我去一趟北京，去英国就像我去上海，容易得很。但是对我却十分不易。自从我妻子先赴英国后，我就开始申请，可得到的答复是：学校已经把你妻子送出国去，你再出去，你们都不回来怎么办？言下之意，只要我留在国内，我妻子一定会回来的。两年过去了，我妻子该回来的时候没有回来，她读完博士还要读博士后。于是我的出国申请就变得更加困难，因为我妻子和我的移民倾向更加明显，事实的确如此——我妻子明确表示她是不会回来了，只有我出去。可是我怎样才能出去呢？只有祈望学校能够开恩。可是学校凭什么开恩呢？学校曾有恩于我的妻子，可我的妻子负了学校，她没有按时归来。就是说学校已经上了一次当，为什么还要继续上当？我的出国梦遥遥无期，可我的妻子却在步步紧逼。她说你一定要设法赶快出来，黄杰林是你的大学同班同学，他现在是大学的副校长，我不信他帮不了你？除非你不想出来。你不想出来那就算了。我说我想出去，我做梦都想出去，因为我做梦都想着你。她说那你找黄杰林呀！于是我找了黄杰林。我说杰林，不，黄副校长，我从来没求过你，我现在求你。他说你不用求我，我正好有一件事托付你去办，如果你办成了，我保证学校放你走，不，是送你出国。于是他跟我说了项目报告的事。然后我就去找李论，然后就有了今天这样的结果。

"说真的，我真舍不你走。"黄杰林说，他抽完一支烟，接着准备抽下一支。

我说："让我给你点吧。"我把打火机凑了过去，给他把香烟点燃。

黄杰林吐着烟雾，说："但是，不送你走是不人道的，我们是讲人道的嘛。"

我说："谢谢你，谢谢学校恩准。"

"不用谢。要说谢，我还要谢你才对，因为你把事情办成了，帮了我的大忙，也为学校立了大功。"

"我其实也没做什么，穿针引线而已。"我说，心里想我像是个拉皮条的。

黄杰林说："心灵手巧才能穿针引线哪，没有你想方设法，我知道李论这样的人是不会轻易经办这么大的项目报告的。"

我忽然想到了米薇，说："可以给我一份批文的复印件么？"

黄杰林说："干什么？"

我说："想留作纪念。"

"好的。"

15

我把项目报告批文的复印件递给米薇。这是下课时我叫她留下来，我从教案里抽出来交给她的。米薇看了后说给我这个干什么？我说我想让你知道，事情可以结束了。这时候教室的人已经走光，只剩我们两人。

米薇说："好，那就结束吧。"

我说："那你……什么时候去？"

米薇仰脸看我，因为她比我矮，"去哪？"她说。

"医院呀。"

"你陪我去呀？"

我想了想，说："好，我陪你去。"

"你真要陪我去？"

我眨眼连带点头。

米薇注视我的眼睛忽然湿润。她低头然后扭身出了教室。

16

省妇幼保健院像一只子宫，这是生产和流产最频繁的地方，我第一个念头或感觉就是这样。

我带着米薇来到门外，我们是打的来的。我下车以后发现米薇没有下车，她坐着不动。我说你下来呀？她没有下来。我说怎么啦？她说没什么。我说不是要那个什么什么吗？她说我没什么不什么，我不下去。我说你下来再说。

米薇下了车，背对着医院的大门。我说进去吧。

米薇没有进去的意思。

我说我带你进去，领你进去。

米薇说："我说过，我不进去。"

"不是说好的吗？"我说，用哄的口吻，"没事的，半个小时就完了，别怕，呵？"

米薇忽然扑哧笑了起来。

我说你笑什么？

米薇见旁边的人来来往往，把嘴凑近我的耳朵，说："骗你的，我根本就没怀孕。"

我瞪着米薇，说："你开什么玩笑？"

"是真的，我不开玩笑。"

"不开玩笑你又跟我来这里做什么？"

"我想看看你是不是守信的男人嘛。"米薇说。

"守信不守信用开这种玩笑呀？"

"你生气啦？"米薇忽闪着眼对我说。

我说没有。

"我请你喝饮料，"米薇说，"走，我们换个地方。"

米薇带我来到一家饮料店，找了最角落的地方坐下，点了一杯果汁一杯可乐。

米薇边吸果汁边瞅我。

我们的目光相互顶撞，忍不住同时笑了。

我说到底是怎么回事？

"还不是为了逼李论办事编造出来的，"米薇说，"怕他不信，弄了一张化验单。"

"化验单也能搞假？"

米薇说："我妈是妇幼保健院的医生，得天独厚呀。我偷偷拿了化验单，盖上章，填上尿 HCG++ 不就好啰。"

"原来这样，"我说，"害得我这一个月，一直为你担心。"

"真的呀？"

"当然，每次上课见到你，我都注意你的变化。"

"被你担心真好。"米薇说。

"还好呀？我的心脏都愁出毛病了，"我说，"其实你可以把真相告诉我，对我用不着隐瞒的。"

"告诉你戏就演得不像了，"米薇说，"再说，你也就不为我担心了。"她注视我的眼光有些异样。"我需要你担心我。"

我回避米薇的注视，说："你和李论……还什么吗？"

米薇摇摇头，说："我们完了，应该玩完了。一开始是他玩我，后来是我玩他。现在一切都结束了，不是吗？"

"怪我吗？"我说。

米薇又摇头，"能帮你的忙，我什么都愿意。"

"谢谢你，米薇，"我说，我举起饮料杯，做了个敬酒的动作，自顾自喝了一口可乐，把杯子放下，"我可能过不久，就出国了。这里面，有你的帮助。"

"祝贺你，彰老师，"米薇说，"将来，你会记得我这名学生么？"

"记得，"我点头说，"一定记得。"

米薇脸上露着笑容，但眼睛却有泪花在闪，我不知道这是喜极所致抑或悲欣交集？我很想这个时候抱她一抱，但是我又不能够，场合和关系都不容许。我们现在在公众之中，她是我的学生，与我的学生、我的老同学都上过床，这些都是我无法逾越的障碍。在她的面前，我恐怕永远只能做她的叔叔、良师或者大哥。

17

李论在电话里发誓他绝不会玩女大学生了。"就是×毛是金的我也不玩了，"他说，"我玩演员、玩明星也要比玩大学生省事，大学生智商太高了。"

"智商高可以使你长见识呀，"我说，"俗话说，吃一堑，长一智，你现在不是变得聪明了吗？你玩小蜜没有玩成老公，就是高明的标志。"

"米薇真的……不会找事啦？"李论说。他显然对"堕胎"后的米薇还心有余悸。

我说不会，我办事，你放心。

"我对谁都不放心，"李论说，"我以后办事，我戴两个套，×他妈的一百个放心！"

听着李论"一朝被蛇咬，十年怕井绳"的态度，他显然不知道米薇怀孕是假的，我当然也不会告诉他。我就要出国去了，我的心已经漂洋过海，到了妻子的身边。她在英国等了我整整三年，像寡妇一样，等着梦想的男人从天而降，进入她的身体，并且使她怀孕。

第二章

1

我拿到签证的这一天,没有在北京多呆。我像一条虫子蜷在鸟似的飞机飞了回来。我没想到米薇到机场来接我。

我没有托运的行李,因此比大多数旅客先一步出了出口。我看见迎候的人摩肩接踵,却丝毫不在意有接我的人。在这个我倍感孤独的城市,我没有翘首以待的人。

迎候的人群里有不少婀娜多姿的女子,我从她们的穿着和身材看得出来。我之所以不注意她们的脸,是因为我觉得这些人再美也与我无关。任何美人现在我都不放在眼里,因为我怀揣着出国的签证。我就要说"我爱你,中国"了。

我没想到米薇就在这些美人之中,她像一只调皮的小鹿跳到我的面前,说:"先生,要住旅馆么?"

我没有说不,因为我的眼比嘴还尖。我发现对我说话的人是米薇!我又惊又喜,说你怎么会在这?

"我打你手机,手机说你已关机,我断定你一定在飞机上,"米薇说,"所以我就来了。"

"你为什么要来?"我说。

"我为什么不来?"米薇说。

"我没叫任何人来接我。"我说。

"我知道不会有任何人来接你,所以我就来了。"

"你好像知道我给你带好吃的似的,"我说,"先知先觉,你。"我当场从手提袋里掏出一包果脯,给了米薇。

米薇接过果脯,像得到宝贝似的高兴。"这不叫先知先觉,而是心有灵犀,"她说,"因为你想到了给我买吃的,而且是我最喜欢吃的。"

我们走出候机大厅,像走出教堂似的轻松愉快。我看见民航班车停在机场外,自觉或下意识向它走去。米薇说我们打的走吧。

我停步看了一眼米薇,我眼前的女大学生贵气逼人,像一只天鹅。我说好吧。

坐在开着空调的出租车上,想着有五十公里的目的地,我说你也是坐出租车来接我的么?

米薇嘴里嚼着果脯,"不行么?"她含着果脯说。

我说我没说不行。

"我现在比过去有钱,这你是知道的,"米薇说,"现在放荡的小姐哪个出门还坐公交车?何况我总比她们高档些吧?"

"你胡说什么?不许胡说!"我制止米薇,不让她检讨自己。我怕她往下说更露骨的话,比如说她傍上的大鳄李论,就是我引见的。李论给了她很多钱,让她比所有的大学生都富足优越。她现在身上穿的裙子、乳罩和内裤,没有一样不质地精良、价格昂贵。她使用的香水,来自法国,能让女人闻了嫉妒,男人闻了陶醉或者冲动。她和李论的关系如果是好事的话,那么里面就有我的功劳,反之就是罪恶。我现在认为是罪恶,因为他们的关系已经结束。在一场流产和反流产的斗争或较量中,李论和米薇针锋相对,两人反目成仇。这场较量的结果是李论答应了所有的条件,可最后米薇的怀孕是假的。我虽然不是这起事件的策划者,但却是始作俑者。我有罪。米薇越往下说的话,我感觉罪孽就越深重。

"好,我不胡说。你要我不胡说可以,"米薇说,她话锋一转,像她忽然翻动的眼珠子,"但你得答应我的条件。"

"什么条件?"

"在你出国前这段日子里,把你交给我,由我支配。"

"这怎么可以?"我说,"我还有很多事,况且我不是你的……专车吧?"

"那我霸占你不行呀?"米薇说,"你都要出国了,可我从来就没好好和你在一起过,就要失去你了。"米薇眉头皱了皱,看上去很委屈。

我说好吧,我空余的时间,都给你。

米薇的脸恢复晴朗,对司机说:"师傅,请直接开到夏威夷酒店!"

夏威夷酒店像一座迷宫,我第一次来到这里,不知道吃喝玩乐睡分别在哪里。但米薇是肯定来过的,她像一名常客般轻车熟路引领我进大堂,坐电梯,走楼道,最后在一间房门停下。

米薇掏出一张房卡,说:"给。"

我说:"这是什么?"我本意是说这是干什么。

"房卡呀,电子的,你把它往锁孔一插,看见灯变绿,就扭开门把进去。"

"没弄错吧?"我说,"我们不是来吃饭的吗?"

"开饭之前你不得开个房把行李放下呀?"米薇说,她显然在去机场接我之前就把房间开好了,"提着行李去餐厅,像个乡巴佬。"

"可专门开个房间放行李,那也太贵族了。"我说。

"今天你就住在这,不回去了。"米薇说,我想这才是她开房的真实目的。

我说:"这不行吧?不好吧?"

米薇说:"这是四星级的酒店,你居然还说不行不好!要换五星?"

我刚要说我不是这个意思，米薇抢先说我知道你是什么意思，先进去再说，站这里太久可不好，有人监视。我说谁？并环顾左右，不见其他人。米薇笑道看把你吓的。

我开门进了房间，米薇随后把门关上。我看见一张大床，像泰坦尼克号的甲板，这是一艘沉船，我可不能到上面去，我第一眼就想。我和米薇现在正处在危险的边缘，我们只要上了这条船，准得出事故，不，是发生灾难。我不想这时候出什么事或有什么难，因为我就要出国了，那是我的明天——我费尽艰辛曲折看见的希望不能在明天到来的前夜因为一时冲动而毁于一旦。我必须守住最后一道防线，就是不上那条船去。

"傻看什么？"米薇说，"把行李放下呀！"她拿过我手提的行李，放到矮柜的上面，见我还站着，又说："坐呀！"

我坐到沙发上，米薇给我倒了一杯茶。我边喝茶边看着手表。米薇说吃饭还早，你先洗个澡吧。我给你放水。她说着就到卫生间去。

卫生间传出哗啦的水声，像是我老家屋后流进石缸的山涧，那是我童年和少年时期最不厌其烦的声响，像民间、原始的音乐。我每次劳动或放学回来，听着那潺潺的水声，就忍不住脱掉衣服裤子到屋后去，让冬暖夏凉的山泉冲刷自己。那是没有香皂或任何洗涤剂的冲洗，我每次洗澡前后，总要闻一闻自己的腋窝，对比汗臭的浓度，每一次我都能从明显的反差中感受到水的魅力。

我禁不住站了起来，因为那哗啦的水声吸引或呼唤着我。我解开上衣的扣子，脱掉上衣，全然不觉得米薇的存在。

米薇这时候从卫生间走了出来，我正在拉下裤子的拉链。我一惊，赶紧把拉链拉上，像忠厚的农民见了黄鼠狼把鸡笼关上一样。米薇见了一笑，说水放好了。我光着膀子面对米薇，说对不起。她说干嘛说对不起，洗澡不要脱衣服么？我二话不说，从行李里拿了更换的衣服，进了卫生间。

我泡在浴缸里，像鲸鱼在浅水中。我有些气喘，但我认为不是水的温度和蒸汽造成，而是由于我内心的紧张抑或血流的栓塞。我在这里洗澡，而一个陌生的女子就在外面。她应该算是陌生的，因为我们的关系没有亲密到肆无忌惮的程度，尽管她是我的学生。我的学生正在诱惑我，我很清楚，她是暗恋我的众多的学生之一，但她现在走出了暗恋，向我示爱。我能接受她的爱吗？能，我先想，米薇是个开放、随便的女学生，和她上床是可以不用负责任的，我泡的浴缸不是陷阱，这个房间也不是深渊。

我从浴缸跃了起来，扯过浴巾，裹着下身。我想我就这样出去。我正准备出去，但是我看了一眼镜子。我想看一眼自己再出去。镜面上被水雾覆盖着，我看不见自己。我先用手去擦镜子，看见我的两个乳头，像两个红肿的疮。我的手往上擦，看见我的眼睛，像两个枪口。它们突然使我感到恐惧。我索性把浴巾扯开，用它来擦镜子，我想看清我的全部，也许就不恐惧了。

一个赤裸的我出现在镜子里，我确实不恐惧了。但是我看到了我的丑陋和卑鄙，我原形毕露，像剥掉了羊皮的狼。我不能以狼的形象出现，我想。

我穿好衣服，出了卫生间。我看见米薇在削苹果，果盘上已经削好了一只。她把削好的苹果递给我。我接过苹果，等她削完另一只后，才吃了起来。

有好一会，我们都在吃苹果，而不说一句话。吃苹果的时候，我想起朝鲜的一部电影，在此刻有了新的含义：苹果熟了，爱情也成熟了，收获的时刻到了。年轻的米薇饱满红润，令人馋涎欲滴。此时不摘，更待何时？

我向米薇走去，米薇在沙发上翘起了脸，闭目以待。

我把未吃完的苹果放在一边，把米薇手上的苹果也拿掉。我捧着米薇的脸，跪了下去。

这是我和妻子分开三年后与异性的第一次接吻、抚摸和拥抱。

我像在牢里困了三年终于跑出来的囚徒，像冲开了闸门的水，像饿了一个冬天后看见麋鹿的老虎……

　　我把米薇摔往床上，自己也上了床。弹性的床忽然发生剧烈的摇晃和振动，像船撞上了冰山。就是这巨大的晃动使我警醒，我感觉到灾难的逼近，像咆哮的飓风和海浪，将我寻欢作乐的欲望驱赶。我感到脊背凉飕飕的，像是被饕餮的猛兽舔了。我的情绪急遽跌落，像降旗一样下滑和收缩。

　　"你怎么啦？"忽遭冷落的米薇问我。

　　"我……不行，不，不是不行，是……"我吞吞吐吐。

　　"你怎么不要我呢？"

　　"我想要，可是……"

　　米薇说："你是不是觉得我脏？因为我和别的男人上过床。"

　　"不不，你千万不要这么想。"我说。事实上我有这么想，米薇和留学生曼德拉及我的同乡李论上过床，这我是知道的，因为他们都通过我和她认识。他们分别或先后得到、占有过米薇，曾经得意忘形，但现在是米薇最讨厌或觉得可恶的男人。我也认为他们玷污了米薇，所以她觉得她脏，也以为我觉得她脏。我不觉得她脏，真的，但是我想起曼德拉和李论，一个黑皮肤的男人和一个黑心肠的男人，现在居然要和他们同流合污，我心里有障碍。

　　"我就是这么想的，"米薇说，"其实在他们之前，你可以要我，我也想把我给你，可你为什么不要我？那时候我还是干净的。"

　　"不要这样想，"我打断米薇，"你一直是干净的，很纯的。"

　　"我哪里还纯？"米薇冷笑道，"我和妓女已没什么两样，至多在妓女前面加'高级'两字而已，因为我有一张大学文凭。哦，我已经拿到毕业证了知道吗？"

　　我说是吗？好啊！我显得非常喜悦，想调动起她的喜悦。

　　"刚拿到的，在你去北京签证的这段时候。"

　　"祝贺你！"我由衷地说，因为她能拿到毕业证实属不易。她不是品学兼优的人。在东西大学,没有哪个学生比她更有争议。她放浪的行为和形象莫衷一是,并影响到她的学业和学籍。曾经有人提议开除她,具体地说这个人是学工处的副处长彭冰,她拿来一封匿名信和一份整理的材料交给我,因为我是学工处的处长。匿名信举报米薇和黑人留学生曼德拉有染,非法同居,而整理的材料也证明确有其事,因为里面有米薇和曼德拉的供述,两人的供述基本一致。但凭这份材料能不能就把米薇开除,我和彭冰有一番争论。彭冰认为米薇和留学生发生性关系,并从曼德拉那里得到一颗南非的钻石,是变相的卖淫,理应开除。我说首先校规没有大学生与留学生有性关系就开除这一条,第二曼德拉给米薇的南非钻石是赠品,他们的往来和性关系是情不自禁,不是交易。如果是交易,那么曼德拉就是嫖娼,也要开除。第三我是曼德拉的导师,他嫖娼的话,说明我教导无方,那么我也要请求学校给我处分。彭冰说彰处长,这绝不是针对你,你别误会。我说我不误会,但是我很怕误人子弟。米薇还有一个月就毕业了,曼德拉也要学成回国了,他们的求学之路漫漫而修远兮,我不希望在临近终点的时候前功尽弃,能放一马就放人一马吧。我的口气缓和下来,有商榷和恳求的成分。彭冰的态度有了转变,她说好吧,那就这样。你什么时候去签证出国?我说过几天。她说有把握么?我说有把握。她说祝贺你。我感觉她的祝贺是发自内心,因为我一出国,她就有了当处长的希望和可能。我说你放心,我出国之前,一定向学校力荐你接替我。因为你帮了我一个忙,同意不开除跟我关系密切的两名学生,和我一样成为他们的保护神。

"我拿到毕业证有你一半功劳,谢谢你!"米薇说。她也许知道了我对她的庇护,还可能知道我在批阅她的考卷的时候给了她一个中上的分数,而按我的要求和标准她是得不到这个分数的。我科任的"当代文学"考试出的是论文题,让学生任选一个当代作家进行评论。米薇选了卫慧。她在论文里对卫慧和她的《上海宝贝》大加褒赏，这是有悖我的观点的，并且字数只有一千字，达不到我一千五百到两千字的要求。但是我对这篇至多只能及格的论文给了良，因为它的作者是米薇，是一个帮助过我的人，还是喜欢我而我也喜欢她的人。

"但是我躺在你的身边不是想报答你，"米薇又说，"而是我想要你，因为我爱你。我早就爱上你了。可是你不要我，因为你不爱我。"

"米薇，我……我不知道怎么跟你说。"

"我知道你爱你的妻子，"米薇说，她看着天花板，"你是为了她才要出国的。你怕你再不出去你妻子就要变心，因为你爱她。我见过你的妻子，那是我大一的时候。她也是那一年出国的吧？她很漂亮，和我一样漂亮，但是气质比我优秀。那时候我就想能征服并且娶这样优秀女人的男人一定才华横溢、潇洒倜傥。然后我就打听，知道是你。于是我就选修了你的课，认识了你，还……爱上了你。但是你没有爱上我。你不仅不爱我，还把我介绍给其他男人。我不喜欢你给引见的男人，真的，但是我居然还跟他们上床。我之所以跟他们上床，是因为……"

"你别说了好不好？"我打断米薇的话，因为她发言就像控诉，就像揭露或撕破我的嘴脸。为了学校的一个项目，为了项目落实后学校送我出国，我把我喜爱的一名学生当钱一样送给了掌控项目权重的人。这个人是省计委项目计划处处长李论，他是我的同乡、中小学同学，学校因为我和他这层关系把任务交给了我，并许诺事情办成送我出国。我为此找了李论，把漂亮的米薇当诱饵和见面礼。李论笑纳了，因为他像喜欢金钱一样喜欢美女，尤其是高学历的美女。他要玩上档次的女人。他确实玩上了米薇，但他也为此付出了代价。他给了米薇多少钱我不知道，但是他把东西大学申报的项目报告给审批下来了，在没有收受一分钱贿赂的情况下。这里面有米薇的功劳，当然也有我的功劳，因为那是一个利在当代、功在千秋的项目，学校领导是这么说的。

"好我不说了，"米薇说，她坐了起来，离开床，打理了一下衣裙和头发，"我们吃饭去吧。"

我们来到餐厅。这是夏威夷酒店的楼顶，是个旋宫。我开始没有意识是个旋宫。米薇点菜的时候，我往外看着眼底下的城市，具体地说望着横跨南江的大桥，像凝视一只巨大的手臂凝视着它。但渐渐地，大桥不见了，出现在我眼前的是一座和夏威夷酒店平起平坐的高楼，我才知道我处在旋宫之中。

米薇点的酒菜不多，但都是极品，档次不亚于我以学校公款宴请李论的酒席，但这次是私人掏钱。

"我们先说好，我请客。"我说。

"为什么是你请客？"米薇说。

"因为我是老师。"

"我也不是学生了，因为我已拿到了毕业证，"米薇说，"也就是说我是个社会人了。"

"可是你还没有工作。"

"工作？"米薇笑，"有钱就行了。"

"什么钱不钱的，说好了呵？我请。"我说。

米薇说："谁带的钱多谁请。"

我盯着酒菜，说："这桌要多少钱吧？"

米薇说："你看清楚了，光这个燕窝要两千，还有这瓶酒，是XO，少说也要三千。你身上还剩有这么多钱吗？"

我想都没想，摇摇头。

"但是我有，我有七八千现钱，"米薇说，她打开坤包，露出一沓现金给我看，"不够我还有卡。"

"你这是要干什么嘛？"

"没什么，点少了就怕你付钱，就怕你请得起，所以我就点贵的。"米薇说。

"把酒退掉吧，"我说，"我们不喝洋酒，喝国酒，就是五粮液都行。"

"笑话，"米薇说，"我米薇才不做回头的事，做什么从不反悔。再说你就要出国了，喝洋酒对你有好处，和你的身份与未来生活适应。"

我还想说些什么，而米薇固执地把酒的瓶盖打开了。服务生接着过来斟酒，红红的液体涓涓流进杯子里，这是世界上最昂贵的液体，像血一样。这似乎也是米薇的血！我想。

米薇举起酒杯，邀我干杯。

我抿了一口，把杯子放下。

"你不喝，我喝！"米薇将酒一饮而尽。

接下来米薇就像发狂似的一杯连着一杯地喝，不听我的劝说，她把酒瓶护在近身，以防我夺去。我知道再劝说也没用，任由她喝。我突然希望她喝醉，因为她喝醉了，或许就解脱了。

她果然醉得如痴如幻。

我掏出身上全部的钱，又从米薇的包里拿了几千，结了账。

我像挟持人质一样，又拖又抱着米薇，回了房间。我把她放在床上，给她脱了鞋和袜，盖上毛巾被。她昏睡着，比吃了安眠药还沉静。我倒了一杯水，放在床头柜上。然后我就走了。

我回了大学。

我进住所头一件事是给妻子打电话。我必须告诉她我拿到出国的签证了。我拨通了她住所的电话，但是没有人接。我这才想起现在是英国的白天。白天我的妻子通常是不在住所的，像我一样，要很晚才回来，只不过她在图书馆、监房、当事人家里、法庭，而我则在教室、办公室、酒楼。她学的是法律，为外国律师当助手挣钱，而我是又当副教授又当处长，哪里用得上我哪里有我。

2

东西大学

文件

东人事（2003）第104号

关于彰文联等同志的任免决定

经学校党委研究决定：
一、免去彰文联同志学生工作处处长职务；
二、任命彭冰同志为学生工作处处长。

中共东西大学党委组织部（公章）
2003年6月20日

抄送校长、副校长、书记、副书记，印发各部、处、院系，共220份。

3

彭冰拿着组织部的文件闷闷不乐，好像被免职的人是她不是我一样，或者说好像升官的人不是她一样。她踱来踱去，手里的文件像小白旗似的举也不是，不举也不是。

我坐在椅子上看着她，说："你这是干什么？有什么不满意的？你应该高兴才对。"

彭冰说："我这是为你感到不平，文件怎么能这样写呢？"

我说："不这样写怎样写？"

彭冰说："应该写明你不再当处长是因为你要出国，可什么原因都不说，好像你犯错误似的。"

我说："我确实犯了错误。我最大的错误是当了学工处的处长，现在我处长不当了，说明是改正错误，不是犯错误。"

"那你的意思我接你当这个处长，是在犯错误？"彭冰说，"我本来是同情你的，想不到该被同情的人是我。"

我的后背像突然被人推了一下，离开靠背挺直，说："你千万别误会，我是针对我自己，不是说你。我和你不一样，真的。"

"有什么不一样？"

"你先坐下来，好吗？然后我跟你说。"

彭冰坐在沙发上，眼睛看着我，等我说话。

"我不是搞行政的料，"我说，"我本来是个教书的，而且教得好好的，没想到要当官，不，是没想到从政，搞行政，处长其实也不算什么官是吧？"

"是吧。"彭冰说。

"那算是吧，"我说，"可我之所以当上处长纯属是赶鸭子上架，明确说吧是因为一个项目的需要，就是我们学校要建科技园的项目，这个项目学校需要我跑腿，但是我跑腿没有个相应的行政职务不行，不好工作。所以学校就给了我个处长当当。可能是其他处没有位置安排不下了吧，就把我安排到学工处来。学工处处长本来应该是你当的，但为了照顾我而让你受委屈了。好在我只当了三个月，项目落实了，我也要出国了，该是你的最终还是你的。我很为你高兴，真的。"

"那我呢？"彭冰说，"我和你有什么不一样，你并没有说。"

"你廉洁、勤政，"我说，"你坚持原则，忠于职守，思想进步，工作认真，作风正派，而这些品质，我没有，你有。"

"还有吗？"

"还有，"我说，我笑了笑，"就是你是女的，我是男的。"

彭冰忍不住笑了，笑得很舒心、甜蜜，这真是难得一见的笑容，在我不当处长以后。她的脸洋溢着舒服和满足，像一个不容易有高潮的女人获得了高潮。

"好了，"我说，"我现在正式把工作和位子移交给你。"我说着站了起来，离开办公桌。

"彰处长，"彭冰说，"不急，等你出国后，我再搬过来。"

"我已经不是处长了。"我说，我走到她面前，她站了起来。我把学校配给处长的手机给她，像一个退役的军官交出武器一样。她接过手机，也接过我的手，握住。

"我已经把处长递给你了，你也接了。我不管了，再见。"我说。

"再见。"彭冰说。她慢慢收手，像手里真有宝贵东西似的小心慎重。她的眼睛露出性情的光，像从雪域高原产生的火花，小巧而圣洁。这是一个洁身自好的女人，我想，严谨得像一个蛋，分明得也像一个蛋，黄是黄，白是白。在鱼龙混杂或卵石无间的高校，她能始终保持一份清醒，不被打破，很不容易。她和所有从政的人一样，都想升官，但她升官的目的是想证明自己的上进，是想更大限度地奉献自己，她就是这么纯粹，真的。她1977年毕业留校，是本校自己培养的干部，就像近亲生育的婴儿。她曾经出类拔萃，受母校的器重。1979年自卫反击战，她组织十名女大学生亲赴前线，慰问将士。她们站在硝烟未散的阵地上，为将士唱歌、朗诵，生动的身影和声音，像女神一样，让舍生忘死的指战员们情绪亢奋、顶礼膜拜。她们的举动得到全国媒体的称赞，被誉为"拥军十姐妹"。她们的名誉为东西大学添了光彩，一度成为学校引以为豪的"教学成果"，那时候还没有"品牌"这个词。那十姐妹中后来有六个人嫁给了军人，彭冰是其中之一。但是后来有五个人离了婚，彭冰是唯一没有离婚的一个。她的丈夫当时是个连长，据说身上有十处伤口和两枚奖章。她是在他养伤的时候嫁给他的。她的丈夫养好伤后回到部队，依然是连级干部。他之所以没有提拔是因为当时部队提干已强调知识化,像地方一样。她的丈夫没有文凭,而她的学历也只是大专,还是工农兵学员。于是这名母校自己培养的干部,就像畸形儿一样被冷落和歧视。她四十岁才当上副处长,一当就是八年,现在总算把"副"字去掉了。如果我不出国,她这个处长不知要熬到什么时候才能当上。她应该算是幸运的,因为她丈夫比她还惨,十年前转业到学校的食堂,现在连科长都不是。

"再见,彭大姐。"我亲切地对这个比我大十岁的女人说。

4

这个今天来找我的女人举止正经、措辞严密,因为她是个律师。

她带来了我的妻子曹英与我离婚的通知,并出示了曹英给律师的委托书以及她单方面拟好的离婚协议。

委托书

兹委托中国宁阳市莫愁律师事务所莫笑苹律师全权代理本人与彰文联离婚事宜。

委托人曹英
2003年6月20日

离婚协议

曹英、彰文联因感情不和有意离婚,经双方协商达成如下协议:

一、财产分割

1. 双方在婚姻期间的国内财产，归男方所有。国外财产归女方所有。

2. 双方婚姻期间的国外借贷由女方偿还。国内如有欠款由男方偿还。女方出国时缴纳的回原单位服务信用金（30000元人民币），如退还，归男方所有。

二、赡养

1. 子女赡养（无）；

2. 双方父母的赡养，离婚后各自负责。

三、其他

双方约定，离婚后各自有再婚的权利和自由，决不互相干涉。本协议双方签名有效。

女方：曹英（签名）　　　　　　　男方：
2003.6.20 伦敦

两份文书像两张薄饼，在我手里捏着。它们非常的滚烫，尽管从遥远的英国发出，经历了数万里路的风凉，却依然热度未减。它们能让我怒火中烧，不是吗？我忍受了三年和曹英分居的痛苦，为了出国和她团聚，我还蒙受了屈辱，做了不该我做的事。我牺牲自尊和人格，甚至出卖自己的学生，换来了学校出国的准许。眼看着拿到出国的签证，正择日启程，妻子的离婚通知却突如其来，像晴天的霹雳。这纸文书更像是利刃，要将我和曹英的婚姻关系一刀两断。可我是爱她的呀！并且也忠于她，至少在性方面我宁可手淫都不和爱我的女性上床。可曹英爱我吗？忠于我吗？她能做到不和勾引她的男人上床吗？那些如狼似虎的外国佬，以及同她一起出去把爱人留在国内的那几个如饥似渴的中国男人，他们能放过美丽而懦弱的彰文联的妻子吗？

答案就在我的手里，一份离婚协议说明了一切。

"拿笔来，"我对曹英的律师说，见她愣着，我又说："有笔吗？"

曹英的律师掏出笔，递给我，说："你不是不可以考虑。"

我说："对一个失去了妻子情爱的丈夫来说，还需要考虑吗？"

"我的意思是，"曹英的律师说，"在利益方面，你有需要增加或删减的地方，可以提出来，进一步协商。"

我笑了笑，看了曹英的律师一眼，在协议书上签了自己的名字。

离婚协议又回到曹英的律师手上，她像对待证据一样看护着它，把它收好，因为那上面已经有了我的签字。就是说协议产生了效力，它改变了一个男人和一个女人的关系，或宣示了一桩婚姻的死亡。

"那么，现在我们走吧，"曹英的律师说，她把茶杯往茶几中央推了推，"如果你方便的话。"

我懵懂地看着曹英的律师。

"有了协议，可以去办正式的离婚手续了呀！"曹英的律师说。

我恍然醒悟，拍了自己一下脑袋，"哦，是的。"

"当然，你情绪不好，我们约个时间再去。"

"我情绪不好吗？"我说，"眼看妇女解放、新生、独立、自由，我情绪能不好吗？我又不是地主恶霸。"

曹英的律师一笑，可能是因为她觉得我幽默。这是今天她到我家后露出的第一个笑容。"好吧，那我们现在就去。离婚证能早些办也好，今天是星期五。"

"我和你？去离婚？"我看着不是我妻子的女人说。

"当然，我是你妻子的律师。她不在，我可以代理。"

"那么，你去办就是了。我可不可以不去？"

"除非你也请一个律师。"

一个小时后，我坐在了曹英的律师车上。我不得不和她去办离婚手续，因为我没有律师。我不需要律师，就像一个注定终审也将维持原判的人，不想破费一样。纵使我花再多的钱，我的婚姻也无法挽救，因为我和曹英的问题不是钱能解决的。她现在不是因为穷才不爱我，就像当年她不因为我没钱就不爱我一样。想当年我拮据得只能抽九毛钱一包的"钟山"烟，因为我工资的一半都援助了读书的弟弟，但曹英的爱却使我感觉到我是世界上最幸福和富有的人。而现在我抽烟的规格已经提高到了十五块钱一包的"555"，偶尔还能抽上三十、四十块钱一包的"玉溪"、"中华"，我的生活质量蒸蒸日上，但婚姻却走向了坟墓。我现在正朝坟墓驶去，如果不出意外的话，再有一个小时，我和曹英的婚姻将彻底地被埋葬。即或婚姻存续，我还是曹英的丈夫，曹英还是我的妻子，爱情死去了，那又有什么意义呢？

曹英的律师开着车，进城穿街游刃自如，想必已有不短的车龄。她的年纪也不过三十出头，就成了价值超过二十万的汽车车主。如果这样的女车主貌美风骚，那是势在必得。可这位女子算不上美，只能说不难看而已。相貌平平的女人比比皆是，拥有香车的能有几个？而我身边的这位女人竟能出类拔萃，独一无二，这是为什么？

"看来，律师真是个好职业。"我说。

"此话怎讲？"她歪了一下头说。

"因为，"我说，"多少当事人的辛酸，乃至血汗，都凝聚或寄托在你们律师身上呀！"

"这话说的，我怎么觉得特别阴毒呀？好像我们律师是资本家剥削者似的。"

"有为弱者或无助者亲自开车和竭诚帮助的资本家剥削者么？"

"没有。"

"那律师怎么会是资本家剥削者呢？"

她又歪过头来，看了看我，说："你真应该去当律师。"

"为什么？"

"因为你会狡辩。"

"我的这一才能是我妻子教会的，她也是一名律师。"

"再过一会，她就不是你的妻子了。"

"我知道。"

我摁了摁腿上的信封，硬硬的东西还在信封里。那是我和曹英的结婚证，我花了近一个小时才在床底下的鞋盒找到它。谁把它装在了那里？什么时候？不记得了。一个没有鞋的鞋盒子，谁想结婚证会藏在其中？谁想到结婚证在结婚后还会那么重要？它有教授的职称资格证重要么？没有。结婚是为了离婚，或结婚才有离婚，结婚证是留着离婚用的，谁想到呀？

我把结婚证从信封里拿出来，看着这个折腾我的东西，我百感交集，像失败者看见红旗一样。我多久不看这红本子了？三年？五年？我想是六年，因为我和曹英结婚已经六年了。六年前为了得到这本东西，我是费了多大劲呀？它是我和曹英与曹英的父母斗争的成果，因为曹英的父母反对女儿嫁给我，所以我们才要斗争。那斗争可真叫残酷，最后是曹英以与父母断绝关系为代价，才嫁给了我。这本结婚证来之不易呀！可现在我得把这本结婚证交出去，把六年前斗争取得的胜利果实拱手奉送，我于心不忍呐！可我又有什么办法？妻子已经不爱你了，不愿跟你同甘共苦了，你能强迫她回心转意么？就像牛不愿喝旧泥塘的水了，老鼠掉进米缸里了，你再把它们拉回过原来的生活，有幸福可言么？

"其实，你不必这么愁眉苦脸。"曹英的律师说，她注意到我拿着结婚证发呆。"我想，你应该是一个洒脱的人。你有那么多的学生。"

我盯着曹英的律师，因为她的话让我敏感。"听你的意思，好像我不是安分守己的人？"

"我的意思是，"曹英的律师说，她看着前方，沉默了一会，"你应该比一般的离异者更容易……重新找到幸福。"

"因为我桃李芬芳？近水楼台先得月？"

"难道不是吗？"

"那要看我是怎样的人。"

"你是个很受学生欢迎乃至崇拜的老师。"

"想不到你的当事人也会褒扬我。"

"不，我是听东西大学的人说的。"

"东西大学？我受欢迎？被人崇拜？嗨，我是连教授都评不上你听说吗？"

"我有个妹妹在东西大学读书，我从她那知道的。"

"那你妹妹一定与众不同。"

"是，当然，"曹英的律师说，她停住车，因为前面出现了红灯，"我妹妹在东西大学谁也看不起，除了你。"

"有那么高傲的学生吗？她应该去读北大。"

"想知道她叫什么吗？"

"不想。"

"米薇。"曹英的律师说，她平静地看着我，想知道我是什么反应。

"哦，米薇呀。"我说，我强迫自己沉着、平静。

"认识吗？"

"认识。"

"熟吗？"

"熟。"

"很熟吗？"

"很熟。"

这个自称米薇的姐姐看着我，像监视学生考试的老师一样。

这时候，红灯消失绿灯亮起，我说绿灯亮了，快看。她端正了脸，踩了油门，把车开过道口。匀速地行驶后，她说："该你问我了。"

"米薇怎么会是你的妹妹呢？你们不是一个姓，再说，你们长得也不像呀？"我说。

"我知道你会这么问我，"她说，"但我们确实是姐妹。至于我们为什么不一个姓，很简单，我们的父母离了婚，我归爸爸姓莫，她随母亲姓米。"

"还有呢？"

"还有，我们姐妹为什么长得不像是吧？"她叹了一口气，"现在也不怕跟你说。因为我母亲爱上了另外一个男人，想必是个帅哥，因为妹妹生下来很漂亮，而且越长越美，和我相比，简直是两个爹生的。我爸爸于是起疑，借口带妹妹去北京旅游，在北京做了亲子鉴定，证实了他的臆断。这就是我和妹妹不相像的原因，也是父母离婚的原因。"

"幸福的家庭都是相似的，不幸的家庭各有各的不幸。"我说。我突然想起了托尔斯泰。

米薇的姐姐瞟了我一眼，我心里现在把她当作米薇的姐姐了。她仿佛也是以米薇姐姐的身份在看我，像是要从我身上找出我和她当事人离婚与她的妹妹有什么瓜葛一样。

这个社会的关系错综复杂我知道，可如此那般的千丝万缕我却没想到。人和人之间怎么都有联系呀？我和曹英离婚本来与米薇没有关系，毫不相干，可曹英请来的律师竟是米薇的姐姐！？这个城市太小了么？也不小。五百万人口的城市，竟也不能让我和妻子在离婚这件事情上变得单一一些，纯粹一些。

"你妹妹，不错，"我不得不说米薇，既然她姐姐把她扯了进来，"她的崇拜者追求者，可要比我多得多。"

"我们现在不谈米薇，我是你妻子曹英的离婚代理人，别忘了。"她说，米薇的姐姐变成了曹英的律师。

"好，很对，是的，"我说，"我们离婚去吧。"

我突然沉默寡语，因为我的心情变得沉重了起来。我正在去离婚，就像一个死到临头的人已经在行刑的路上。我与曹英的家庭正在走向毁灭，婚姻的死亡就要成为现实。我的爱情就要被埋葬了，但掘墓人却不在场。现在和我去离婚的女人，竟不是我的妻子！曹英你真是心狠啊，连面都不跟我见，连个电话都不打也不接，这是何苦呢？你不能亲身体验离婚过程的悲哀，不能承受离婚现场的难堪，难道我就乐于体验甘愿承受么？

　　一幢青砖红瓦的小楼兀立在我们的面前。曹英的律师领我走了进去。陈旧的标语，斑驳的墙壁，木楼梯，像老电影的画面勾起我脑海里的印记。我肯定我曾经来过这个地方。在二楼的楼梯，我看见一个缺陷，那是我跪倒的时候膝盖骨碰坏的——我因为太激动了太迫切了，拉着曹英上楼。我光顾着看曹英，顾不着别的，脚一踩空，扑通跪下！我的骨头像锤子往阶级上一敲，把木边给敲出了一块。我当时并不觉得疼痛，只觉得不祥！而曹英却和我相反，我看着她因为我跪倒而心疼得流泪的样子，不祥的感觉转瞬就没有了。这么心疼我的女人上哪去找呀？这么恩爱的一对男女结婚以后怎么可能还会分手呢？结婚之前的这一跪，不说明什么，是不小心挨的。我不相信不吉利。我美好的想法散布着我的身体，像麻药一样，麻醉了我六年。

　　如今，六年前的那个不祥感觉或兆头又来了，它正在得到验证。我的膝盖骨突然疼痛无比，六年前的创伤过了六年才钻心刺骨，像麻醉期过了或麻药失效了一样。

　　我步履艰难地随曹英的律师上楼。她领着我，熟门熟路的样子让人感觉她是个离婚专业户。

　　事实上就是这样。婚姻部的办事员都认得她，而且对她还十分尊重，又是请坐又是倒茶，称她莫大律师，仿佛她是能给人们带来福利的使者。是的，从当事人的角度看她是，比如曹英现在一定很感谢她，她幸福的希望就寄托在她身上。她能替人把事办成了,把彰文联的妻子变成了彰文联的前妻,那么在曹英看来,莫律师真是劳苦功高啊。

莫律师出示曹英的委托书,让我把结婚证拿出来交给办事员。然后我得到一份表,在莫律师的指导下,把表填好了,最后莫律师和我分别在表上签名。当表交还办事员的时候,办事员已经把离婚证办好了,递给我们。那是两个蓝颜色的本子,我和莫律师各执一本。

我手持离婚证往另一只手一拍,说:"完了?"

莫律师说:"完了。"

我扭身就走,莫律师跟着出来。在楼门前,莫律师说你没事吧?我说没事。

"我送你回去吧。"

我看着莫名其妙关怀我的女人,说:"那我会哭的。"

于是她给我一张名片,还给了一段话:"律师是世界上最希望被人请的人,也是世界上最害怕被人请的人。因为,他只能站在雇请他的一方的立场上,而冒犯了另外的一方,尤其是他维护的一方占上风或胜诉的时候。"

"原来律师也有痛苦,"我说,"不仅幸福着胜方的幸福,还痛苦着败方的痛苦。律师的良心昭然若揭哪!但愿我的前妻也像你一样,她也是一名律师。"

她冷静地看了我一眼,像是不屑我的讲话。她没有回敬我的话就走了。她坐上她那部与她相貌不符却与身份相符的车子,把它开走。

莫笑苹。我看着她留给我的名片上的名字。这个女子不寻常呀,像她同母异父的妹妹米薇。她是心志不寻常,而米薇的不寻常是她魔鬼般的身体。

我突然想见米薇,特别想见她。我想告诉她我离婚了,想知道她是怎样的态度?她会不会高兴得手舞足蹈?并且给我安慰。

我现在需要别人安慰，真的很需要。

我在电话亭用肩胛夹着话筒，手指拨的却是李论的号码。

5

"祝贺！衷心祝贺！"

李论念念有词，频频举杯，向我祝酒。他把我的离婚当成一件很大的喜事，眼里和嘴里尽是艳羡和嫉妒的神情与口吻，仿佛离婚是每个事业有成的男人难以实现的梦想，谁实现了谁便是三生有幸的男人。有道是：恋爱是迷误，结婚是错误，离婚是觉悟。如此说来我是个觉悟的男人。可我觉悟了什么呢？曹英和我的婚变让我得到了什么？

"首先祝贺你获得了自由，"李论说，"砸烂了婚姻的枷锁，你解放了！"

"离婚不是我提出来的，我并不想离婚。"我说。

"然后就是祝贺你将迎来人生的第二个春天，"李论不顾我的说明，"美丽的大学像花园，花园的花朵真鲜艳。你就是花园的蜜蜂，风流在大学这个美丽的花园里！"李论窜改一首儿歌，唱道。

"我是园丁，不是蜜蜂。"

"然后嘛，就是祝贺你和我仍然能狼狈为奸，"李论还是不顾我的说明，"你我团结如一人，试看天下谁能敌？"他在窜改一首诗，说道。

"你这么反动，我不会再与你为伍的，"我说，"你曾糟蹋过我的女学生，以后你别想了，没门。"

李论说："那我们换女教师好了，呵？"

我忽然严肃起来，说："李论，我来找你是希望你安慰我，不是来听你煽动和挑唆的。"

"好呀！"李论看着我，"我这就安慰你，"他递过一张餐纸，

"你擦眼泪，可你得哭呀？你不哭，你说你心在流血，好，"他抓起酒瓶，"你把这瓶酒喝了，它能止血！"他晃动瓶子，像江湖郎中鼓捣药液一样，"喝了它，包好！"

"喝就喝！"我一把接过酒瓶，盯着里面透明的液体，猛地往我嘴里倒灌。

我像一口浅薄的井子，咕噜咕噜地吸收着水酒，没多少便冒顶了，多余的都喷了出来。

李论擦着喷溅到他身上的酒渍，冷冷地笑了笑，说："你不就是想出国吗？现在和老婆离婚了，这国嘛也就没理由出去了，所以你愤懑、窝火，想找一个地方对一个人倾吐、发泄。但是你不痛苦，你的神情告诉我，你有的只是痛快。你像白岩松，痛并快乐着。"

我怔怔地看着李论，他仿佛一台透视机，在冷酷地对待着我。

"你的心本来没有流血，"李论手指着我说，"但经我这么一捅，流血了。"

我再一次抓过酒瓶，把剩余的酒都喝了进去。

我居然没吐，灌进去的酒像流向了深渊。

李论点点头，又是冷冷一笑，说："这回我相信，你是真的痛了。"

6

我拒绝李论的护送，坐出租车回了大学。我的钱包里全是美元和英镑，我掏出十英镑给了司机，被他退了回来。我说不认识这是英镑么？那我给你美元。我拿出一百美元给了司机，又被他退了。我说你连美元都不要，难道你只认识人民币么？司机说美元英镑我都认识，可惜你上车的时候，你的朋友已经给了我一百元人民币了，负责把你送到家。我说我已经到家了，我的家就在楼上。司机说我送你上楼去。我说不用,我自己能走。司机说既然这样我找你四十六元。我说为什么?他说因为你不需要我按你朋友的话做,所以我只能按表收费。我说钱是我朋友给你的,你找给他吧。他说我哪去找你的朋友去呀?我说那好,你开着车,在校园里兜,看一看这所腐朽大学的美丽夜色,兜够一百元,行吗?他说腐朽?美丽?那我倒是要看一看。我谢了实在和好奇的司机,独自上楼。

一团黑糊糊的东西定在我住所门口,我以为是什么人蹲在那里。等我到了跟前,才看清那不是人,而是一大篮鲜花!谁把鲜花放在我的门口?是谁在我离婚的当天就送来了祝福和吉祥?谁把我离婚的丑闻当成了喜讯?

我试了几把钥匙,才把自己住所的门打开。我抱着花篮走了进去。

我在花篮里找到一张纸条,纸条上的字歪歪扭扭,是女性的手笔,写着:

翅膀没有在天空中留下痕迹,但我真的飞过……

这是一句泰戈尔的诗,但手写这句诗的人却肯定不是泰戈尔。泰戈尔早死了,只有他的诗活着。这句诗我在课堂上讲过,还把它写到黑板上。现在,是谁记着这句诗又把它抄送给了我?

我知道是谁。其实,从看到花篮的第一眼,我就知道是谁送的。她是我离婚后最想见的一个人,但是我没有见她。我最不想见的人是李论,但是我却见了李论。我真想有一个人告诉我这是何苦?为什么?也许只有泰戈尔能告诉我,这个虽死犹生的诗人,也许能做我导师。是的,他当之无愧。

这篮鲜花芬芳馥郁,她的芳香也没有痕迹。

第三章

1

　　黄杰林把《G省公开选拔14名副厅级领导干部公告》推到我面前的时候，我以为他给错了文件。我像廉洁的领导拒贿一样把公告退给他，又被他推了回来。我说你可能给错文件了。他说没错，我叫你来，就是让你看一看这份公告，然后报名，参加选拔。我还是不相信，说一个大学副教授要去考官，这不是驴唇不对马嘴吗？他说你是讽刺我呢还是嘲笑你自己？因为我当大学副校长的时候，也是副教授。我说我当然是嘲笑我自己。我哪敢讽刺你？你当大学副校长是天经地义、众望所归，再说你也不是考上的，而是组织任命的，跟我说的是两码事。他笑笑，说你又说错了，现在考上的可要比任命的光彩呀，更显得有能耐。任命的呢，很容易让人猜想有后台呀暗箱操作呀上去的。文联，幸亏我俩是同学，要不你这话可把我这组织任命的领导得罪了。我说这是什么话？你现在是副厅级，要是有公开选拔厅级的，我肯定你首当其冲能考上。黄杰林手指了指我，说看看，会说话了不是？这样说就对了，让人舒服。我说我说的是真心话，可不是吹捧、拍马屁。黄杰林竖起拇指，说更会说话了，这就是官话，就得这么说！文联，你绝对有做官的天赋！我说我可没做官的命。我彰氏祖宗八代没一个人做官的，羞耻得连一个领衔编族谱的人都没有。

黄杰林从他的座位站起来，走到我身边，"彰氏很快就要有自己的族谱了，因为你即将成为你们氏族的骄傲，"他说，并把手搭放在我肩上，像是有重任托付给我，"好好搏一搏。"

"我恐怕难以胜出。"我说。

"你别无选择！"黄杰林强调说，"你想一想你现在的处境，学校原以为你要出国，就把你的处长给免了，谁想到你在国外的老婆突然来这么一手，和你离婚，把你出国的路堵死了。现在是出又出不去，想重新安排你又没了位置，你说还干什么？你说？"

"当副教授，教书呗。"

"教书？彰文联就这点出息？"黄杰林看着我，手却指着自己的鼻子，"东西大学副校长黄杰林的班长只有教书写书的能耐？哦，小组长都当了副校长了，而班长却屈居手下？你没个官位别人以为是我打压你，我的脸往哪搁？没法搁！现在有机会高升，我是极力推荐你，懂不懂？"

我看着黄杰林哀其不幸怒其不争的脸，麻木的心有些感动和冲动，"那我考什么官好呢？"我说。

"宁阳市副市长，管科教的，"黄杰林说，他触摸公告，在我手上翻开，"公开选拔的职位和职数，看这，宁阳市副市长两名，括弧，经济和科教各一名。依你的条件，就考科教副市长合适。"

"没别的啦？"我说。

"有哇，"黄杰林说，"你看，省委党校副校长一名，括弧，女干部，你不是女干部。省高级人民法院副院长一名，括弧，党外干部，你是党员。省经济贸易委员会副主任一名，你懂经济吗？不懂。省教育厅副厅长一名，括弧，党外干部，你又不合适。省水利厅副厅长一名，你不懂水利。省农业厅副厅长一名，你也不懂农业。省林业厅副厅长一名，省对外贸易经济合作厅副厅长一名，省环境保护局副局长一名，省工商行政管理局副局长一名，省经济体制改革办公室副主任一名，省煤炭工业局副局长一名，你看看，有合适的吗？除了科教副市长，没合适你的。"

"我能考上吗？"

黄杰林看着我，像个算命先生一样掂量和思算着什么，然后说："你能考上。"

"说说看。"我说。

黄杰林伸出左掌，用右手扳下小指，说："第一，你政治可靠，在大学时代就入了党，到现在已经有近二十年的党龄，对党忠诚。你还爱国，为了国家的教育事业，你放弃了出国的机会，不惜和在国外的妻子离了婚，顾大家而舍小家。"我想说我不出国与爱国无关，他扳下了无名指，"第二，你具备拟任领导职务的岗位所必需的专业知识、组织协调能力和相应的决策能力，就是说你懂文教。"他扳下中指，"第三，你具备履职的身体素质和心理素质。"他扳下食指，"第四，你当过处长，已经是处级干部。"他扳下拇指，"第五，你是博士。这是你最强人之处，因为将和你竞选副市长的人，绝大多数都不可能有你这么高的学位！"

黄杰林一共说了五条，他左掌的五根手指也扳完了，攥成了一只拳头。他把拳头往前一打，像《幸运52》的主持李咏那极富挑战性的一击，令我心潮彭湃，跃跃欲试。

我站起来，看着给我鼓舞的黄杰林，说："我要是考不上，对不起祖宗事小，没脸见你事大。"

他笑了笑，说："你要是考上了，我也就彻底地不内疚了，因为我的老班长终于可以和我平起平坐了。"

2

米薇在电话里称我彰副市长，把我吓了一跳。我说你千万别乱叫，米薇，我还没考呢。米薇说你一定能考上，等你考上再叫就晚了，我要成为第一个叫你彰副市长的人。我说免了，我还是喜欢你叫我彰老师。米薇说不，我可以叫你彰老师，也可以不叫，因为我已经毕业了，走上社会了。我说工作有着落了吗？她说我这种学生，谁喜欢？谁敢要我？我说不会的，你一定能找到好的接收单位的，不着急，呵？米薇说那要看好的单位的领导，是不是男的，又好不好色。

我一下子愕住了，不知道怎样回答我钟爱的学生。

"不过你放心，将来你当了市长，我一定不会为工作的事找你，"她说，"因为你不好色。你是柳下惠。"

我无奈地扭脸叹了口气，目光触到一篮花，那是我离婚的当天米薇送的。我说："你的花我收到了。"

"它枯萎了吗？"

"没有。"我说。事实上花已经蔫了。

"把它扔了吧，"米薇说，"我想你已经不难过了。"

"谢谢你，米薇。"我说。

"你正在做什么？"

"复习，你打电话来的时候。"

"那不打扰你了，"米薇说，"等你考完试再找你。"

我说："不，米薇！"

"啊？"

"我想见你。"我说。

一个小时后，我在市内一个叫上岛的咖啡屋见到了米薇。她的打扮和在学校的时候已经截然不同。她现在像一名学生，在走上社会以后。我吃惊地看着她。

"我变得让你刮目相看了是吧？"她说，"你坐我对面吧，这样我才更像你的学生。"

我坐在了她的对面，却没有了是她老师的感觉。我已经离了婚，是个独身男人。一个独身男人的目光应该怎样看待一个从大二就开始爱慕自己的漂亮女孩呢？

"你看我跟从前看我不一样了。"她说。

"是吗？你变了嘛。"我说，喝了一口咖啡。

"你不想变吗？"

"我不变也得变。"

"是的，你是迫不得已离的婚，我知道。"

我看着米薇，想到她同母异父的姐姐莫笑苹，"因为我的前妻有一个出类拔萃的律师。"我说。

"我姐姐是个排斥漂亮和不忠女人的律师，想不到在这件事情上，她能为背叛你的漂亮妻子全权代劳，"她说，"为这我要重新看待她，也谢谢她。"

"你也给你姐送花了么？"我说。

米薇一愣，才会意我的话，说："我姐对花过敏，她不像你。"

"她结婚了吗？"

"没有，"她说，瞄了我一眼，"怎么，对我姐有意呀？"

"我和对花过敏的人有距离。"我说。

米薇说："想知道我姐为什么至今未婚吗？"

"有点好奇。"我说。

"为了不离婚，"米薇说，"我姐几乎每天都接触离婚的人，所以患了结婚恐惧症。"

"可惜。"我说。

"可惜什么？"

"一个该结婚的女人不结婚，岂不剥夺了一个男人做丈夫或父亲的权利？"

"我母亲有丈夫，可到现在我还不是不知道我的亲生父亲是谁？"

"你的亲生父亲一定非常优秀，而你母亲也一定非常爱他，不然你母亲也不会生下你。"我说。

米薇端起杯子，像喝酒一样将咖啡一饮而尽。"服务员！"她挥了挥手,"上一瓶酒!"我按下她的手,说现在不是喝酒的时候。她说不行,我想喝。我说等我考上了官,再喝行不?她定定地看着我。服务员这时候到了我们身边,说上什么酒?

我举起一根手指,说:"一杯咖啡。"

咖啡上来了,米薇将杯子举起,说:"告诉我,你非得考上不可?"

我看着米薇,也把杯子举起,说:"我争取。"

"那就一定得考上。"

"一定。"我说。

我们碰杯后把咖啡都喝了。苦涩的液体进了我的肠胃,它比酒更使我感到兴奋。我冲动地攥住米薇的手,像一个热衷权力的人抓住公章不放一样。

"我爱你。"米薇说。

我吻了吻她的手,什么也没说。

3

今天的第二十八中学至少集聚了一千名应试的人。今天是星期天,考试的人不是升学的学生,而是向往着升官的官员。这些追求进步和提拔的人可真多,如过江之鲫,但是将被选拔任用的却屈指可数,只有十四个,僧多粥少。但这些人都不是苦行僧,你看他们乘坐而来的小汽车,从校门外开始绵延三公里,摆满民生大道的两旁。这些小汽车五光十色,在上午的阳光下熠熠生辉,像一个巨型的汽车博览会。我从其中一部走了出来,这是学校为了体面和鼓劲特意派的专车将我们送来。我们指的是我,以及东西大学报考副厅级职位的处级干部们,我也不清楚有多少人,只知道自己是其中之一。我步行一千米,和其他陌生的报考者一道,走到中学,再走进中学。

我想不到在考场外碰到一个熟人。我和他熟得不能再熟。

李论也很感意外，捶了我一拳，说你小子，这么重大的事也不告我。我说你还不是一样。他说我是官场中人，遇到这种机会是肯定不会错过的，你应该是知道我要考的呀。可你不同，你是教授、学者，教授学者投笔从政，意外，意外！尤其是你。

看着李论责怪声伐我的神态，我说："不好意思，让你见怪了。"

"哎，你考什么职位？"李论说。

"宁阳市副市长。"我说。

"真是命，我们！"李论摆摆手说，"我考的也是宁阳市副市长。"

我们不约而同亮出准考证，他看我的，我看他的。

我们居然还是在同一个考场！

"不过没关系，"李论指着准考证上括弧里的字，说，"我考的是经济副市长，你考的是科教副市长，不冲突。"

"那我们怎么会在同一个考场？"

"公共科目的考试都集中在一起，专业科目考试的时候才分开，"他显然知道我没他懂，"你知道报考宁阳市副市长有多少人吗？"他等我摇了摇头，举起三根手指，"三百！"接着，他的手指左右点点，"这层楼全是考副市长的。"

"但只选两个。"我说。

"对，"李论说，他指点我，指点自己，"就是我们两个。"

他的玩笑话果然让我笑了起来，他也笑了。我想起当年我们一起高考的时候，也是在考场外，李论说如果我们这个考场只有一人考上的话，那就是你彰文联。如果能考上两人，那还有我李论。我记得我立即就伸出指去，和他拉钩。这一钩勾出了神奇——1982年朱丹中学有两名毕业生考上了重点大学，一名北大，一名复旦，他们就是一起拉钩的我和李论。

李论伸出指来，他一定也想起了当年，所不同的是当年主动拉钩的是我,现在是他。

　　李论和我的右手食指钩在一起,像两个铁环。难道说这一钩也能像二十一年前一样,勾出命运的奇迹么?

　　我看见李论的神情凝固起来,或许是因为他看见我的神情也凝固了的缘故。我们缓缓地松开了手指,像两名渴望改变命运的苦孩子,并肩进了考场。

　　我坐在考场的后面,看着前面的人,准确地说是看着前面的人的头颅。这些头颅真是精华别致,像是数十种灯塔上的灯泡,闪烁着扑朔迷离的光泽。这些脑袋里都装着些什么?

　　有一个脑袋转了过来,面向着我,朝我眨了一下左眼,又转了回去。李论在用眼光刺激我、鼓动我。

　　我果然感觉体内有一股激流,像从大坝喷涌的水,冲击我的心扉。我的眼睛像大功率的电灯,在试卷的试题触及我视觉的时候,明亮起来。

公共知识试卷

　　一、单项选择题(下列各题所给的答案选项中只有一个是最符合题意的,请将该选项的字母标号填入题目前的括号内。)

　　(　)1."三个代表"的重要思想,回答了我们要"建设一个什么样的党、_____"的问题。

　　A、怎样壮大;B、怎样巩固党的执政地位;C、如何纯洁党;D、怎样建设党。

　　(　)2.社会主义道德建设要解决的是_____。

　　A、为物质文明提供智力支持问题;B、整个民族的精神支柱和精神动力问题;C、经济、社会发展的方向问题;D、增强民族凝聚力问题。

（　）3. 随着我国经济体制改革的深化和社会主义现代化建设的不断发展，人们的一些观念也发生了变化，这说明_____。

A、理性认识依赖于感性认识；B、新观念是完全正确的，它必然代替原有观念；C、原有观念是主观自生的，因而是错误的；D、观念的变化决定于实践。

（　）4. 我国坚持独立自主和平外交政策，要把_____放在首位。

A、实行真正的不结盟；B、维护国家经济利益；C、国家主权和国家利益；D、对国际问题采取客观公正的态度。

（　）5. 当今世界和平与发展的核心问题是_____。

A、安全问题；B、霸权问题；C、东西问题；D、南北问题。

（　）6. 十五届六中全会通过的《中共中央关于加强和改进党的作风建设的决定》强调，当前坚持党的群众路线，密切联系群众，必须克服_____。

A、主观主义、本本主义；B、形式主义、官僚主义；C、官僚主义、自由主义；D、个人主义、享乐主义。

（　）7. 2001年9月11日，恐怖分子袭击了美国的_____。

A、世贸中心大楼和白宫；B、世贸中心大楼和联合国总部；C、五角大楼和白宫；D、世贸中心大楼和五角大楼。

……

二、多项选择题（下列各题所给的答案选项中，至少有2个是正确的。请将正确选项的字母标号填入题目前的括号内，多选、错选、漏选均不得分。）

（　）1. 现在我们判断一个人政治上先进与落后的标准，是看他_____。

A、有没有财产、有多少财产；B、思想政治状况和现实表现；

C、财产是怎样得来的以及对财产怎样支配和使用；D、以自己的劳动对建设有中国特色社会主义事业所作的贡献。

（　）2. 亚太经合组织（APEC）的经济合作目标是_____。

A、贸易自由化；B、投资自由化；C、建立经济同盟。

（　）3. 科学决策的原则是_____.

A、没有调查研究不作决策；B、没有两个以上方案不作决策；C、没有可行性论证不作决策；D、没有征求上级领导意见不作决策。

……

三、判断题（判断下列各题对错，对的在括号内打"√"，错的打"×"。）

（　）1. 加快干部人事制度改革步伐，必须推进干部工作的科学化、民主化、制度化。

（　）2. 在我们党的一切实际工作中，都必须坚持从群众中来，到群众中去的领导方法。

（　）3. 可持续发展的目标是优先考虑如何摆脱贫困的问题。

（　）4. 计划生育政策的主要内容是控制人口数量，提高人口素质。

（　）5. 人类基因组计划的目标是为农业、畜牧业改变品种。

（　）6. 密切联系群众，最重要的是要体察民情，了解民意，集中民智，珍惜民力，诚心诚意为群众谋利益。

（　）7. 一国的综合国力是指该国的经济实力。

（　）8. 对外开放不会有什么风险，不会导致资本主义。

（　）9. 克隆技术是人工进行有性繁殖的技术。

（　）10. 向下级机关的一般行文，应抄送直接上级机关。

四、论述题
论"政绩靠炒"

要求：
1. 答案中不得出现答卷人的姓名和职务，否则按作废处理；
2. 所作论述须有前瞻性、可行性、可操作性；
3. 字数1000字左右。

我用了大约两个小时答完试卷，才有心机抬起头来，只见一半人还在埋头写着，而另一半人则仰着头，仿佛答案就写在天花板上。四个监考员在前后左右巡视着，锐利的目光能让虚弱的人不寒而栗。一个女监考员走到我身边的时候停下来，看了看我的试卷，还看了看我。她的目光穿过厚厚的眼镜片射在我的答卷和身上，威力依然没有减弱，仿佛我是作弊似的，因为我的试卷题题完满。我把两手平放在桌上，将手心和手背翻上了一遍。我的手臂除了汗毛清清白白，因为我穿着短袖。她或许觉察到了我的羞恼，对我微微一笑，走了。

考场开始有人交卷，我看到李论站起来，离开座位，于是我也随后把卷交了。

李论和我出了考场，第一件事便是抽烟，两个小时把我们憋坏了。狠狠抽了几大口后，我们才记得说话。

"怎么样，考得？"他说。

"你怎么样？"我说。

"选择题判断题还行，就是论述题……"他摇了摇头，"论'政绩靠炒'，谁出的这题目，有点邪门。"

"这是个反命题，"我说，"题目中的'政绩靠炒'，显然是批判的对象，那么，反其道而行之，在这个命题中加上'不能'二字，以'政绩不能靠炒'为宗旨，去发表言论，就对了。"

李论一听，打了一个榧子，说："那我岂不是答对了？"他手一挥，"走，找个地方小庆去！"

　　在海霸王酒楼，李论点了两只龙虾，说是图个腾达，我没反对。但他还要上酒，被我阻止。我说下午还有考试，不要喝酒。抓紧时间把饭吃了，最好能休息一个小时。李论说好，听你的。下午考完试，记得等我。我说干什么？他说我带你去一个吉利的地方。

　　龙虾送了上来，一人一只。我看着硕大通红的热腾腾的龙虾，突然又想起当年高考时忍饥挨饿的情景——每科考试结束，李论和我就去到一棵大树下，背着人，分食一块玉米馍。一人半块玉米馍，就是我们的中餐和晚餐。我记得全部科目考完那天，我们连半块玉米馍都没有了。李论和我头晕眼花靠在树干上，最后倒在了树下。我望见的每一片树叶，都像是一块肉。到了晚上，我望见的一颗颗星星，都是一个个蛋。我望眼欲穿，可它们一个都不掉下来。

　　"想什么呢？"李论说，他已经撕开龙虾。

　　"我在怀念一块玉米馍。"我说。

　　"我操，还忆苦思甜呢，"李论见我提到过去，有些不快，"我们已经翻身做主，都往高干奔了，还想过去干什么？"

　　"我在想，如果当年我们就有龙虾吃，或许今天我们就吃不上龙虾了，而是吃馍。"我说。

　　李论捏着一块虾肉，说："应该这样讲，当年我们吃馍的时候，谁会想到有一天能吃上龙虾？或者说当年我们吃馍，是为了今天吃上龙虾。"他把虾肉塞进嘴里，津津有味地嚼着。

　　我被李论的吃相感染，动手撕食属于我的那只龙虾——它一截一截地被我掰开剥离，洁白的肉一口一口地吃进我的腹中。经过多年的洗练和保养，我知道我的肠胃已经没有玉米馍的味道了。

　　两只龙虾的躯壳留在碟子上。被李论解食的那只，又被他完美地组合和构架起来，各个部位的衔接正确无误，可以说天衣无缝。尤其那龙虾的眼睛,像是没有被蒸煮过,活生生地注视着我们两个祈望飞黄腾达的在二十年前连饭也吃不饱的人。

我营养过剩、心力十足地参加下午的专业科目考试。

<h3 style="text-align:center">科教类《申论》试卷</h3>

应试者注意:

请仔细阅读下列参考材料,然后按要求作答。

参考材料 1

中央领导指出:"在当今世界上,综合国力的竞争,越来越表现为经济实力、国防实力和民族凝聚力的竞争。无论就其中哪一方面实力增强来说,教育都具有基础性的地位。""实现我国跨世纪发展的目标,必须大力依靠科技进步和创新。"

省委、省政府提出:全面实施"科教兴G"战略,加快建设教育强省步伐,为G省率先基本实现社会主义现代化提供强有力的智力支持和人才保障,培养大批高素质的劳动者和创新人才。

参考材料 2

到2002年末,G省专业技术人才总量达163.9万人,居全国第五位,但学历水平明显偏低,大专及以下学历的占76.2%。近年来,G省在巩固发展农村义务教育、普通高中教育、中等职业教育的同时,着力调整高校布局和专业设置结构,不断扩大招生规模。但结构性矛盾仍较突出。2002年G省紧缺的工科招生数仅占本专科招生总数的33.29%,比全国平均水平低4.43个百分点;在校本专科生各占一半,本科生所占比例低于全国平均水平。高等职业技术教育的规模仍然偏小。G省高校每年计算机软件专业研究生毕业人数不及一所华中科技大学。

高校毕业生结构性"就业难"的问题已引起社会的广泛关注。浙江某大学明确规定，凡毕业生就业率低于60%的专业停止招生。2002年G省第一次公布了普通高校毕业生就业率。

参考材料3

目前，G省科技、教育与经济的结合不够紧密，不同程度地存在着"两张皮"现象。国家某教育研究机构的资料指出：教育投资对经济的贡献率，发达国家在10%以上，发展中国家在5%-6%，我国仅为3.12%。2002年，G省高校科技产值10.6亿元，仅为清华大学的1/3。高校和科研院所缺少既懂技术、又懂管理的复合型人才，缺乏科技带头人和高水平的科技企业家。

参考材料4

随着我国经济体制、教育体制、干部人事体制改革的不断深化，近年来，G省高校师资和科研院所研究人员的流动明显加快，给正常的教学和科研工作带来了一定影响；中国加入世界贸易组织以后，人才竞争将日趋激烈，对高校教师、科研人员的素质要求也越来越高；高校中"教授不教，讲师不讲"，科研机构中研究人员几年不出成果，但工资补贴一分不少的现象仍较普遍。某校就有1/3的教授、1/5的副教授不给本科生上课。为了引进、留住、用好人才，各科研机构和高校积极探索，在此背景下发端于清华、北大的"薪酬革命"和中国科学院停止职称评定的做法，在社会上引起了强烈反响。

一、请根据以上材料所反映的问题，提出对策。

要求：1. 要注重对策的创新和可行，不讲空话、套话；

2. 字数600字左右。

二、请联系实际，以"从'两张皮'现象谈起"为题，撰写一篇议论文。（字数1000字左右）

《申论》试卷像一面镜子，照出我熟悉的环境和现实，也折射着我的体会、忧患和思索。我暗暗叹服出这样一种题目的人，是真正的智者。他或者他们的头脑是何等的机灵和清醒！这些人比机器明智。那么，我也不能像机器一样回答，况且我不是机器。

我是宁阳市副市长，不，我比副市长的级别还要高，现在，我必须想象自己处在一个十分高级别的职位上，是一个高官，至少也得是高官的智囊，因为我要对G省的科教现状提出对策，还要对"两张皮"现象进行议论。

两个半小时后，我的对策和议论文全部跃然纸上。

对策（要点）：

1. 提高科教技术人才的待遇，要像保障官员一样保障科教技术人才的衣食住行、自由和研究；

2. 改革职称评定，要像以政绩大小、作为和不作为提拔和处分官员一样，以成果大小取舍高低，以能力、实力取代学历、资历，取消职称终身制，技术资格能升能降。

3. 允许在校大学生转变学习专业和自由选择任课教师。

从"两张皮"现象谈起（节选）

……有人说所谓的职称评定，其实就是一群不学无术了的傻子坐在一起，在下列的申报者中，选择谁更有资格做傻子——这话显然尖酸刻薄，但也未必不是有些技术门类或学术领域存在的事实，它指出了现行技术职称评定程序和制度的弊端：循序渐进，媳妇十年二十年才熬成婆。比如某些高校，有的教师成果斐然，但却因为性格、人际关系等非技术原因，在申报职称的时候屡屡受挫。笔者认识一名学贯中西的前辈，他著作等身，桃李满天，却因为只有专科文凭并且观点和成就为某些评委不容和妒嫉，中级职称几十年不变，等到他终于获得"破格"评上教授的时候，人已经老得头上没有一根黑发，嘴里只剩五颗牙齿。……技术人才出了成果，得不到优待，自尊心就会受伤，钻研的积极性也会减弱，正所谓"文章憎命达"。有的技术人才为了改变生活境况和社会地位，只能去下海，去做官……

我对我落到纸上的文字感到快意，因为这是从我胸中吐出的块垒。我感到很痛快，像是和一个引诱我的女人过了一次酣畅淋漓的性生活，而又不计后果。

"你不觉得我的言论很放肆、很大胆吗？"后来我问李论。

这时候我已坐在"连升酒楼"的"六品乙"包厢里，和李论把酒问盏，交流心得，并庆祝首轮考试的结束。我告诉李论我进不了第二轮了，因为我写了一篇直抒胸臆、尖酸刻薄的文章。我口述了部分的内容，让李论听得瞠目结舌，只知道竖拇指。

"如果那个评判官把你的尖酸理解成精辟，把刻薄理解为深刻，那你就牛B大了。"李论缄默了一会后说。

我摇摇头，说："这样的人可能像洪水一样十年、二十年一遇，如果那个评判官恰好又是职称评审委员会的评委，那我就只能祝贺你一个人高升了。"

"赌博，赌博，"李论把酒杯往桌角边一搁，像是把筹码搁在轮盘的冷注上一样，"不赢则已，一赢冲天！"

我把我的酒杯也移了过去。两只酒杯押在一起，像孤注一掷。

我和李论离开"连升酒楼"的时候，已经是灯火阑珊，但酒楼里依然笙歌嘹亮。这个被李论视为吉利的地方，今晚不知集聚了多少祈望连升或高升的官员？他们入主在分别有甲乙丙丁的七品、六品、五品、四品、三品、二品、一品的厢房里，在举行图求吉利的盛宴。我不得不佩服置办这个酒楼的老板，真是绝顶聪明、知古通今，只用这么一块过去是招徕赶考状元的招牌，现在同样能使无数怀着"学而优则仕"美梦的才俊趋之若鹜。他们在里面一掷千金，不惜血本。像我一样，他们何尝不是赌徒？

4

G省公开选拔副厅级领导干部进入面试人员名单
（共42名）

省委党校副校长（3名）
郭元元（女，1966年5月生，党校本科，宁阳市党校常务副校长）
笔试总分：174.16
范婷（女，1964年6月生，党校本科，南周县委书记）
笔试总分：173.5
赵小微（女，1963年5月生，党校研究生，G省党校办公室主任）
笔试总分：172.84

省高级人民法院副院长（3名）
…………
省经济贸易委员会副主任（3名）
…………
宁阳市副市长（6名）

经济副市长（3名）
李论（男，1964年5月生，无党派，经济学硕士，省计委项目处处长）
笔试总分：176
吕琦元（男，1963年3月生，本科，东山市统计局局长）
笔试总分：175.5
殷昭举（男，1968年7月生，本科，宁阳市芳村区委书记）
笔试总分：175

科教副市长（3名）
彰文联（男，1964年8月生，文学博士，东西大学副教授，正处级）
笔试总分：186.4
…………

  我的目光在看到我的名字后戛然而止，像飞速的箭镞插中靶心。我不关心往下的名字，我只关心成绩。我知道我现在的笔试分数是第一名！在科教副市长的入选面试名单中也排在第一！这就够了。还有，我的中小学同窗李论也榜上有名——我们两个共苦过的人的名字都登在了G省的党报上，这张报纸遍布全省的城镇和乡村，将被我们家乡的老师和父老乡亲看到，他们会不会欣喜若狂、奔走相告？会的，我想一定会的，因为那个九分石头一分土的朱丹县就要出李论和彰文联两名"大官"了，如果在最后一轮考试中能再拔头筹的话。就像当年这两个人改写朱丹县高考历史，考上重点大学使群情振奋一样，他们——我们恩情深重、苦难深重的亲人和老师，一定会一如往昔为即将再度高中和刷新本县官册记录的孩子祝福的！
  我得到了祝福，但祝福却不是来自家乡的亲人和老师，而是来自G省首府与我心有灵犀的两姐妹——米薇和莫笑苹。
  她们的祝福是通过手机向我传递的。

——如果你想上天堂，最好是去做官；如果你想下地狱，最好也是去做官。米薇

——塞翁失马，焉知非福。莫笑苹

这其实不是祝福，而是寄寓。两姐妹的寄寓相继出现在我的手机上，间隔不到十分钟。她们让我在十分钟之内产生了两次震颤或动摇，使我无法安然和陶醉。

这时候我和李论正在一家酒楼里喝酒，桌子上摆着一份公布入围者的报纸，这是我们聚会的理由。我们反复看着报纸上两个熟悉得不能再熟悉的名字，像看着两只小蜜蜂一样。我们想象这两只蜜蜂正在飞短流长，进入官方和民间的视野，让我们的仇者痛、亲者快。我自信这个世界上，我的亲者多过仇者，爱我的人多过恨我的人。比如给我发短信的米薇和她的姐姐，她们之所以警示我、提醒我，是因为一个爱我，另一个同情我，虽然她们的警示和提醒让我沉重。

"谁给你发的短信，让你这么惶惶不安？"李论见我闷不做声，问我。

"一个你认识，一个你不认识。"

李论眼睛一转，判断说："米薇？"

"另一个是她的姐姐，"我说，"是我老婆与我离婚的代理律师，却在道义上站在我这边。"

"她们给你发的什么短信？"

我想了想，把手机递给李论。李论看了后，说什么鸟话，删了它！我摁住李论的手，把手机要回来。我说李论。李论看着我。我说李论，你要是真升了官，我要是真当了官，我们一定只做好事，不做坏事，好不好？李论瞪着我。我说行不行？他脸上的肌肉越开越宽，变成一个大笑。

我说："你笑什么？"

"你以为我会不做好事是吗？"

"因为你干过坏事。"我说。

"对,"李论明白我指什么,"我和米薇睡过觉,这确实是一件坏事,她差点害了我。"

我指着居然感到无辜的李论,说:"你之所以没有遭到报应,是因为我帮了你。"

李论说:"米薇是你带她来和我认识的,最后造成我们决裂的又是你。要说坏事,你也没少干!"

"那是因为开始的时候我不知道米薇……她是个好女孩!"

"哦,开始的时候你以为米薇不是好女孩,是坏女孩,所以才带她出来,用她来勾引我,腐蚀我?你他妈的比我还坏!"

"我都是被你逼的!"我说,"你如果不卡住东西大学科技园的项目不报不批,学校何必让我找你?你如果不贪财贪色,我又何苦带我的学生出来陪你?"

"你是被利益驱动,不是我逼你!"李论针锋相对,"你如果不是为了评上教授,你才不会听从学校的指派!你如果不是为了急于出国,你才不会舍得奉献你的学生!"

"你放屁!"我恼羞成怒,一把揪住李论,等着李论推拒,好扬拳打去。

但是李论没有动手,他挺着胸昂着头,说:"你打呀,为了一个小姐,你居然要揍我?你可以揍我,没关系,我不会还手,因为我还把你当兄弟。如果我不把你当兄弟,不看在你的面子上,东西大学科技园的项目到现在都不会批下来。你最后和老婆离婚,出不了国,这些问题、结果都是你的原因造成,因为你傻B。因为,你喜欢上了米薇!"

我终于打出了凶狠的一拳,因为李论的辱骂比还手更让我冲动。

李论从地上爬起来,擦了擦被打破的嘴唇。他看了看沾血的手指,用它去夹起桌子上的报纸,举到我面前,说:"在110到来之前，我们最好言归于好，并且马上离开，因为我想酒楼的老板已经报了警。否则，明天的报纸上就会有这么一条社会新闻，两位入选厅官酒楼大打出手，只因争抢美女好友反目成仇。"

我第一个反应是从钱包里抽出超额的钱来，让服务员拿去，并声言不用找了。然后我抓着李论的手，拉他出了酒楼。

我们在酒楼外不远的地方看见警车呼啸而来，停在酒楼门口。两个戴着"110"袖章的警察跳下车，箭步进了酒楼。警车上的警灯依然忽闪忽闪着，锐利的光芒照射着我们。

我们抱头鼠窜。

5

我坐在考场的正中央，我的正前方是评审委员的坐席，我数数一共七位。我的后面是由参加公选单位的领导组成的旁听人员，具体地说是宁阳市政府的领导，其中包括市长姜春文，我在电视上见过他。考场边上还设有计时员、计分员、核分员和引领员。

我怎么看怎么像是在法庭上。

评审委员会主任主持提问，他正襟危坐，像是个主审官。

"俗话说知人难，知己更难，你如何看待自己在这次公选笔试中脱颖而出？时间是三分钟。"评审委员会主任考问我。

我想这是每个应试者一上考场迎面而来的一道题，现在轮到我来回答。

我想都没想，就说："我在这次公选笔试中取得了第一名的成绩，说实话，是我没有想到的。我甚至想我可能会是倒数第一名，因为我的答卷充满着刺眼或尖锐的观点和论述，尽管我相信我的观点和论述又是客观的和有建设性的，是我长时间的体会、忧患和思考的表达，但仍然显得'不合时宜'，因为我是在参加厅官的考试，是为了个人前途的一次攀爬。但是在我看完题目以后，我已经忘记了我在考试，也忘了考虑自己的前途，我甚至忘记了我是谁，我只知道说实话、真话，不说空话、套话和假话。我没想到我的没有空话、套话、假话的试卷会得高分，能在这次公选的笔试中拔头筹。我想最主要的原因，是公选的组织者大略、开明，以及阅卷者的宽宏和卓识，才使得我这样的持不同政见者冒出头角。回答完毕。"

我看着前方的评审委员们，捕捉他们的神态和反应。只见他们面面相觑，有的还交头接耳，仿佛都想从对方的眼神和嘴里得知对我刚才发言的态度。最后他们的目光又集中到我的身上。

评审委员会主任看着手上的一张纸条，继续向我考问。"下一道题，这是一个两问题，"他说，"'坐怀不乱'是一句成语，形容男子在两性关系上的品德高尚，来自一个典故，请问你知道这样一个典故吗？在种种诱惑面前，有人把握不住自己，掉进了'温柔陷阱'，这样的事例在现实不乏其例。比如众人所知的厦门'远华'案主犯赖昌星，有一个'诱惑经典'：不怕领导干部不好交，就怕领导干部没有爱好。在他认为，这'爱好'就是声色犬马之类也。于是爱物的，给你送豪宅名车；好色的，给你送红粉佳人；喜欢吃的，给你吃佳肴美酒山珍海味；喜欢玩的，让你进赌城进红楼。果然，他的这一'诱惑经典'真的很有效。在这'温柔陷阱'面前，一些领导干部败下阵来。如果将来你走上了领导岗位，遇到'温柔陷阱'的时候，请问你如何对待，做到'坐怀不乱'？时间不超过五分钟。"

听完评审委员会主任的考问，我笑了，因为我想笑。柳下惠是一夜坐怀不乱，我被要求才是五分钟。

我听到我后方的旁听人员有很多人也在笑。

"春秋时代有个著名的贤人，叫柳下惠，"我收敛了笑容说，"《荀子·大略》上记载了他这样一个故事：柳下惠夜宿城门，有一女子因找不到去处前来求宿，柳怕她冻死，就解开衣服将她拥在怀中,一夜毫不动心,也没有任何非礼行为。这就是成语'坐怀不乱'的出处所在。"

"关于领导干部面对'温柔陷阱'如何应对、做到'坐怀不乱'的问题,"我继续答道,"首先我以为,'坐怀不乱'是一种神话,柳下惠是作为一个道德楷模流传后世的,在某种程度上,它反映了我们两性文化的虚伪性。任何一个正常的男人,处在那样一种相拥而眠的状态中,都会有着正常的生理反应和心理反应。或许柳下惠确是超人,但超人的行为又怎么可以当作芸芸众生的标准呢?领导干部也是人,也食人间烟火、五谷杂粮,有七情六欲实属正常,没有就不正常。如果要求每个领导干部都达到'坐怀不乱'的人生境界,成为柳下惠那样的超人,我想没有谁能做得到,至少我做不到。"

我顿了顿,看看评审委员会主任和其他评委,发觉他们面无表情。我同时发觉我后方刚才发笑的人也都不笑了。

"但是,我可以做到不去坐怀,如果坐怀不是必然的选择的话,"我话锋一转,"因为坐怀必乱。相传古时候有位叫鲁南子的人,有一次他独自一人住在山下的一间屋里。在一个风雨交加的夜晚,有位十分美艳的女子前去躲雨。鲁南子闭门相拒。这位美女子就说,只要你学柳下惠,怕什么?鲁南子解释说,'柳下惠固可,吾固不可,吾将以吾不可学柳下惠之可。'鲁南子这句话的意思是,柳下惠可以做到坐怀不乱,我做不到,所以我就不让你坐怀,一样能达到柳下惠坐怀不乱的效果。这位鲁南子颇有几分自知之明,因为他怕孤男寡女在一起心猿意马,做出越轨之事,故以闭门为固守之法。如果我们的领导干部能像鲁南子那样对自己有一个'吾固不可'的自知之明,遇到'温柔陷阱'的时候,不妨效法鲁南子的趋避之法,远离那些充满诱惑的酒绿灯红,心中铁石,脚底生根,请不去,拉不动,做到'有欲也刚',同样难能可贵,这无疑也是一种真境界。回答完毕。"

我重新看着评审委员坐席上的人,像是一个为自己做完最后陈述的被告,迫切地看着审判席上的法官。我一看他们全傻了。

那些评委——不知组织部从什么单位抽上来担任裁判的学者、专家,现在一个个呆若木鸡,就像是都被谁打了一棒,得了脑震荡。那个重创这些精英人物的人还能是谁?

我想我完了。

我是带着悔恨的心情离开考场的,从小到大这还是我第一次对考试心生悔意,尽管我对自己的回答很满意。但是那些评委不满意,从他们的表情看得出来。他们没有当场进行打分,或许是为了给我留个面子。我离开考场的时候,回头看了坐在旁听席上的姜春文市长一眼,他正在看着我,目光如炬。我还是心灰意冷,心想尊敬的姜市长,无论您怎样看我,我都做不成您的副手了。

晚上和李论在一起吃饭的时候,我说了面试的情况,着重描述了那些评审在我回答完毕后的表情。他们僵在那里,就像傻子,我说。李论说你错就错在你把评委当傻子。我说我没有。李论说那你就是傻子,你怎么能否定柳下惠呢?那可是个圣人啊!我说一个没有七情六欲的圣人,我不希望他成为共产党领导干部的楷模。

"柳下惠不是性无能,就是坐在他怀里的女人一定又老又丑,"李论说,"除非是这样,才能做到坐怀不乱。"

"这话你在评委面前也说了吗?"

"我才没有你这么傻,"李论说,"再说他们考我的不是这道题。"

我看着李论,"这么说来,你是稳操胜券了。"

李论笑笑,不吭声。

我举起酒杯,"祝贺!李副市长!"

"不是还没当上嘛,"李论说,他看了看周围,"小声点,要谦虚谨慎。"

"祝贺,"我小声说,示意李论和我干杯。

李论盯着我,"这杯你先喝。"

"为什么?"

李论指了指自己嘴唇边上淤痕,"你还没为这个向我道歉。"

我没忘记一星期前我打过李论。"你该打。"

"我这嘴肿了好几天,饭都吃不下,喝的全是凉水,知不知道?幸好消得及时,"李论抹抹嘴,"要不然我这张嘴,今天可哄不了那些评委。你这一拳,差点毁了我的前程,知道不?"

"好,我道歉,我喝!"我把酒喝了。

"我们两兄弟为一个女孩打架,不值得。"李论和我互敬了几杯酒后说,"米薇其实就是个鸡。"

我瞪着李论。"你是不是又想挨揍?"

6

我告诉米薇我既不上天堂,也不用下地狱了。

我是通过手机短信告诉她的,在夜深人静的时候。

米薇很快回了信。

——好啊,那你到我这来吧。

——你那是什么地方?

——既不是天堂,也不是地狱。

——我知道,是人间。

——民生路22号3栋2单元701。

——你一个人吗?

——你来了就是两个人。

——我觉得我现在很失败。

——因为没考好?

——我想是。

——在我心目中你永远是最优秀的男人。
——你现在干嘛?
——想你。
——我今天喝了很多酒。
——那我更放心了。
——为什么?
——酒能壮胆呀。
——什么胆?色胆?
——你有吗?
——我有。
——那你来呀。
——我真的来?
——是男人你就来。
——你不怕我乱性?
——就怕你不敢。

米薇在挑逗我,刺激我。

——你等着。

我从床上一跃而起,出了房门。

我像一个疯子奔出大学校园,又像一个歹徒拦住了一辆过往的出租车。我把手机往司机的额前一指,像是手枪指着他。

"把我送到这个地方。"我指着手机屏幕上米薇留下的地址说。

司机看了地址,看看我,让我上了车。我以为自己像个歹徒,但司机却不这么看。从来只有劫车出城的歹徒,哪有歹徒劫车进城的?我现在目的地是城里,目标是米薇——一个半夜三更还想着我也被我想着的女孩。

一路上,米薇和我不断地互发短信。

——你出门了吗?
——是的,在路上。

——从大学过来是吗？

——是。

——三十分钟能到我这，不堵车的话。

——现在是深夜，不堵。

——你没事吧？

——你希望我有事？

——我希望你保持足够的胆量到我这里。

——你放心，我今晚喝了十八杯酒，现在就像武松要过景阳冈。

——那我就是等着被武松制服的老虎。

——你等着。

——我等着。

——我来也！

米薇没有回复，我也不再给她发信。现在所有的语言都是多余的，只需要行动。我已经行动。出租车已经将我带进了城里。林立的高楼像是巍峨的群山，一座一座地扑面而过。夜风呼呼，从窗口打在我的脸上、身上，我感觉到了一股寒气，从脑门贯到脚底。景阳冈就在前方，离我已经不远。

但这时候我胆怯了。我让出租车停下，然后掉头。

在返回大学的途中，我把手机关了。

第二天，我打开手机的时候，手机里冒出十几条未读短信。

——怎么还没到？（01：20）

——你在哪？（01：30）

——出什么事了？（02：01）

——为什么关机？（02：07）

——你到底来了还是没来？（02：30）

——你骗我，彰文联！（03：00）

——银样蜡枪头，你不是个男人！（03：02）

……………

　　短信像毛毛虫，一条一条地爬出来，又一条一条地被我删除，因为它们让我毛骨悚然。我是个胆小鬼、懦夫、银样蜡枪头，语言的巨人行动的矮子，骗子，伪君子——所有的形容都符合我，恰如其分。我又一次伤害了一个在大学二年级就开始爱我的女孩，因为我没有去和她做爱。我承认我也爱她，爱一个人却不和她做爱，这叫什么爱？我不知道，也无法概定。我枉为一个大学副教授。我不是个男人，米薇说得没错，一点没错。

　　我在米薇的最后一条短信给她回复：对不起，没到目的地我就醉倒了，不醒人事。

7

　　这辆三菱越野车硕大迅猛，像一艘巡洋舰，在麦浪林海间行驶。它来自我的家乡，又向着我的家乡。它现在载着我和我的学生曼德拉，又像一把扯着丝线的梭子，插进如织布机一样庞杂而壮美的山河。

　　我要回家看望我的母亲，这是我回家的理由。我已经两年没有看望我的母亲了，我很想见她。这个世界上似乎没有什么人、什么东西值得我想念的了，除了母亲和我家屋后的山泉。我的妻子和我离了婚，我心爱的女学生现在十分恨我，我报考的官职希望渺茫。我没有心情待在一座令我伤感的城市里，想远离它，找个地方躲起来，这是真正的理由。于是我想起我的家乡，那个山水环抱的小村，现在成了我最向往的世外桃源。况且，那里还有每天都守望着儿子归来的我的母亲。

　　我的研究生曼德拉知道我要回家，闹着要跟我一起走。这个来自非洲的黑人小伙子，说没有到过中国的农村，一定要去看看，顺便拜望他的师太。我说我的家乡山高水远，我的母亲瘦弱矮小，讲话结巴。曼德拉说那我更一定要去，我要看看山高水远的地方，瘦弱矮小讲话结巴的母亲，是如何孕育出导师您这样的天才！我说我是天才吗？曼德拉说您不是天才我能拜您为师吗？您是语言的天才！我看着恭维我的学生，心口一甜，答应了他。

车子是专门来接我的，因为我把回家的打算告诉了李论，问他是否也想回去。他的家和我的家就一山之隔，那座百年的老房子还住着他鳏夫的父亲。他的母亲死了，而我的父亲死了。我心想如果李论回去的话，一定可以弄一辆车，他现在不仅是手握重权的省计委计划处的处长，还是势在必得的首府宁阳市副市长。我不想不光彩地坐班车然后再转坐农用车回家，好歹我现在是副教授、博士。

李论说怎么想到这个时候回去？我说回去看看母亲，现在学校还在放假。李论说学校放假，现在是选拔厅官的节骨眼上，怎么能回去呢？我说哦，你不能回去。我是没指望了，我自己回去。

"结果不出来之前，不能说没有指望。"李论说。

"我要回去。"我说。

"那我给你找部车，"李论说，他说到我心坎上，"我让县里派部车来接你。"

县里的车子来了，先见了李论。李论跟车到大学里来接我。

我和曼德拉上了车。李论看着我身边的曼德拉问我这位爷是谁？我说曼德拉，我的学生。李论说美国黑人？曼德拉抢在我前面说不，我是非洲人。李论说哦，会中文呀。曼德拉我是专门来中国学中文的，当然会啦。李论点头说好，转头叫司机开车。他坐在副驾座上。

曼德拉却不想放过他。

"前面这位先生，为什么认为我是美国黑人？"曼德拉说，像是问我，也像是问李论，"难道美国黑人要比非洲黑人高人一等吗？"

我说:"他没有这个意思。"

"那他是什么意思?"曼德拉说。

"我的意思是,"李论没有回头说,"你要是美利坚合众国公民的话,回国的时候代我向莱温斯基问个好,就说克林顿到过的地方我也想去。"

曼德拉听了一头雾水,问我说:"彰老师,他这话又是什么意思?"

我说:"你连这话都听不明白吗?"

曼德拉说:"我不明白。"

我说:"他的意思就是说,莱温斯基最吸引克林顿的地方,也是最吸引他的地方。"

曼德拉说:"那莱温斯基最吸引克林顿的地方是什么地方?"

李论哈哈大笑,用家乡土话对我说:"文联,你怎么收了这么个傻B学生?"

我用家乡土话回答:"你千万别小看他,其实……你应该给他敬个礼,因为……你到过的地方,他比你先到。"

李论回头,"你说什么?"

我说:"还用我说什么吗?"

李论盯着曼德拉,用土话狠狠骂了一句。

曼德拉问我:"他和你说了什么?"

我说:"他说认识你很高兴。"

"是吗?"曼德拉将信将疑,"你还没有给我介绍,他是谁?"

我说:"我的朋友、老乡,省计委李论处长。"

曼德拉友善地看着李论的后脑勺。

我说:"李论!"

李论回头,把手伸向曼德拉,真的说了一句:"很高兴认识你。"

两只不同颜色的手握在了一起,像是两根都想上树的老藤,在树下接触。不,其实他们都已经爬到了树上,只不过没有缠住,甩下来罢了。那棵树的名字叫米薇。

李论与曼德拉握手后，从兜里掏出一叠钱来，递给我。

"这是三千块钱，"李论说，"两千给我爸，一千孝敬婶。"

李论所说的婶，指的是我母亲。

我数出一千，还给李论，被李论挡回。

"婶不要，你再带回给我。"

我看着李论，把钱收了。

"有空的话，到我的祖坟，替我拜拜。"李论说。

我说一定。

车子到了大学门口，李论让司机停车，说要自己打车回城里去。他下了车，想起什么，走到车子后窗前，对我说，"哦，我给我们县县长打电话了，他今晚接待你。"

"不要兴师动众了吧？"我说，"况且我和县长也不认识。"

"省城来的处长，大学教授，"他看了看曼德拉，"对，还有一个外国友人，县长是要出面的，这是正常接待。"

"我是副教授，你可别说我是教授啊？"我说，"况且我也不是处长了。"

"搞不好你是宁阳市的副市长，现在还说不准。"

"你别羞辱我了，李论。"

"你别管，说你是什么就是什么，"李论说，"说教授你就是教授。"

"那你还不如说我是禽兽得了。"

李论笑，说："你白天是教授，晚上才是禽兽，到了早上，你就是困兽了。"

曼德拉也笑了，像是听明白了，说："中国语言，太奇妙了。"

李论说："看来你没有枉做彰教授的学生，得到真传了。"

三菱越野车在李论的挥手间与市区背道而驰，它向着我的家乡奔去。

一路上曼德拉兴味盎然，像司机一样全神贯注。他的目光一刻都没有从窗外收回，没有放过扑向他眼帘的山水草木，仿佛他对这些山水草木比我更有感情，或者说仿佛他比我更向往我的家乡。

　　汽车跑了三个小时，临近我家乡的县城。我家乡县名叫朱丹，像一个好听的女人的名字，但它不是因女人而得名，而是因为这个地域蕴藏着一种叫锑的矿物。这种矿物在过去只是被人们拿来辟邪，它的颜色和产生的气味能使毒蛇或附在蛇身上的魔鬼退避三舍。我小时候也这样迷信过。但是在我长大后，具体地说我二十岁以后，我不迷信了。我发觉别人比我更不迷信，那可都是些有头有脑的人，大都来自外地，是人物中的精灵，他们率先对锑矿进行开采，像那时候的恋爱一样半公开或不公开。开始的时候人们对这些人并不很在意，以为他们成不了，因为他们必然受到阻挠。但只过了若干年，人们发觉这些人富起来了，本地房子起得最高装修得最好的，肯定是与采矿有关的人。这些人真是聪明能干呀，他们让更广大的人们感到了贫富不均或利益悬殊。于是，觉醒或觉得落后了的人们，走进了银行或亲戚、朋友家里，贷款和借钱，当起了矿老板，这叫借鸡生蛋。不懂得借鸡生蛋的也懂得去做矿工，像我村里那些正当年和还有力气的男人们。但矿老板和矿工这两样都与我无关，因为我在二十年前上了大学，后来又分在了大学。我在大学里教书，像在厕所里放屁一样，活得很文雅、清闲，就是说我的家乡天翻地覆却与我无关，因为我在大学，是个副教授，像公鸡一样，能说会道，却不会生蛋。后来我虽然当了几个月的处长，那也是粉笔盒装死鹦鹉，不是个人棺（官），东西大学处长有一礼堂，科长有满操场。

　　我定睛看着窗外，汽车在我的遐想间已进入县城。宽敞、崭新的街道让我的眼睛为之一亮。我在这读过高中的县城，它已经变得我不认识了。自从我上了大学，二十年来，我只到县城两次。

最近一次是六年前我携新婚妻子回家——通常我回家是不用经过县城的，而是在中途下车等路过的班车转道。但那次回家不同，我的妻子曹英不仅想看望我的母亲，还想看把我输送出去的母校，于是我们取道县城。在探访了我的母校朱丹高中和部分老师后，我们在县城的街道散步。那时候的街道基本上还是老样子，我领着妻子到哪指哪，像个本地通，惹得我的妻子说敢情你读书这几年都在逛街呀？我说那哪能，记性好呗。曹英说那你带哪个女孩逛过街还记得吗？我说记得，到目前为止只带过一个女的逛这条街。曹英说谁？我说你。曹英说我不信，你那么浪漫的人。我说我的浪漫是考上大学以后才浪漫的，不，是认识你，不，是和你谈恋爱以后才浪漫的。曹英说你滑头。我说我滑头的话，还能考上大学吗？而且是北京大学。那一年朱丹高中考上重点大学的只有两个，而且都出在我们乡。曹英说是吗？还有一个是谁？我说李论，他考上的是复旦大学。曹英说现在在哪？我说省计委。曹英说怎么不见你们来往？我说我没有和政府官员打交道的习惯，他现在是副处长。曹英当即就骂我清高。那是曹英第一次说我的不是，而且是在我故乡县城的街道上，所以我还记得。而现在清高的我已不清高了，清癯的旧街也已面目全非，就像我的妻子已成为我的前妻一样。

而让我更觉得新奇的是我们入住的宾馆，它豪华又幽雅得让我怀疑身处异地，比如桂林的榕湖饭店，我在那里开过会。它最大的特点是堂馆全掩映在榕林之中，可我记忆中的朱丹县城是没有榕林的，而且这个宾馆所在地原来不过是个大鱼塘，我和李论还在这里偷过鱼。但现在什么都变了，仿佛是鬼设神造，弹指一挥间，这里哪来的一片榕林？而且看那一株株轮胎般圆大的榕树，都在百年以上。毫无疑问这是移植的结果，这些榕树来自深山老林。试想移植这一片榕林，要动用多少人力财力啊？这座名叫银塔的宾馆，让我想起埃及的金字塔。

朱丹县县长在银塔宾馆大堂里迎候我们，我在车里听司机说他的名字叫常胜。常胜在司机的介绍下和我认识。他和我握手的时候，称我为教授，还称我领导，让我很难堪。

"李处长在电话里都跟我说了，"常胜县长见我不自在，"你很快就考上宁阳市副市长了。朱丹县现在划归宁阳市管辖，你一上任，可不就是我的领导了嘛。"

我说："你别信李论瞎说，我考不上的，李论倒是势在必得。"

"都上，都上，"常胜县长手掌往上托了两下，"李处长和你，一个都不能少！"

"常县长看过张艺谋的电影，"我说，"可是我真的不会考上副市长，我就是一个副教授。"

"副教授也是高级知识分子呀，你和李处……不，你和李副市长，都是我们朱丹县的光荣！骄傲！"

我看着花言巧语的县长，无话可说。

我和曼德拉被安排住进总统套房里，一人一套。曼德拉激动而紧张地跑到我这边，说彰老师，他们是不是误认为我是曼德拉总统了？让我享受这么高的待遇？我说你的理想不就是当你们国家的总统么？你就当作提前实现了。

"就像老师您，被提前当作副市长一样么？"

我看着曼德拉，看着豪华得令人咋舌的房间，"一个副市长怎么也跟总统的待遇一样？"

曼德拉说："您虽然只是副市长，但您却是总统的导师呀！"

我们相视而笑。

晚宴也隆重之极，常胜县长不仅用山珍招待我们，还调动了美女前来作陪。美味佳人，让幻想当总统的曼德拉以为自己真当了总统。他搂着美女又喝又唱又跳，直到醉得趴下。

常胜高兴地给李论打电话，把招待的规格、状况向李论报告，得到李论的称赞。

"那自然,你的朋友、同学,我岂敢怠慢,"常胜县长在电话里跟李论说,他看看我,看看醉倒在沙发上的曼德拉,"彰教授没醉,外国友人醉了。我知道,别人的面子我不给,你的佛面我能不给吗?"

我这才明白,常胜县长对我的热情,完全是因为李论的关系。李论现在还是省计委计划处的处长,手里握着上千万过亿元项目的审批权,李论的吩咐对他如同圣旨。他根本不是以为我会考上什么副市长,也没有看得起我是副教授。他讨好的不是我,而是李论。我不过是他向李论献媚的途径,也是李论炫耀和证实权力的试金石。如此而已。

我从县长手里要过电话,对李论说李处长。李论听出是我的声音,说你骂我。我改口说李副市长。

"彰副市长。"李论回敬道,"你好摸(么)?"

"我好摸,很好摸,"我说,"我原以为自己是猴屁股,托你的造化,变成马屁股了。"

"文联同志,做人要厚道,"李论引用电影《手机》里的话,"不要自以为是,孤芳自赏。县长常胜这人是我的好兄弟,不要把人家的好心当成驴肝肺。好车接你,好酒待你,你还不领人家的情,这就不对了。"

"对不起,我错了,"我说,"我改!"

我把手机还给县长,紧接着端起酒杯,向县长敬去。

"谢谢你的款待,常县长!"

常胜县长难过的脸上勉强露出悦色,像是被泼了一瓢冷水的炭火艰难地复燃。他和我把酒干了。

末了,县长说:"明天,我过来陪你喝早茶,送送你。"

我说不了,县长!

"送送你嘛。"

"不!不不!"

县长见我态度坚决，说："那好吧，车明天照送你。我让秘书给乡里打个招呼。"他的表情一愣，"你家是在哪个乡了？"

"菁盛。"我说。

"哦，菁盛呀，和李处长同乡。"县长扬扬手，"我给乡长打电话，亲自打，让他陪你。"

我说："不用，我有个弟弟就在乡里工作，有他陪我就行了。"

"是吗？你弟弟是谁呀？"

"彰文合。"我说。

"彰文合？"县长边在脑子里搜索边说。

"在乡里当宣委。"

"彰文合，我记下了，"县长边点头边说，仿佛我嘱托他什么似的，"知道了，你放心。"

"常县长，我没别的意思，"我说，"我的意思是不想太麻烦县里乡里，有我弟弟陪我就行了。"

"我知道。"县长拍拍我的肩，然后顺手和我握别。他福相、世故的脸上露出笑容。那笑容让我看上去就像深潭的水涡，轻蔑地朝我荡漾。

8

我站在河岸上，指着对岸山脚下的屯子，对曼德拉说，那就是我的家。

曼德拉手往额前一抵，像猴子一样眺望。他眼睛骨碌碌地转，说是哪一家？

"最里面，只露出屋顶的瓦房就是。"站在曼德拉旁边的我弟弟说。

曼德拉又望了一会，像是看到了，"师太现在就在那里吗？"

我弟弟突然发出一声长呼，猿啼一样的声音传过河去，抵达对面的山，又向我们回荡。

曼德拉看着我弟弟，看看我，想弄明白我弟弟为什么呼叫。

"叫船。"我说。

"叫床？"曼德拉说。

我看着曼德拉，"你平时是这么叫床的吗？"

曼德拉笑笑，看着河对面码头的一条渡船。"我明白了，是叫船，不是叫床。"他其实清楚我弟弟呼叫的用意，也听懂我的话。

渡船上现在没人。

屯子里走出一个人，戴着斗笠。他下了对岸的码头，那是渡船的船夫。

送我们的车子掉头回去。

我们走下只能步人的码头。

码头陡峭、狭窄，仍然是老样子，亘古不变。我弟弟说你当了副市长，别说是修码头，连造桥的可能性都有。我回头瞪着弟弟，"谁说我要当副市长了？"

"报纸不是登了吗？"弟弟说，"你和李哥都榜上有名。你是第一名。"

"那只是笔试。"我说。

"你是第一名呀！"

"那也只是笔试。"

"面试呢？"

"不知道，"我说，"考砸了。"

弟弟表情一僵，手里的行李掉下，滚了两滚，被我用腿拦住。

我看着乱神的弟弟，"我都不慌，你慌什么？"

"乡里的人都认为你是十拿九稳的呀？！"弟弟说。他是车子经过乡府的时候跟我回来的。"那李哥呢？你第一名都没希望，他不是更没希望了？"

"正好相反。"我说。

弟弟疑惑的眼睛看着我,"不会吧?"

我看着裸露的河床和清细的河流,"你等着过桥就是了。"

我捡起行李,重新交给弟弟。

"李哥就是当了副市长,也不会给老家造桥的。"弟弟说。

这时我们已经到了水边。接我们的渡船正在靠岸。

"李哥在省里当那么多年的处长,手里又有权又有钱,乡里打了无数次报告,送给他,要修这个码头,"弟弟继续说,"就七八万块钱,可到现在毛都没有。"

"说明他廉洁。"我说。

"屁!"弟弟冷冷一笑,"是胆小怕事,对家乡没有感情,明哲保身,怕自己的上头说他徇私,就不怕乡亲戳自己的脊梁骨!"

我看着尖锐的弟弟,说:"幸好我没当官的希望了,不然我也会遭乡亲们的骂。"

弟弟看着我,说:"哥,上船吧。"他神情落寞,像是对我很失望。他也许想不到他敬爱的哥哥竟是这么一个不争气的人,考得上博士,却考不上一个副厅级的官职。他不相信当官比当博士、教授还要难。我弟弟高中毕业后没考上大学,却轻易地考上了村干,又考上了乡干,还入了党,对他来说升官肯定比升学容易。他现在是菁盛乡党委的宣委,副科级干部。

渡船的船夫是我堂叔的小儿子,他摘下斗笠后我才看得出来。可我知道堂叔的小儿子几年前考上了大学,现在怎么当船夫了呢?

"大学毕业后没找到工作,就回家待着,"堂叔的小儿子说,"玉界琼田三万顷,着我扁舟一叶。"他边划船边吟诵起宋代词人张孝祥的词:"素月分辉,明河共影,表里俱澄澈。悠然心会,妙处难与君说。应念领海经年,孤光自照,肝肺皆冰雪。短发萧骚襟袖冷,稳泛沧浪空阔。尽挹西江,细斟北斗,万象为宾客。扣舷独啸,不知今夕何夕!"

我、曼德拉和我弟弟听着堂叔的小儿子念念有词，面面相觑，说不出话来。

堂叔的小儿子回过头，看看我，苦笑着，说："堂哥，现在我可是我们村历史上最有文化的船夫。前不见古人，后不见来者，念天地之悠悠，独怆然而涕下！"

我看着河心的水，说："我想这河里，一定会有会作诗的鱼，因为它们在水里，天天听见你吟诗诵词。"

"你放心堂哥，你回来了，我保证搞一条鱼，去拜你为师！"堂叔的小儿子说。

晚上我的家宴上，果然出现一条大鱼，是堂叔的小儿子搞来的。鱼带来的时候已经死了，它的身上没有伤痕，我想是被炸药炸，吓死的。它当然不能作诗了，却给我们家增添了融融的乐意。

饭桌边坐着我的家人和亲戚们，一共有十五六个。每人的脸上都洋溢着笑容，像是过年。

最快乐的莫过于我的母亲。因为久别的大儿子的归来，我孤苦的母亲喜出望外，谈笑风生，就像是不曾守过寡，不曾结巴。她的嘴巴自从我进门的那一刻起就不曾合拢过，尽管在看到曼德拉的第一眼时，她差点吓晕了过去。

曼德拉一看见我的母亲，就从我的身后闪出来，给她作揖。"师太，您好！"

母亲看着眼前的黑人，立即就瘫软下去，以为见了鬼。我及时上前，扶起了母亲，用力掐着她的人中，方使她恢复神智。

我用家乡话告诉母亲，眼前的黑人是我带来的学生，他不是鬼，是外国人，外国人的皮肤跟我们不一样，其他都一样。

"他们也吃羊肉么？"又愣了一会的母亲说。

我说吃，什么都吃。

母亲兴奋起来，吩咐我弟弟准备宰羊。

我弟弟去后山唤回了放羊的我弟媳，宰了羊群中的一只羊。

两夫妻手脚麻利，两个小时不到，一顿丰盛的晚宴就准备好了。而此时，母亲也把所能叫到的亲戚都请到了家里。

母亲在饭桌边频频地给我夹肉，给曼德拉夹肉。肥厚的羊肉、鱼肉一块接一块地放到我们面前的碗里，生怕七十斤重的羊和九斤的鱼不够全家吃似的，她要保证她的大儿子和大儿子的学生吃够，仿佛她的大儿子和大儿子的学生在城市里过的是牛马不如的生活。

曼德拉给我母亲敬了好几杯酒，母亲每次都喝了，劝都劝不住。农村的酒杯跟城市酒楼的杯子不一样，要大许多。母亲每次端着拳头一样大的杯子和曼德拉干杯的时候，我就心里发怵。在我的印象中母亲是没有酒量的，六年前当我第一次带她的大儿媳妇回家的时候，狂喜的她都没有喝这么多。但今天她的酒量却特别惊人，如得神助。

看着酣畅痛快的母亲，我不敢把我离婚的事告诉她，也没有告诉我的弟弟。他们以为人在英国的曹英还是我的妻子，还巴望着她为我们彰家生子，传宗接代。我弟弟彰文合已经育有二女，是不可能再生了，除非他敢冒被开除公职的风险。

但是口无遮拦的曼德拉却酒后失言，他一句"中年男人三大喜：升官、发财、离老婆，您儿子呀占了两喜"，让听懂普通话的我母亲突然惊诧。她快乐的表情一收，审慎地看着我，"你当官啦？"

我说："没有。"

"您儿子就要当市长啦！"曼德拉附声在我母亲的耳边说，"是考上的。"

"你别听他瞎讲，"我对母亲说，"考是考了，没考上。"

母亲不理会我，问曼德拉："市长是个什么官？"

"大官！"曼德拉说。

"比乡长大？"

曼德拉举起拳头,"比乡长大得多。"

"跟县长一样大?"母亲说。

曼德拉摇摇头,"比县长还要大!"

母亲说:"考上的?"

曼德拉点点头,"考上的。"

母亲也点点头,她相信了曼德拉的话。然后她看着我,脸上又露出快慰的表情,"哦,涨工资了,当官了呗。"

曼德拉笑着摇摇头。他的这一笑又把刚浮在我母亲脸上的快慰荡掉了。

母亲绷着脸,瞪我。

我说:"我是发财了,也要当官了,没错。"我想起李论给我母亲的一千块钱,把它掏出来,"喏,这是奖金,我考官考了第一名,奖给我的。妈,给你。"

母亲仍然绷着脸,瞪我。

看着母亲威严的眼睛,我不敢再骗她。

"我和曹英离婚了。"我说。

母亲没有说话,她蓦地站起来,走到墙边,拿起一条鞭子,又走过来,将我一把拧起,扯到我父亲的遗像前,命令我跪下。

我跪下。

母亲先是一鞭打在我身上,再说:"曹英有什么不好?你要和她离婚?啊?"

"曹英没有什么不好。"我说。

"那就是你变心了,是不是?"

我说:"我没变心。"

"还说!"母亲又是一鞭打在我身上,"不变心是什么?你当了官了,有权了,哦不,官还没当上呢,就丢老婆不要了!你的心让狗吃了吗你?"

"不是我丢老婆不要,是曹英她不要我,是她要和我离婚的。"

"她要和你离婚？她为什么要和你离婚？你外边一定是有女人了，是不是？"

我说不是。

我的身上又挨了一鞭子。

"还说不是？"母亲说，"曹英不在你身边这几年，你打熬不住了，花心了，找野了！"

我说我没有，我冤枉。

"冤枉？我打死你都不冤枉！"

母亲继续用鞭子抽打我。她边抽边骂，我越是申辩，她就打得越狠，也骂得越狠，就像是打骂自家的跑到别人家造孽的狗。

我记得二十三年前，母亲也曾这么打过我。那时我读高二，父亲死了，我卷着铺盖回家，不上学了。母亲拿起鞭子，勒令我跪在现在跪下的这个地方，然后打我。她打我时除了骂，还有哭。凌厉的鞭子和悲愤的哭骂声在我们家响了一夜，直到第二天一早我拿着铺盖重新返回学校。

母亲现在打骂我时，没有哭，或许是因为心里没有哀伤，只有愤恨。她愤恨自己堂堂正正的儿子竟变成了一个负心、黑心的男人，因为她坚信是儿子背弃了儿媳妇，当官了就变坏，所以她要体罚儿子，执行家法。既然二十多年前她能用鞭子，把逃学的儿子抽成一名名牌大学的学生，那么现在，她也要用鞭子，把堕落的儿子抽成一个好人。

曼德拉看着自己的导师被痛打了一番后，才过来替我挡了一鞭子，然后从我母亲手上夺下鞭子。他看着如太后一般威仪的我母亲，说师太，够了，再打下去，你儿子就残废了。

母亲看着我，咬着牙，眼睛里却含着泪水。她突然一扭身往屋后跑去，脚刚出门，哭声就像决堤的水喷轰隆震响。巨大的哭声扑向屋后的山壁，再打回头，传进门，像倒灌的洪水，将我们一屋子人的心漂浮起来。我的弟弟和弟媳最先抢着出去，劝慰母亲,要堵住让本来和美的团圆饭变得祸患的源头。母亲仍然在哭。

然后是我的一帮子亲戚出去。他们是要回家。

母亲立刻就不哭了。

散开的亲戚们被赔着不是的母亲请了回来,他们重新坐在饭桌上,为难得的家族团圆,为家族中产生的最大的官——除了我无一不信的宁阳市副市长,舒畅开怀地庆祝。

餐桌上的笑容,只有母亲是装出来的,我知道。她不认为我当官是好事情,因为当官要使她的儿子变坏,至少现在儿子已经把她又能干又善良的儿媳妇给离弃了,这是儿子走向深渊的开始,也是当官的路造成的。她再怎么咬牙不哭,也不相信我和妻子的离异其实与当官无关,更何况我能不能当官,现在还是未知数。

9

那两辆一绿一白越野车开到河对岸码头上停下并发出长鸣的时候,我和曼德拉正在山上,祭奠李论的祖父。

李论的祖坟像汽车的车头那么大,是用石头垒砌成的。它三面环山,看上去就像一顶帽子,安放在沙发上。我没有见过李论的祖父,但我知道李论祖父的骨头就藏在这风水宝地的坟墓里面。这把已明显变得尊贵的老骨头,正在被我这个不是他孙子的人顶礼叩拜。我一叩一祷告:尊敬的李老大人,我代表您的孙子祭您来了!您的宝贝孙子李论现在飞黄腾达,全托您的保佑。他现在又要升官了,那么请您继续保佑他吧!如果您慈悲,也顺便保佑保佑我,让我跟着您的孙子发达富贵!

在我的祷告心声中,曼德拉愉快地烧着鞭炮。哔哔啪啪的鞭炮声响彻云霄,回荡在整个山间河谷。

汽车的长鸣就在这时候响着开过来,就像乐队的某种乐器,配合地奏起,与悠扬的鞭炮声和谐地交响。我寻望着汽笛的来处,看见了停在河对岸的汽车。

半个小时后，在我的家里，我看到了李论，还有县长常胜。

他们是来接我回去就任的，因为我考上了宁阳市的副市长！

李论把G省的省报在我面前摊开，指着头版上一条标题，说看吧。

我看报纸。

公选14名副厅级干部任前公示

经公开选拔，省委组织部研究并报省委同意，郭元元等14名同志（名单附后）拟提拔担任副厅级职务。按有关规定，现予以公示，征求党员、群众和单位的意见，并就有关事项通告如下：

1、在公示期限内，个人和单位均可通过来信、来电、来访等形式，向省委组织部反映公示对象在德、能、勤、绩、廉等方面的情况和问题。以个人名义反映的提倡签署或自报本人真实姓名；以单位名义反映的应加盖本单位印章。

反映公示对象的情况和问题，要坚持实事求是的原则，不得借机诽谤和诬告。

2、公示时间：8月29日至9月5日，共7天。

3、受理单位：省委组织部干部一处。

地址：宁阳市星湖路8号省委大院

邮政编码：530011

联系电话：0717-87185198

传真电话：0717-87185199

电子信箱：gxb@sohu.com

G省公选14名副厅级干部任前公示名单（附）

郭元元（女,1966年5月生,党校本科,拟任省委党校副校长）

章　明（男，1962年6月生，法学硕士，拟任省最高人民法院副院长）

钟蓓蓓（女，1963年1月生，党校本科，拟任省经济贸易委员会副主任）

…………

…………

韦德全（男，1958年11月生，大学本科，拟任省教育厅副厅长）

李　论（男，1964年5月生，经济学硕士，拟任宁阳市副市长）

彰文联（男，1964年8月生，文学博士，拟任宁阳市副市长）

…………

我的眼光一目十行，在碰到李论的名字后烫了一下，在紧接着触到我的名字的时候沸腾了。

我的家顿时成了欢腾的蜂箱——闻讯而来的村民和亲戚们踏破了我家的门槛，不知是为了看看县长长的是什么样子，还是为了当上官的我和李论道贺，总之他们蜂拥而至，争相进入我的家里。家门外还有许多未能挤进的乡亲在翘首以待。

县长常胜、我和李论就像三只蜂王一样被淳朴的群众簇拥，被热切的乡音包围。在我们村的历史上，从没有县长光临过，也没有产生过比县长还大的官。可今天我们家，一下子却集中了三位"大官"！一个县长，两个副市长，如果村民们了解一点官场常识的话，应该知道副市长的级别比县长还高。是的，村民们知道了，县长常胜亲口告诉了他们。并且从县长对我和李论谦恭的神态中，村民们也看了出来。他们把热情的重心转向了我和李论，把希望和要求向我们这两位本村本土走出的高官和盘托出——

修一修我们村的码头吧。村民们如是说。

我的心一震，因为村民们并没有要求造桥，而只是希望修一修码头。这要求多低啊！

我正要拍胸脯答应乡亲们的时候，李论攥住了我的手。

李论说："我们走吧。"

我看着李论。

"事情很急，需要你马上回去，"李论说，他的脸色阴郁，心情焦虑的样子。

"什么事情？"我说。

"到车上再跟你说，"李论说，"走！"

我看看满目真诚的乡亲们，对李论说："什么事情现在不能说？"

"非常严重的事情，非你解决不可，"李论说，"我打你的手机不通，也知道这里没信号，就只有亲自跑来了。"

"那你就不回家看看了？"我对已快到自己家门口的李论说。翻过我家后面的山，就是李论的家，他鳏居的老父亲还在那家里。

"以后再说吧。再不回去就来不及了！"李论说。他一脸的猴急。

李论的神态也让我起急，因为我不知道发生了什么事情。我回家已经一个星期了。在这偏远的山村里，不通电话，也看不到报纸，那座我想躲避其实还惦念着的城市，究竟发生了什么？

两个时辰之后，我坐上了来接我的汽车。透过车窗，我看到真情的家乡父老仍然站在河的对岸，眺望着我们，目送他们衣锦还乡又决然离去的儿孙。他们的目光越过没有桥的河流，火辣辣地追随着升官的李论和我上路。

在送别我们的人群里，有我的母亲。我虽然现在看不见她，但我知道她一定在那人群里面，用昏花而又自信的眼睛寻望着我的身影。在刚才我临走的时候，母亲把我拉到里屋，要我发誓。"命中注定你要做官了，"母亲说，"那你发誓要做个好官！"我不敢发誓。母亲说："那你就不是我的儿子！"于是我发誓。我说："我要做个好官。"母亲又说："刚才乡里乡亲的要求你听见了？"我说我听见了。母亲说："你发誓一定要修好我们村的码头！"我对着母亲，把手按在胸口上，说："我发誓！"母亲松了一口气，这才让我从里屋出去。没有人知道我和母亲究竟在里屋做了些什么。人们或许猜想，母亲把我拉进里屋，是在跟我要钱，要我留生活费。这样想的人肯定错了。就是最具有想象力的作家，恐怕也无法想象我平凡的母亲，是在要我发誓做个好官，发誓修一修我们村的码头。

我留下誓言，走下走上我不知走了多少遍的破烂码头，登上可以修好五个村码头甚至可以造一座吊桥的豪华汽车，在隔河瞩目的乡亲与母亲的盼望中，我让司机把车开动。

"说吧，什么事？"我对与我同一部车的李论说。

李论看了看驾驶座的司机和坐在副座上的曼德拉，不说话。显然他把司机和曼德拉当成了与我说事的障碍。

"你不会用土话跟我说吗？"我说，用的是家乡话。

李论得到提醒，试探着说了几句家乡土话，看到司机和曼德拉全然听不懂的样子，才危言耸听地说起事来。

李论说："遇到麻烦了。"

我说："什么麻烦？"

"有人在往组织部那里告我，"李论说，"说我腐化，乱搞女人。"

"谁告你？"

李论说："还能谁？就是米薇那婊子！"

"米薇？"我一愣，看看李论，"不会吧？"

"玩弄女大学生，致使其怀孕，不是她是谁？这事谁知道？啊？你又不可能告我的是吧？"李论说，"这婊子还不想放过我！上次刚整了我一把，现在又来了！"

"上次的事情已经圆满处理了。"我说。

"圆满个屁！圆满又来这一手？"李论说，"现在是公示的节骨眼上，第四天。组织部昨天找我谈话了，要是查出确有其事，我这副市长还当得成吗？你说！"

"你承认啦？"

"承认？"李论说，"我能承认吗？打死我我都不承认！可我不承认有什么用？关键是米薇这婊子，她拿出证据我就完了！她有的是证据！"

"组织部找到米薇了吗？"我说。

"应该还没有，举报信没有署名，而我也没有承认，"李论说，"但是组织部要找到人是很容易的，况且米薇这婊子极有可能会主动跳出来。"

我瞪着李论，"你不能叫米薇婊子，她不是婊子！"

"好，我不叫。我叫她姑奶奶！"李论说，"只要能让这姑奶奶闭嘴，我叫你爷！"

"怎么扯上我了？"我说。

"不扯你我火急火燎来找你干嘛？"李论说，"只有你能让她闭嘴。"

"我恐怕不行，"我说，"她现在也恨我。"

"恨你？恨你为什么不告你？"李论说，他看我的眼睛生出狐疑。

我说："是呀，她为什么不告我？她应该告我的呀？因为我助纣为虐，比你也好不到哪去。"

"我明白了，"李论脑门子一昂，"把我告倒了，你这副市长当成就更十拿九稳了。"

我瞪着李论，"你怀疑我纵容米薇告你？"

李论见我恼怒，连忙用手摸我，"不不，兄弟，我的好兄弟，我怎么会怀疑你呢？"他的手不停地从我的肩胛往下捋，"我的意思是，米薇对你还是一厢情愿，还是一片好心、爱心，她以为我是你的对手，都是副市长嘛，二者舍一，舍我其谁呀。但她不知道，我们两个副市长是没有矛盾的，我是经济副市长，你呢是科教副市长,两个职位都要有的呀,并行不悖。但是她误会了。"

"她如果这么想,就不对了。"我说。李论温柔的手让我气消。

"所以兄弟,"李论说,"你得去做她的工作,纠正她的想法,把事化了,像从前一样。告诉她,我们两个是穷人家出身的孩子,能当上副市长,而且是考上的,可不容易呀!开天辟地,我们村一下子同时出了两名高干,那是前无古人,后无来者,奇迹!告诉她我们俩做官后,是可以为一穷二白的家乡做贡献的。看在我们是同村同窗的情分上,请她无论如何要成全我,我们。"

我看着车窗外飞驰掠过的故乡的山水,想着已消失在视线中的与我血肉相连的村庄,说:"会如愿以偿的。"

"怎么说?"李论把我的身首扳过来,"这话怎讲?"

"在家的时候,我去拜过你的祖坟了。"我说。

李论说:"我听见你们在山上烧鞭炮的声音了,但那没用。米薇现在才是我的祖宗!你还得替我去拜她。"

我看着李论,"李论。"

李论也看着我,"有什么话你说。"

"我们得为我们村修好码头。"我说。

李论一听摆手,"修什么码头?"他把手一挥,"造桥!"

我说:"这可是你说的?"

李论说:"我说的。只要我这次副市长不被拿下,"他一拍胸口,"造桥!"

看着李论信誓旦旦的样子,我无话可说。我还能说什么呢?没有你李论,我也能为我们村造一座桥,我敢说这句话吗?我不敢。但是李论敢,而且我也相信李论有办法和能力搞到造桥的钱,只要他想。在我的心目中,没有李论想做而不敢做并且做不到的事情。他无所不为,也无所不能。小学的时候,他敢爬上树掏马蜂窝;读中学的时候,他敢跳到鱼塘去偷鱼;大学暑假,他能扛着一大包的袜子短裤从北到南沿途贩卖;后来,他玩女大学生——

这一切都易如反掌。而我只需要看着他，跟着他，听他的吩咐，为他点火、放风、数钱、拉皮条，我能做的就是这些。从小到大我注定只是他的助手。他是前锋，我是后卫。他是主犯，我就是帮凶。他要是能成为功臣的话，我情愿再做一次内奸——就像现在，李论立誓为家乡造一座桥。为了这座桥，我必须搬掉拦在李论仕途上的障碍和堡垒，助他先登上副市长的宝座。

曼德拉听我们说了一大通的家乡土语，什么也听不明白，他长着卷毛的脑袋一转，说："彰老师，看来我还不能回国，因为你还有一种语言没有教我。"

我说："猫教老虎学本事，你知道留有一招不教的吗？"

曼德拉说："哪一招？"

李论抢着说："爬树。"

"爬树？为什么不教爬树？"曼德拉说。

"如果教了的话，这个世界就没有猫了。"李论说。

曼德拉摸了摸脑袋，茅塞顿开的样子，"哦，我明白了。但是，我还是不能回国，老师你一定得教我！"

我说："你还是回去吧。你那动乱的国家，需要一名潇洒而又公正的总统，而不是精通中文和少数民族语言的专家。"

曼德拉被我这一说，得意地转过头去，睡起觉来，做着当总统的梦。

县长常胜的车超过我们，在去往县城和省城的交叉路口停下。他下车与我们分别。

"再次祝贺！后会有期！"常胜分别紧握着我和李论的手说。

我看着数天前还对我嗤之以鼻而今天却变得毕恭毕敬了的县长，说："好好干，我们家乡的人民百姓就交给你了。"我俨然已是上司的口吻。

"有什么指示，一定照办。"常胜说。

李论看着常胜，"我们村今天你也去过了。"

"是,"常胜点头,"不好意思,今天才有机会去到二位市长的家乡,很对不起,我也刚从外县过来,才当县长不久,工作实在太忙了。"

"理解,"李论说,"我们村的情况你看到了吧?"

"是。"常胜说。

"缺一座桥。"李论说。

"是。"常胜说,他瞪大眼睛,像突然得了甲亢。

李论拍拍常胜,"钱嘛,我来弄,县里牵头出面就行了。"

常胜一听,眼睛终于能眨巴了,说:"那好办!没问题!"

李论笑笑,歪头示意我上了车。

我们继续奔往在省城的路上。朝天的大路镀满了一万万丈的金光,在滑溜着飞快奔赴首府的车轮。

米薇,米薇啊米薇,我彰文联还算是个人吗?

10

"彰文联,告诉你,我现在不和你睡觉了!"米薇双手交叉在胸前,看着准备过去拥抱她的我说。

我现在在她的住处,民生路22号3栋2单元701号房。半小时前,我根据她原来留在我手机里的地址来到这里。她发给我的手机短信,我大多已经删了,只有地址没删。数天前我自以为副市长考砸了的那天晚上,我曾经向往过这个地方——我兴致勃勃从学校星夜赶到楼下的时候,一阵凉风把我又吹了回去。我把这地方当成了景阳冈,把米薇当成了猛虎,可我却不是武松。但是时隔数天,我又来了。一进城我就直奔这里。我重上景阳冈。你现在有勇气了是吗?米薇见了我就说。我说是的。现在想和我睡觉了是吧?她说。我没吭声。我要是想和你睡觉呢?米薇又说。我说米薇,能不能……不能!米薇说。她竖着一根手指,在脸前晃动。你不和我上床，睡觉，我就不答应你，我知道你来是为了什么，米薇说，为了李论，对不？不为李论，你就不来，对不？我说也不全是。米薇看着我，说那好。她闭上眼睛，想必是期待我去亲她，但我没亲。米薇睁开眼睛，说告诉你，我还要去告李论，亲自主动到组织部去，提供证据，把李论拉下马，让他当不成副市长。我说米薇，得饶人处且饶人，好吗？米薇说不饶，我可以饶过别人，但是我决不饶李论这种人！我说那就请你饶我行吗？米薇看看我，把嘴凑到我的脸上，亲了一下，说饶你？我还想把你吃了！她接着揪揪我的衣领，把衣领最上面的扣子也解开了。我看着把我当成唐僧的米薇，说我得去把身子洗干净了。我进了卫生间。我在卫生间里磨蹭了十多分钟，与情欲和性欲斗争了十多分钟，最后情欲和性欲都战胜了我。当我光着膀子一副欲火中烧的样子走向米薇的时候，米薇却变脸了。

"米薇你怎么啦？"我看着突然变脸的米薇说。

"你把我这里当什么了？"米薇说，她看着我，"鸡窝吗？啊？"

"不是，米薇……"

"对，你是把我当鸡了，"米薇打断我，"果真没错。但我就是鸡，也不和你这种人睡觉！"

"米薇，我从不认为你是你说的那种人，希望你也不要把我想象得那么坏。"我说。

"你不坏吗？"米薇说，"为了利己，你可以把你的学生送去和别人睡觉。现在同样为了利己，你想和自己的学生睡觉！这不叫坏叫什么？卑鄙？"

"我不是为了我自己，"我说，"这次不是。"

"那更卑鄙！"米薇说，"想不到你也沦落为性工具了，彰副市长大人。"

我说："我没有。我就想做个男人，现在。"

米薇说："你要是个男人，现在穿上衣服就走。"

我看着米薇，她冷峻的样子像一块雪地上的玉石。我转身去找衣服穿上。

"等等！"米薇说，她朝我的身后走来，"你背上的伤痕是怎么回事？"

我转过来，面向她，"鞭子打的，"我说。

"鞭子？"米薇说，"谁打的？"

"我母亲。"我说。

"母亲？"

"是的。"

"你母亲为什么要打你？"

"因为我是她儿子。"

"四十岁的儿子还要挨母亲的打，为什么？"

"因为我不是她好儿子，"我说。"我离婚了，而且还要做官。"

"你母亲反对你做官？"米薇说。

"她是在教训我要做个好官。"我说。

米薇说："你能做个好官吗？"

"不能，"我说，"但是我想做个好官。"

"所以，现在这个时候，我不能和你睡觉，"米薇说，"即将上任的副市长寻花问柳，这会害了你。"

"米薇，你不是坏女孩，"我说，"从来不是，我说过。"

"我是。"米薇说，"把李论拉下马，让他当不成官，你还认为我不是坏女孩吗？"

我说："是的。但是，如果李论能升官继续做官的话，至少可以做一件好事情。"

"什么好事情？"

我说："为我的家乡造一座桥。"

"桥？"

"是的，我的家乡现在没桥，"我说，"李论能找到造桥的钱，他比我有能量,这你知道。"

"就是你当上副市长也不能?"

"我想是的,还要依靠李论才行,"我说,"我和李论是一个村的,我们村现在能同时考上两名官员很不容易。"我把李论在车上教导我的话跟米薇说了一遍。

"我以为把李论搞倒了你会很高兴,"米薇听了后说,"他是你的政敌。"

"我不这么看。"

"情敌呢?"

我不吭声,开始穿衣服。

"疼吗?"米薇说。

我摇摇头。

米薇突然抱住我,把脸贴在我的胸膛上,"文联。"

"呃?"

"我想你。"

"⋯⋯"

"我不知道你回家了,我不知道你去了哪里,"米薇说,"我就想,用什么方法把你逼出来,让我见到你。我想李论一定知道你的下落,于是我就写信告他,迫使他去找你来见我。另外,我也想以我的方式帮你。"

"对不起,"我说,我抚摩着米薇的头发,"从今往后,我想我不会再对不起你了。"

米薇抬起脸,惶惑地看着我。

"我上任以后,让我帮你联系个工作单位行吗?"我说,"我是管科教的副市长。"

米薇摇摇头,"对我来说,现在找到我的亲生父亲,比找工作重要。"

"亲生父亲？"我看着米薇。

"我姐莫笑苹没有跟你说过吗？我们不是一个父亲生的。"米薇说。"我是私生女。"

"这很重要吗？"

"你认为不重要吗？"米薇说，"一个人连自己的生身父亲是谁都不知道，你不觉得是一件奇耻大辱的事情吗？"她看着窗外，"他就是在街上当乞丐，只要他是我的亲生父亲，我也要把他领回来，供奉他！"

"你会找到你的父亲的。"我说。

米薇转过脸来，含着泪珠的眼睛看着我。

我用手把她眼睛里的泪珠抹掉。

然后我就走了。

李论像只热锅上的蚂蚁在民生路22号的出口等着我。"怎么样？"他说，"做通啦？"

我没理他，径直走到路边，招出租车。

李论殷勤地为我打开车门，扶我进出租车。他自己也钻了进来。

"兄弟，情况到底怎么样？"李论说，他称我兄弟，态度却像是我的孙子。"我实在是等不及了。"

我一言不发。在从市区到大学的路上，任凭李论如何哀求，我始终不给他一句话。我像个赖账的人，反而被债主苦苦地讨好。开车的出租车司机可能也这么看我们。下车的时候，我和李论同时掏钱，但司机要了李论的，而不要我的。司机以为他这么做，我会因此感动，而把欠别人的钱还了。他想不到坐过他车的这两个人，竟是即将上任的首府宁阳市的副市长！再过十天半月，他们永远都可能不坐出租车了！因为，他们就要有了自己的专车，还有办公室、秘书。等待他们的是出有车、食有鱼、居无常的耀眼而玄奥的官场生活。他们现在行为下作,但其实已经以人上人自居。他们姓名依旧,但身份已经变质。他们是我彰文联、李论——两个农民的儿子,两鸟人。两位副市长,两匹黑马。

第四章

10月8日　晴

　　从现在起,我必须把每天发生的事情和感受记下来,必须这样。

　　今天是我上任的第一天。

　　"今天是个好日子,千金的光阴不能等,心想的事儿都能成,明天又是好日子,唉开心的锣鼓敲出年年的喜庆,明天是个好日子,赶上了盛世咱享太平……"

　　李论哼着宋祖英的歌,和我等电梯的时候他就开始在哼。进了电梯,他还哼,还叫我跟他一起哼。他朝我噘嘴说哼呀,一起哼。我说哼什么?他说好日子呀。今天是个好日子,心想的事儿都能成……我说你都哼了两遍了,我还哼什么?再说宋祖英是你喜欢,不是我喜欢。李论说这跟宋祖英没关系,没有宋祖英,今天也是咱们的好日子。我说是,我知道,十月八号,幺筒八,一定发。李论笑笑,说我连时辰都算好了,现在是辰时,就是龙时,我们这个时候去见市长,吉利!我说市长是不是也算好了吉日良辰,才选择这个时间见我们?李论说不,那不一定。市长日理万机,哪有时间算这个?是我们运气好。

　　是,我运气好,的确。我心想。

　　我现在已经知道,我能当上宁阳市的副市长,靠的就是运气。

准确地说,是贵人帮了我的忙。这个贵人就是市长姜春文。在是否录用我这个有争议的人物担任副市长的问题上,他起了决定性的作用——

那天面试之后,评审委员会的评委们就发生了争论,知情人这么告诉我说,争论的焦点就是你彰文联回答的关于党政领导如何做到"坐怀不乱"的问题,是错误的呢,还是正确的?如果是错误的,那此人不可用。如果是正确的,那此人就可用。问题是,有一半的评委认为你的回答是正确的,又有一半的评委认为你的回答是错误的。如果我没记错的话,你的观点是这样的。你说,"坐怀不乱"是一种神话,在某种程度上,它反映了我们两性文化的虚伪性。任何一个正常的男人,处在柳下惠那样一种相拥而眠的状态中,都会有着正常的生理反应和心理反应。或许柳下惠确是超人,但超人的行为又怎么可以当作芸芸众生的标准呢?领导干部也是人,也食人间烟火、五谷杂粮,有七情六欲实属正常,没有就不正常。如果要求每个领导干部都达到"坐怀不乱"的人生境界,成为柳下惠那样的超人,没有谁能做得到,至少你做不到。对吧?反对你的评委依此认为这是错的。但支持你的评委却认为,判断问题应该实事求是,因为后面你还有这样的观点。你说,如果坐怀不是必然的选择的话,你可以做到不去坐怀,因为坐怀必乱。于是你讲了鲁南子的故事。你说古时候有位叫鲁南子的人,有一次他独自住在山下的一间屋里。在一个风雨交加的夜晚,有位十分美艳的女子前去躲雨。鲁南子闭门相拒。这位美女就说,只要你学柳下惠,怕什么?鲁南子就说,"柳下惠固可,吾固不可",意思是说,柳下惠可以做到坐怀不乱,我做不到,所以我就不让你坐怀,一样能达到柳下惠坐怀不乱的效果。如果我们的领导干部能像鲁南子那样,对自己有一个"吾固不可"的自知之明,遇到"温柔陷阱"的时候,不妨效法鲁南子的趋避之法,远离那些充满诱惑的酒绿灯红,心中铁石,脚底生根,请不去,拉不动,做到"有欲也刚",同样难能可贵,这无疑也是一种真境界。你是这么说的吧?我都能背下来。你上述的论点让评委们分成了两派,是谬误还是真理?双方争持不下。最后评委主任把目光投向了公选单位的领导,也就是姜春文市长,征求他的意见。姜市长只说了一句话,他说,我站在敢讲真话的人一边。就是这句话决定了你的命运,副市长的官帽戴在了你的头上。知情人说。你有贵人相助。

帮助我的贵人乃是姜春文市长,我现在正在去见他,和李论一起,向他报到。

姜市长的办公室有一间教室那么大,我们进去的时候,他就像一个没有学生来上课的教授坐在那里,边抽着烟边在文件上签字,就像我在学生卷面上打分一般简洁干脆,还带着一股潇洒。见我们来了,仪表堂堂的姜市长把笔放下,请我们坐下,自己却站起来。"欢迎你们!"他说,说着过来从秘书手上接过矿泉水,亲自递给我们。李论接过水瓶,一副受宠若惊的样子,说市长,不好意思,应该我们给您敬茶才是。姜市长摆摆手,说以后我们就是同事,彼此随便些。李论说那哪成?您是君,我们是臣。姜市长说李副市长,你这么说可就不对了,我们这些政府官员,都是公仆,没有君臣之分。李论点头说是,小的错了。市长,以后您叫小的小李,小李子。我一听李论太监的口气,扑哧笑了。姜市长也笑了,看看李论,看着我,说你也希望像他那样让我叫你小彰子吗?我说不,我希望你叫我彰副市长,或者彰文联同志。姜市长又看了我片刻,一句话没说,只是点点头。然后他坐在了我和李论的中间,左看我一眼,右看李论一眼,都露出赏识和信任的神色。

"我看了你们的简历,才知道你们两个还是老乡,一个村的,对吧?"姜市长说。

我说是,小学中学时代,我们俩还是同学。

"了不起，"姜市长说，"一个村同时出了两名副厅级干部，而且是考上的，了不得啊！"

我记着在褒贬我的问题上姜市长的立场，正想把道谢的话说出口，李论抢断说："姜市长，我和文联现在是您的左右手，随时听您的使唤。"

姜市长说："呃，左右手不恰当。如果你们愿意的话，我可是希望你们是两驾马车。我们这套班子一正五副，是六驾马车，一人是一架马车。六驾马车一起跑，我在前面。我希望你们与我一道，同心同德、齐心协力，使我们城市的建设步伐跑得更快、更稳！好不好？"

我和李论听了，不约而同站起来，像将服从帅的命令似的，立正说："是！"

姜市长摆手示意我们坐下。然后他说："去见过常务副市长了么？"

我和李论一愣。"没有，"我说。

李论则惶惑地说："我们肯定要先来见您市长，不是吗？"

"没关系，"姜市长说，"现在去吧。"

离开姜市长办公室，我和李论向常务副市长的办公室走去。此刻我还不知道这位在与我们同等职位前面多"常务"两字的副市长叫什么名字，也没见过这个人。我问李论见没见过这个人，叫什么名字，李论说当然见过，林虎，省委办公厅过来的。

"林虎？"我说，"林虎，有意思。"

"你不就想说是林彪的近亲吗？"李论说。

"是吗？"

"怎么可能是呢？"李论说，"不过，人们在背后可是把他称为林副统帅。"

"难道他有怕光怕风的毛病？"

李论看了看我，"你不如直接说温都尔汗算了。"他说。

我吓了一跳,因为温都尔汗是林彪葬身的地方。"待会见了他,我们该怎么称呼合适呢?"我忙转口说,"林副市长?他又是常务。林常务副市长?又太长了。林市长?"

"我怎么叫你就跟我怎么叫。"李论说。

"你怎么叫?"

"到了你就知道。"李论说。他左顾右望,确定林虎办公室的位置。

常务副市长办公室和市长办公室就在同一层楼上。在通报过后,林虎的秘书引领我们走了进去。一个气宇轩昂的男子靠在大班椅上打电话,我想他必是林虎无疑。

李论撒开大腿,迈步上前,"林常务,你好啊!老弟向你报到来了!"李论大口叫着,像是会见哥们朋友。

林虎一看李论,"哎哟"惊叫一声,赶忙捂住话筒,示意我们稍候。然后他移开捂住话筒的手,继续打电话。

"没什么,来了两个客人,"林虎告诉电话里的对方,他居然把李论和我当成客人。"没关系,你接着说。嗯,嗯,嗯嗯,对,是,务必遵照省委马副书记的指示办。嗯,嗯嗯,我会直接跟马副书记汇报。嗯,嗯,你放心,马副书记是我的老领导……"

林虎打着电话,口口声声马副书记,提示着电话里的对方,但连笨蛋也听得出来其实是在警醒站在他面前的我和李论,他和省委马副书记的关系非同一般,他的后台是谁。

李论和我被晾了十分钟,林虎终于打完了电话。他站起来,满脸歉疚,连说两声对不起。然后伸出双手,热情地过来与李论握手,再和我握手。"可把你们盼来了,"他说,"什么叫如虎添翼?啊?你们二位来了,就是如虎添翼!哈哈!"他大笑了两声,"以后呀,经济这一块,"他把一只手搭在李论肩上,"就仰仗你李副市长了。"接着,他把另一只手搭在我肩上,"彭副市长,科教这一块,就非你莫属。"他看看李论,看看我,"两副担子可都不轻呀，你们要好好挑起来，为市长分忧。"

李论说："那是。"

我说："林市长，你放心。"

林虎一怔，把我肩上的手抬起，指点我说："可不许叫我林市长，我是副市长，跟你们一样的噢。我们的市长姓姜，姜市长。"

"林常务，你放心。"我修改称呼说。

"这还可以。"林虎说。他想起什么，"哦对了，车子、司机、秘书，我都为你们安排好了，专车专用，专人专职。还有办公室，一人一间。我这就让办公室主任带你们去。"说完他转身去动办公桌上的其中一部电话，准备拨号，想想，把话筒放下。"我亲自带你们去！"

李论急忙阻止，说："不必了，林常务，你忙，你忙你的。"

我也表示了和李论相同的意思。

林虎说："那好。"

林虎打电话叫来了办公室主任。

市府办公室主任叫田湘，在见姜市长之前我们已经认识。因为李论说他跟姜市长熟，就没让田湘带我们上来。这是一个知趣的小伙子，年纪不超过三十岁，甚至脸上还长着粉刺。你一看他脸上的粉刺就知道他有多忙，因为他脸上的粉刺一颗都不挤，原状不动。而一个连挤粉刺的时间都没有的人，现在却要带我们去看我们的车、司机、秘书和办公室。

我和李论是在见了各自的办公室和秘书后，才见到各自的车和司机的。

分配给我和李论的车是两辆别克，分别是我们的两位前任留下来的，司机也是。"每辆车都跑了约十万公里，但司机很可靠。"田湘实话实说，希望我们别介意。李论看着车，问哪一辆原来是张东坐的？田湘指了指牌号为 G-A3886 的别克车，说这部。李论哦了一声，看着车，眼中放光，说我就要这部。说完才看看田湘,"行吗？"田湘说我没问题，你们两位自己商量。李论看看我。我不假思索地说你要吧。李论看看边旁的两位司机,对田湘说:"司机就保持开原来的车不动了吧？"言外之意是司机对原来开的车辆熟悉，可以保证安全，我理解是这样。田湘说我没问题，还是你们二位自己商量。李论看着我，我未等他说话，就说这样好。李论很满意我的回答，高兴地说那就这样。他走到他选中的别克车前，摸着后视镜说哪位原来是开这辆车的师傅？

两位都留平头的司机中走出一位长白发的，田湘介绍说这是黄哥，黄孝祥。

李论听罢，和蔼地与上前去和司机握手，"黄师傅，你好！以后你就跟着我辛苦了！"

黄师傅笑笑，不吭声，看得出他是一个少言寡语的人。他能做到对任何事情守口如瓶。

剩下的司机非我莫属。未等田湘介绍,他主动向我走过来,说:"彰副市长，你好！我叫韦海，你就叫我韦海！"

"韦海，你好！"我边说边与我心直口快的司机握手。

田湘见两辆车和两位司机已经各有所属，说好了，李副市长彰副市长，现在请上车试试，怎么样？

李论说:"行，试试！"

我说好吧。

黄师傅和韦海已经分别打开了两辆车的后门，各自等待他们的新主人进去。

李论钻进了属于他的那辆车。黄师傅把后门关上，才去把前门打开，坐在正驾驶的位置上。

我也钻进了配属我的专车。从现在开始，我就是这辆车的主人了吗？我简直不敢相信。在我的屁股碰到皮座上的一刹那，我就像触电一样，颠了又颠，生怕坐定下去，我的屁股就被烧焦。

"彰副市长，你坐好了。"韦海看着内视镜说。

"好了。"我说。我强迫自己坐定。

"彰副市长，去哪？"韦海说。他启动汽车的油门。

我一愣，"去哪？"

"你说去哪我们就去哪。"

去哪呢？我在心里想着。上任伊始，我该去什么地方？有什么地方可去？好去？

韦海已经将车缓缓开动。而驶在前面的李论的车一溜烟跑出市府大院，不见了踪影。

"去东西大学吧。"我终于拿定主意。

迟疑的汽车这才有了明确的方向。它承载着我，朝着我当了七年讲师八年副教授的东西大学进发。

一路上我思想着车进了东西大学以后，我先让司机把车开到学校的办公楼，在那里兜一圈，让多年以来卡着我脖子的校长书记们看看，突出重围的彰文联是什么样子？他的地位、待遇、车辆、气派和威风跟他们具有的还有什么差别？让他们见识一番后，我再让司机把车开到教工宿舍区，在我仍然还住着的宿舍楼下停住，等司机为我打开车门后，我再下来，跟司机说我回房间换一块手机电池。然后我再上楼。我其实并不更换手机电池，而是站在我七楼住所的窗户边，看着楼下那些歧视副教授的教授，怎样看待一个连续三年都评不上教授的副教授的车辆？那些教授当中最好有职称评审委员会的评委，有因为嫉妒我的学术成就而投我反对票的评委，那样的话我停在楼下的车辆才能惹他们眼红，使他们醒悟或后悔——原来一个副教授的前途或终极目标并不仅限于评上教授，而是还可以去做官，会做官的话还可以再升官。东方不亮西方亮，教授评不上，就去做官好了。看吧，我彰文联就是一个例子。教授不评给我，我去考官总可以吧？既然我能考取学位的最高等——博士，难道我连一个相当于六品的副厅级官职都考不上吗？我还真考上了，宁阳市副市长。专车，专职司机，专门办公室，专门秘书，这等待遇教授有吗？请问苏教授、王教授、俞教授，我知道你们平时蔑视当官的，那你们的名片上，在教授职称的后面，为什么要加上括弧（相当于副厅级）呢？呵呵！

"彰副市长，你笑什么？"开着车的韦海问我。车子正在往东西大学的路上行驶，但我预想到达东西大学后的思路却被韦海的问话打断。

"我笑了吗？"我说。

"是的，你呵呵笑了两声。"韦海说。

"是吗，"我说，"我想到一些可笑的事情，就忍不住笑出声来。"

韦海说："是关于选车选司机的事对吧？"

我一愣，"啊？"选车选司机有什么可笑的？我想，但没有说出来。

韦海说："看来彰副市长并不知道这部车原来是谁坐的，我原来又是为谁开的车。"

"谁呀？不是说是其中一位前任副市长坐的吗？"我说。

"前任副市长没错，叫蓝英俊，"韦海说，"我就是为他开的车。"

"有什么问题吗？"

"我没问题，"韦海说，"但是蓝英俊有问题，他出事了。"

我有点紧张，"什么事？"

"就是被纪委双规了，四个月前。"

"双规？"我不太懂什么是双规。

"就是规定的地点、规定的时间交代问题。"韦海说。

"什么问题？"

"一个管经济的副市长出什么问题？贪污受贿呗！"韦海说，"大摊着呢，我给他开车，光我知道的没有百把万也有七八十万。搞女人那算是小事了。"

"是吗？"我说，"那你呢？开玩笑呵韦海。"

"我没事，"韦海说，"嗨，有事我还能开车吗？"

"那是。"我说。

"你不知道蓝英俊的事,但李副市长一定知道,"韦海说,"所以刚才定车的时候,李副市长选了张东副市长坐过的车,而不敢选蓝英俊坐过的这部。为什么?他认为蓝英俊坐过的车霉呀,还认为用蓝英俊原来的司机也霉。还是人家李副市长比你会选呀,张东副市长现在提拔到别的市当市长了,坐他坐过的车,用他用过的司机,吉利呀!"

我愕了半天,说不出话来。心里暗骂李论,操他的祖宗。

"彰副市长,你怕吗?"韦海说。

"啊?"

韦海说:"你怕我给你开车,你坐这辆车,会给你带来晦气吗?"

"不,我不怕。"

"真不怕?"

"真不怕!"我说。我伸手去拍了拍韦海的肩,"你也别怕,我信任你,喜欢你为我开车。还有,我想告诉你,我肯定跟蓝英俊不一样。"

韦海看了看后视镜,想必是要看清我的脸和眼睛,是否表里如一。

韦海说:"谢谢。"

我突然受了感动,从后座挪到前方的副驾座上。

韦海见状,单手伸过来,扯过安全带,给我扣上。我发现他的眼睛竟然有些湿润了。

我们两人沉默着,车子又走了一段路后,韦海说:"不过,你的秘书换新的了,不是原来的秘书,还有李副市长的秘书也是新的。"

我看看韦海,"是吗?为什么呢?"

"蓝英俊的秘书跟蓝英俊一起被双规了,"韦海说,"张东副市长到别的市当市长，秘书也跟着去了。只有我们两位司机坚守阵地。"

"说明你们两位行得正看得远啊。"我说，有点一语双关的意味。

"那可不一定，"韦海说，"运气很重要。"

"运气？"

"蓝英俊收了那么多钱，从来都不给司机一点，抠门得很。"韦海说，"幸好他抠门呀，不然我就跟他进去了。你说这是不是运气？"

"是运气，"我说，"你仍然还会有运气。"

韦海看了看我。

"我不抠门，"我说，"但是，邪门进来的钱我绝对不收，所以……"

"所以你不在乎坐谁的车，用谁做司机。"韦海抢断我说。

我点头。但其实心里我很在乎。坐在一个落马贪官专用过的车上，和一个为贪官开过车但不出事的司机在一起，谁说不在乎不忌讳那肯定是假话，是个傻子。我就是个傻子，聪明人已经让李论抢先去做了。狗日的李论，我心里骂着李论，我救了你，说服了米薇不再告你，让你顺利当上了副市长，你就这么报答我？

东西大学近在眼前，我忽然觉得心慌。几分钟前我还想着把车开进大学里，在校长书记教授们面前炫耀一番，但现在我不敢去了。我改变主意，对韦海说韦海，掉头，把车开回去吧。

"东西大学就到了，不去啦？"韦海说。

"不去了。"我说。

"彰副市长你还住在东西大学里是吧？"

"是。"

"那你应该带我进去，先认个门，以后我每天好接送你。"韦海说。

"晚上吧。"

我果然是晚上才让韦海将我送回东西大学。就在我开始写日记的十分钟前,他开车将我送到住所的楼下。我没有请韦海上楼坐一会就让他把车开走,因为我怕他一坐,那楼下的车子就会引来艳羡或嫉妒的目光,甚至沾上唾沫。这是大学。市府还没有安排我新的住所之前,我仍然要住在大学里,况且大学里的住所我已经买了下来。从今往后,司机韦海每天都将出入大学来接送我,我必须保持低调,不能让那些仍骑着自行车的教授过多地受刺激。

今天姜市长为我和李论的上任举行了晚宴,除了一位在外出差的副市长,市府班子的成员都来了。我喝了不少酒,也听了不少的笑话。有一个还挺有意思——

说,有个农民老汉赶着驴车进城,在路口的时候,驴不管红灯就闯了过去,被老汉抽了一鞭子,骂道红灯你也敢闯,你以为你是警车吗?过了路口,驴看见一片草地,就跑过去吃草,又被老汉抽了一鞭子。老汉骂道:到哪吃哪,你以为你是干部吗?

这个笑话是姜市长说的。讲完笑话,姜市长还说,这个笑话提醒我们干部,尤其是领导干部,不能搞特权,否则老百姓就会骂我们。

姜市长的话很对,我要牢记。

第一天写日记,够长的了。打住。洗澡上床,睡觉。

10月9日　晴

今天分别会见了科技局、职称办公室、教育局的领导,就在我的办公室里。这些归我主管的部门领导与其说是来向我汇报工作,不如说是来让我认识,或拜见我。他们空着手来,却有满腹恭维奉承的话,向我倾吐。一天的时间里,我的耳朵里塞满了"久仰彰副市长大名"、"最内行的领导"、"大博士"、"政坛新星"这些肉麻的话。而我的嘴里也尽是对付着"哪里、过誉了、不是、谈不上"这些谦虚的词。科技局的局长陈中和还与我是校友，因为他说他是北大毕业的，比我低两届，所以又是叫我彰副市长又是称我师兄。职称办公室主任李人凡索性就叫我老师，因为他说他是东西大学毕业的，听过我的讲座。"彰老师您的讲座实在是太精彩了！东西大学的老师我就崇拜你。"李人凡说。可我对这个崇拜我的学生却毫无印象，难道是我的记忆力出了问题？

教育局只来了一位副局长，局长没来。副局长说局长生病住院了。

副局长走后，我问秘书蒙非，教育局局长是谁？

蒙非有点诧异地看着我，"杨婉秋，就是我们姜市长的夫人呀！"

我十分惊诧，"啊？你为什么不早告诉我？"

蒙非说："对不起，因为我以为你知道。"

我摇摇头，"姜夫人……杨局长她生了什么病？"

蒙非看看门外，低声对我说："肝癌，晚期。"

我愣了愣，站起来，说："走，看望她去！"

蒙非站着没动。我说怎么啦？走呀！

"杨局长现在不在宁阳的医院，在广州。"蒙非说。"广州第一人民医院。"

我想着远在千里之外的广州，坐了下来。又想着在楼上办公的姜市长，又站起来，想想，又坐下。我去跟姜市长说什么？说对不起，我不知道杨局长是你夫人，现在才知道她生病了，姜市长，你要挺住呀！我要当面跟姜市长说这些吗？不能，我想，就是打电话都不能说。

"小蒙，"我对我的秘书蒙非说，"去买明天最早去广州的飞机票吧。"

蒙非说："几张？"

我看着蒙非,"两张,你也去。"

明天一早,我就要飞去广州,看望教育局的杨婉秋局长,她即使不是姜市长的夫人,我也有责任和义务去看望她。

本想今天给米薇打个电话的,我上任都两天了,她一定也在等待我的电话。但是打了电话,她要求跟我见面怎么办?现在不是我们见面的时候。明天我又要去广州。到广州再给她打电话吧。

要不要告诉李论我明天去广州?算了,不跟他说。

10月10日　晴

我没想到今天到达广州后,还没有看望到杨婉秋局长,却先看见了李论。

他也是来看望杨婉秋局长的,而且昨天就来了,比我还早一天。

我是在G大厦见到李论的。G大厦是G省在广州的办事处,我和秘书蒙非下飞机后先来到这里,登记住下。蒙非在住宿登记簿上看见了李论和他秘书于小江的名字,在电梯里告诉了我。我脑袋嗡响了一下,说你没看错吧?蒙非说他们就住在八楼,李副市长在806。

我在八楼出了电梯,径直去敲806的门。

李论的声音在门背问了两次谁呀?我说警察!

李论这才开门把脑袋露出来,却挡住不让我进去。

我说:"你放心,你请我进去,我还嫌晦气呢。"

李论说:"那你敲我的门干什么?"

"我想证实一下是不是你来了。"我说。

"你终于也知道来了。"李论说。

我说:"是啊,可惜比你晚来了一天。"

李论笑笑,"不晚,姜市长的夫人现在还清醒,还能知道你是谁。快去看望她吧。我已经去看望过了。你快去，不然市长夫人还真就……"

我说："对你来说，你看望的是市长夫人，而对于我，要看望的是教育局的杨婉秋局长。"

"这有区别吗？"李论说。

我愣了一下，说："没区别。"

"要我陪你去吗？"李论说。

我看着李论光着的半边身子，说："你什么时候变成三陪先生了？"

"那晚上我找你，待着别走！"李论说，他关上了门。

我转身的时候，发现秘书蒙非已经不在我身边，而是在走廊尽头等我。不该看的东西不看，不该听的话不听，看来他很会做秘书。

我到房间洗了一把脸后，与蒙非去了医院。

杨婉秋局长仍然清醒，在蒙非介绍我是新上任的管科教的副市长后，她点了点头，还说了一声谢谢。我说杨局长，我叫彰文联，表彰的彰，文化的文，联合的联。我前天刚上任，昨天才知道你病了，对不起，昨天没有航班了，今天才过得来看你。杨局长你别说话，呵？你听着就行。你放心杨局长，广州这边的医院条件很好，专家一流，你的病一定能治好的。我还等着你回去和我一起工作呢，啊？

我像哄小孩一样说了一大套安慰的话，安慰着这位病入膏肓的市长夫人。我在嘴里称她杨局长，但心里却把她当作市长夫人——市长夫人哪，你的丈夫是市长，所以李论才捷足先登来看你，我才迫不及待地来看你。还有谁已经有多少人来看过你我不知道，但我知道，我和李论这两位新上任的副市长争先恐后地看你，在很大程度上是冲着你丈夫的地位才来的呀，因为你丈夫是市长！我们来看你，是为了让市长看的，你明不明白？我想你心里也一定明白。假如你丈夫不是市长,李论是绝对不会来看你的,我也是没有这么快来看你的,这是实话。但是实话不能实说,不说你心里也明白。话又说回来,因为你丈夫是市长,你患了癌症,才能动用一切可以动用的条件和力量,不惜一切代价,对你进行救治。你得明白和承认,这也是事实。但愿你转危为安,幸运地回到市长身边,市长夫人。

我默默地看着市长夫人,用眼神把我内心的阴暗暴露给她。让她看透来看她的我们这帮人,除了我们送的营养品和人民币是货真价实外,其余全是假的和虚伪的。

我掏出一千块钱,偷偷摸摸地塞到市长夫人的枕头底下,但是被她发现。市长夫人的头脑居然像球一样敏感,触到钱后弹跳起来。她的手像捕蛇的叉子,迅速而准确地掐住要害,把钱从枕头下扯出来,像把毒蛇从石头缝里扯出来一样。她的确把钱当成了毒蛇,因为她既恐惧又厌恶地把钱甩还给了我。送出去的钱又回到我的手上,像刚烤熟的山芋一样烫手。这区区一千块钱不成敬意,但我发誓绝对是我个人的钱,通常我要熬七个通宵写两万字的论文才能得到等额的稿费。但此刻我的血汗钱正在被一个我敬畏的贵夫人视为粪土。"我是市长的爱人,"市长夫人说,"你们送钱给我,我要钱来干什么?我跟每一个来看望我的人都这样说,钱现在已经救不了我的命,我收了你们的钱,只能把市长给害了!如果你们不想害你们的市长,就把钱收回去!"市长夫人声色俱厉,在弥留的日子里,她要维护的竟然不是自己的生命,而是自己的丈夫。多爱市长的市长夫人,她在我的心目中更加尊贵。

后来,我把送钱被市长夫人拒收的事告诉了李论,因为我想他一定遇到了和我同样的遭遇。这个官场上的混子二流子,他不可能不送钱。

那时候我们在广州的一家川菜馆吃饭,就两个人。我的秘书和李论的秘书代替我们留守在医院里,随时掌握着市长夫人病情的变化。

李论哈哈大笑,笑我傻B。"你怎么把钱给市长夫人呢?"他说,"直截了当她是不会要的。"

"我是偷偷放在她枕头底下的,"我说,"但是被她发现。"

李论说:"这跟直截了当有什么区别?"

"那我应该把钱放在哪里?给谁?"我说。

"给她儿子呀?"李论说。

"儿子?"

"你没看见她儿子?"李论说。

我摇摇头。

"那个在病房门口站着,高高大大的,就是姜市长的公子,姜小勇呀!"李论说,"他的脸上还戴着一副墨镜。"

李论这么一说,我想了起来。"原来那是她儿子,"我说,"我还以为是便衣警察呢。"

"跟便衣警察也差不多,"李论说,"监视他爹手下,也就是市长部下的这帮人,谁忠心谁不忠心?忠心的表示是来探望患病的他妈,送不送钱?送了多少钱?"

"你送了多少钱?"我说。

"这你不用问,肯定比你多。"

"是给她儿子的?"

"那当然,我有你那么笨吗?"李论说,他喝了一口啤酒,"说了一通安慰的话后,告别市长夫人,退出来。然后,把姜公子叫到一边,"李论做了一个捻钱的手势,"把这个给他。"

"然后他就收下了?"

"不收我能这么乐观吗?"李论说。他独自干完了一杯啤酒。

"那我要不要去……再把钱给姜公子?"

李论擦了擦嘴边的啤酒泡沫,说:"我看算了,你一千块钱只是人家打牙祭的钱，不送还好，送了你不觉得丢分，人家还觉得丢分呢。"

我直起脖子，说："我送的是自己的血汗钱！有什么可丢人的？"

李论笑笑，把手搭在我的颈根，按下我的脖子，说："别激动，别急，你还有表示的机会，而且你机会比我好。"

"什么机会？"

"你想，你是管科教的副市长，对吧？"李论说，"市长夫人是教育局长，对吧？"

我说："对，这又怎么啦？"

李论说："这样你就可以名正言顺留在广州，一直负责市长夫人的治疗、护理事项，直到市长夫人万一不治，她死了，你又可以负责处理市长夫人的后事，前前后后，方方面面，都由你操办负责。只要你鞍前马后，鞠躬尽瘁，市长必看在眼里，记在心头。你说，这不比我机会好吗？不比你送一千块钱强吗？不比别人送一万块钱两万块钱效果好吗？"

我怔怔地看着李论，"留在广州？那我还工作不工作了？"

"这就是你的工作！"李论厉声说，"教育局长身患绝症，你作为管教育的副市长，就要担当起治疗抢救的领导工作！而且义不容辞！或许你怕别人说教育局长是市长夫人，你才这么殷勤主动。对呀，没错！正因为是市长夫人，我更要殷勤主动。我说的是你。为什么？因为市长日理万机，每天操心着全市五百万老百姓的吃喝拉撒。难道我们能让日理万机、心中装着全市五百万老百姓的市长放弃工作，全身心地来守护自己的老婆吗？不能吧？杨局长是杨局长，但她毕竟又是市长的老婆，或许与市长还是恩爱夫妻。难道市长不想日夜守侯在爱妻的身边么？他难啊！一边是老百姓，一边是爱人，你说市长要放弃哪一边？他痛苦不痛苦？所以，市长夫人的病情关系着市长的心情，也关系着全市工作的大局。治疗、照顾好市长夫人，就是为市长分忧，就是市政府工作的一部分！这工作谁来做？你是管科教的副市长，不是你做谁做？你当仁不让，彰文联同志！"

李论的话让我为之一震，我考虑着要不要留下来。

"你以为你不做就没有人做了？就没有人愿意留了？"李论看出我的心思，进一步刺激我，"告诉你，愿意当这门差的人多的是！"他的手往外一指，"你回去G大厦看看，整层整层都是来看望市长夫人的人，有各个局的局长、副局长，有跟我们一样是副市长的，还有市委常委，你没看见而已，不认识而已，但是我都看见了，那些人我全认识，他们巴不得你撒手不管才好。"

"那就让他们来管好了，"我说，"或者我把这个机会给你？"

李论笑笑，说："我得把宁阳市的经济搞上去，这才是我最大的机会。但是你不一样，你是管教育的，你把教育局长的事情处理好了，你也就上去了。"

"你这话是什么意思？"我说，"你把我当作是小爬虫吗？难道我是小爬虫吗？"

李论说："你不是小爬虫。你怎么可能是小爬虫呢？"他咽了一口口水，"你已经是大爬虫了！"

"我留在广州的事情，要不要得到市长的同意？"我说，不接李论的话茬。

李论说："你来广州看望市长夫人，难道也得到市长的同意吗？"

"没有。"

"什么叫感动？"李论说，"背着人做好事、善事，才能让人感动。"

"难怪你没让我感动过，"我说，"因为你背着我，从来都不做好事、善事。"

李论看着我，笑笑，"又怎么啦我？"

"你殚精竭虑选的那部车,坐得很踏实吧?"我说。

李论一愣,"啊?哦,那车的事情嘛,你以前并不常来广州吧?"他跟我打哼哈,"我知道一个好玩的地方,吃完饭我带你去。"

"我不玩!"我板起脸孔说。

李论说:"好,不玩,不玩。市长夫人危在旦夕,谁还有心思玩?不像话!是吧?"他朝服务员扬了扬手,"买单!"

李论说的话有理,我应该留下来。

我已经让秘书蒙非把回程的机票给退了。

房间不断地有小姐的骚扰电话打进来,问需不需要服务。一开始我说不要,后来我烦了,就说好吧,请到806去。有小姐问你不是住1002吗?干嘛要到806呢?我说别废话,去的话,五分钟内敲806的门!不见不散!我接连对至少十个小姐以上都这么说。

806住的是李论,今晚够他受的。

10月11日 晴

上午,我把在广州看望市长夫人的宁阳市各部门人员召集来开会,商量成立杨婉秋同志治疗领导小组及其组成人选。

闻讯而来的人挤满了我的房间,并且还源源不断地有人来。没办法,只好租用G大厦的会议室。

会上,我首先自我介绍,我说,我是刚到任的副市长彰文联,主管科教工作。很感谢大家到广州来看望因病而来广州住院治疗的教育局杨婉秋局长。根据杨婉秋局长的病情,治疗需要一个过程,或许是一个月,或许是两个月,或者更长。因此有必要成立一个治疗领导小组,我任组长。成员嘛,就在我们在座的各位中产生。因为,在座有很多人我还不认识,我看是不是这样,愿意或有条件留在广州的,先举手报名,我们再根据实际需要决定参加领导小组的成员。

我话音未落,一片手的森林就树立在我的四周。

"我愿意!"众口一词。

我一看这情状就像是狂热的信徒在教头面前宣誓,这还了得?急忙摆手让人们把手放下。

"还是我来点将吧。"我说。冈头想了一会,我把头抬起来,"有财政局的人吗?"

会场举起三个人的手。经介绍,他们是财政局的局长、副局长和办公室主任。

"好,"我说,"卫生局卫生系统有……"

我话未说完,又有人把手举起来。这次是四个人,有卫生局局长、副局长,市一医院的院长,还有G省医科大附属医院院长。

"很好,"我说,"教育系统……"

又有手抢在我的话讲完前举起来。

最后,我在分门别类举起手的人里,经协商后选定了七个人,连我八人,组成了杨婉秋局长治疗领导小组,名单、职责如下:

组长:彰文联——副市长,主管全面工作。
副组长:韦朝生——组织部副部长,协助组长履行职责。

组员:
奉鲜明——财政局副局长,负责治疗经费及时到位。
罗立冬——卫生局局长,负责协调、理顺广州医疗部门或机构。
金虹——市接待办副主任,负责接待探望人员。
唐进——教育局副局长,负责向杨婉秋局长(在清醒的状态下)汇报教育动态。
蓝启璋——宁阳日报副总编,负责媒体关于杨婉秋局长健康状况的策划宣传或封锁保密。

　　蒙非——市府办秘书，负责上下联络。

　　领导小组成员获得大家一致同意通过。杨婉秋局长治疗领导小组的成立，标志着在过去半个月以来，关心杨婉秋局长病情的友好人士群龙无首的局面，以及杨婉秋局长治疗工作的一盘散沙状态，一去不复返了。会议在中午12时结束。

　　中午吃饭的时候，李论打电话来。他说他回到宁阳了，刚下飞机就给我打电话，问我昨天晚上到他房间去的那么多小姐是不是我叫的？我说没有，不是。

　　李论说："我就知道是你，还敢说不是？"

　　我说有人帮你拉皮条那还不好吗？你是不是都来者不拒了？

　　李论说："哼，来者不拒？我还要不要命了我？我又不是猴王。"

　　我说我认为你是。

　　李论说算了不说这个，你那里情况怎么样？我说什么情况？

　　李论说你是否把市长夫人的治疗工作领导权拿到手了？我说如果无须经过党组织或人大任命的话，就算拿到了。李论说成员都有谁？

　　我走进卫生间，把领导小组成员名单及每个人的职责告诉给李论。

　　李论听了，啧啧称赞。"文联，你绝对有当官的天赋，方方面面，你考虑得太周到了！"他说。我不免也有些得意，说别忘了我读大学的时候，是当过班长的人，何况现在我只是当个组长。

　　李论说："你这个名单小勇知道了吗？"

　　我说小勇？什么小勇？

　　李论说："就是市长公子姜小勇呀？我跟你说过的。"

　　我说哦，有必要让他知道吗？李论说："有必要，如果你想让市长知道你的忠诚,通过姜小勇就是最好的途径。"

我说下午吧。

下午,我见到了姜小勇。这是我第一次正式和他见面。昨天我来看望市长夫人的时候忽视了他的存在,现在我将功补过。

我把由我亲自担任组长的"杨婉秋同志治疗工作领导小组成员名单及职责"的文本给他。并且,小组成员的一干人也站在我身边,像接受他检阅一般。

姜小勇看看名单,看看名单上的人,笑了笑,把纸还给我。我看不见他的眼睛,因为他仍然戴着墨镜。

我说怎么样?有什么需要补充的吗?

姜小勇脸对着我,"委屈你了。"他说。

我说不委屈,这是我应该做的。

姜小勇把手抬起来,抓住镜架。

我想这下姜小勇该把墨镜摘下来了吧,既然他觉得我委屈。

但姜小勇没有把墨镜摘下来,而只是扶了扶,把手放下。

他比我印象中的市长公子更加无礼和傲慢!

"我想你们在广州应该需要有一辆车,"姜小勇说,"这么多人,有一辆车,进出往来,你们不觉得方便些吗?"

小组的人面面相觑,最后把目光投向我。谁都听明白,姜小勇想买一辆车。

我说:"说到有车进出往来方便的话,那就不是一辆的问题,而是两辆。"我看着姜小勇,"你也应该需要有一辆。"

"我可以用我朋友的,"姜小勇说,"我在广州有的是朋友,车多的是,我跟他们借。"

"既然你能借到车,那就很好,"我说,"首先、主要是你方便了,我们不方便,但我们能克服。"

姜小勇的脸一僵,他终于把墨镜摘下来。我看见他鹰隼一样的眼睛盯着我。"随便。"他说。

我想我把姜公子得罪了,毫无疑问。我不得不得罪他,因为我没有办法。姜小勇在暗示我们买车,一辆不够,而是两辆!买两辆车,不说在广州,就是在宁阳,我有买车的权力吗?

回到G大厦,蒙非见我快快的,提醒我,说其实,我们可以从宁阳调两辆车过来,问题就解决了。

我说能吗?路那么远?

蒙非说:"司机少休息的话,两天就能到。"

我说好吧,打电话给韦海,开我的那部车来。还有,从教育局再调一部,最好是面包车,可以坐八九十几个人那种。

蒙非说:"是,我这就打电话落实。"

我说:"叫司机一定注意休息,两天到不了,就三天到。"

蒙非的主意帮我解决了车的问题,但能不能解除姜小勇对我的心头之恨呢?司机韦海把我的专车开来广州后,连人带车就让给姜小勇用,他总不该还认为我跟他过不去吧?

10月12日 雨

我看见米薇站在高架桥上,挥舞着手。她穿着红色的轻薄风衣,在淅沥的雨中和飒爽的风中,像奥运赛场上不到末日不熄灭的火炬。

这是为我燃烧的火炬。

我正在向她跑去,像百米冲刺的运动员。

突然,我看见米薇身后冒出两名大汉,将她抓住,横腰举起。

我愕然停步,站在高架桥附近的马路边上。

托举着米薇的两名大汉将米薇一抛。

米薇像一只彩釉的瓷瓶,弧线地飞向空中。

我大喊着"不要啊!"跨越路边的栏杆,向正在从空中下坠的米薇冲去。

一辆直行过来的汽车却将我撞向了空中,在米薇着地的时候。

我高高地悬浮在半空中,像被钢丝绳吊住了一样。我面朝泥土背朝天,俯视着高架桥下已经玉碎的米薇。

"嘭"的一声,吊着我的钢丝绳断了……

这是我早晨做的一个梦。

这个梦让我全身冒汗。我惊醒过来的时候,大颗大颗的汗珠还黏附在我的皮肤上,像是被烧伤起的水疱。

窗外下着雨,居然跟我梦境中的雨一样。

那米薇呢?还有那两名毁我所爱的凶手?以及让我饮恨、抱憾、扑空的高架桥呢?

这些关键的人和物都不出现在我的眼里。而且,我还毫发未损地活着。

于是我这才松了一口气,肯定是一个梦。噩梦而已。

时间还早,我进卫生间洗掉一身的汗后,回到床上。

我决心做一个美梦。

与米薇在电梯里做爱,不知算不算是个美梦?

——电梯里只有我们两个人,应该是宁阳市皇都宾馆或国际大酒店的电梯,总之我下了飞机和米薇一见面,转瞬就到了电梯里,比飞机飞行的速度都快。我们本来是要到房间去的,但是电梯坏了,停在了五楼或者六楼。电梯停的时候,我们已经在接吻了,从一楼就开始。吻到五楼或六楼的时候,我已经欲火难耐了,我想米薇也是。偏偏这时候电梯停了。但是我们接吻没有停。我们不仅没有停止接吻,而且开始进一步的动作了——电梯里怎样做爱?这还是个问题吗?这还需要教学吗?想想原野上那些发情的雌虎雄虎,想想那些不择时地交欢的母马公马,它们是怎样合二为一?怎样狂放不羁的?我们不是虎,也不是马,因为我们没有虎和马那么自由、勇敢、奔放,没有它们那种天不怕地不怕地追逐快乐的坦荡!我们,至少是我,总是那么谨小慎微、畏首畏尾，银样镴枪头而且非常虚伪。我真是禽兽不如，畜生不如。但是今天，我终于做了一回禽兽，当了一次畜生！

虽然是在梦里，但是我仍然感到了快活、亢奋。我酣畅淋漓地宣泄了！

我跑进卫生间，洗了内裤，洗了身子，但是脑子里的梦境却没有洗掉，与米薇如狼似虎般的欢爱幻觉依然让我回味，让我珍惜。

我决定把今天做的两个梦报告米薇。况且，我应该给她打电话了。

我拿起房间已经开了长途的电话，拨通了米薇的手机。但至少过了三十秒，米薇才接听。

"喂，谁呀？"米薇的声音厌倦而慵懒，想必正在睡觉，我的电话把她吵醒了。

"在睡觉呢？"我说。

"嗯。"

"说话不方便吧？"我说，模仿电影《手机》里葛优的语气。

"对。"

"那我说你听。"

"好。"

"想我了吗？"

……

"我想你了。"

"嗨，文联是你呀！"电话里的米薇听出了是我的声音，脑筋也清楚了，"我还以为是广州谁骚扰我呢。哎？你怎么会在广州呢？"

"我告诉你我在广州了吗？"我说。

"我的手机上有来电显示呀。"米薇说。

"哦，我笨。"

"笨,你还知道给我打电话,"米薇说,"我还以为今后只能从电视上看见你听你的声音呢。"

"我昨晚梦到你了。"我说。

"是吗。"

"梦见你两次。"我说。

"你要做多少个梦才能梦见我两次?"米薇说。

"昨晚我就做两个梦。"

"是吗。"

"一个噩梦一个美梦,"我说,"想听吗?"

"说吧。"

"你想先听美梦呢,还是先听噩梦?"我说。

"这要看你是先做美梦呢,还是先做噩梦。"

我说:"噩梦。"

米薇说:"说吧,我听着呢。"

于是我把噩梦告诉了米薇。

米薇听了在电话里咯咯笑了起来。我说你笑什么?我悲伤难过得要命,你还笑?米薇说难过什么,有什么好难过的?我说看着你从高架桥上被人摔下来,我能不难过吗?米薇说梦总是和现实相反的呀,知不知道?我说不知道。米薇说亏你还当过大学教授呢,看过《周公解梦》没有?我说没有看过。米薇说我床头就有一本,我拿来翻开念给你听呵。电话静音了一会,米薇说听呵,首先,你刚才讲的梦里的事情,发生在风雨中是吧?梦见风雨,会得到意外的收获和惊喜。未婚女子梦见风雨,能与有钱人结为夫妻。我倒是常梦见风雨。未婚男子梦见风雨,会娶美貌的姑娘为妻,生活也会富裕。我说我可是结过婚了。米薇说你不是离了吗?没有再婚就是未婚。接着听呵,商人梦见风雨,会设法推销产品,发大财。旅游者梦见风雨,旅行会愉快。你一定很愉快吧?

我说我不是来旅游的。

"那你去广州干什么?"米薇说。

"你先别管,"我说,"说说遇害是怎么解释?"

米薇说:"遇害,遇害,找到了,听呵,梦见自己遇害,预兆很快要与一位有钱的姑娘结婚。梦见恋人遇害,他们会结为夫妻,生活很愉快,爱情美满。"

"不会吧?"我说。

"会不会,这可是书里说的,"米薇说,"信不信由你。"

"那……梦见那个呢?"我说,含糊其辞。

"哪个?"

"那种事。"

"哪种事?"米薇说,像是佯装糊涂。

"就是和你做爱。"我终于直言不讳。

"啊?"米薇说,想必她很吃惊,"是真的吗?"

"在梦里,在电梯里。"

"这是不是你要说的那个美梦?"米薇说。

我说:"是的。"

米薇:"在现实里你不敢和我做爱,在梦里你却和我做爱了。"

"快看《周公解梦》,到底是怎么解释的?"我说。

米薇说:"那要看我是你的什么人。是喜欢的女人呢,还是不喜欢的女人?是被迫的呢,还是心甘情愿?"

"这还用问吗。"我说。

"当然要问啦,"米薇说,"谁知道我是你喜欢的女人,还是你不喜欢的女人。"

"喜欢是怎么样?不喜欢又怎么样?"我说。

"那你听好呵,"米薇说,"男人梦见和不喜欢的女人做爱,会陷入敌人的圈套。听到了吗彰大市长?你会陷入敌人的圈套。"

我说:"还有呢?"

米薇说:"没有了。"

"还有和喜欢的女人做爱你没说。"我说。

"我又不是你喜欢的女人。"米薇说。

"谁说你不是?"我说。

米薇说:"谁说我是?"

"我说你是。"

"是吗?"

"快说!周公是怎么解释的?"

米薇说:"周公说,男人梦见与喜欢的女人做爱,是祥瑞,很快要结为伉俪。彰大市长,你说得不对吧?"

"要说不对,是周公说得不对,"我说,突然一愣,"咦,周公怎么会说白话文呢?不对!你蒙我!"

米薇说:"我没蒙你,这是《周公解梦》白话本,翻译过的!它一直在我的床头上,我天天都看。你不信就算,反正书里是这么说的。"

"好,我信!"我说。

"可是……"米薇欲言又止。

"可是什么?"

"我觉得周公说得不对。"米薇说。

"什么不对?"我说,"我觉得你很迷信周公的嘛。"

"如果你说的是真的话,我是你喜欢的女人,"米薇说,"可是我们怎么又可能结为伉俪呢?我们是绝对不可能的。"

"有什么不可能?有情人终成眷属。"我说。

"我们俩至多只能相爱,不可能结为夫妻。"

"为什么?"

"因为我不配。"

"说什么呢,要说不配,也是我不配。"我说。

"我不配。"米薇说。

"我不配。"我说。

"是我不配！"

"是我不配！"

"我太任性了！"

"我年纪比你大得太多，而且有过婚史。"

"我觉得自己现在好脏好脏！"

"我觉得自己已经变成了天底下最丑陋可耻的男人。"

"你现在是大市长，我不想攀龙附凤。"

"你年轻貌美，鲜花怎可插在牛粪上。"

"总之是我不配。"米薇说。

"总之是我不配。"我说。

"但是我爱你！"米薇说。

"我也……"

我脱口说了两个字，剩下的字"爱你"就被堵在了喉咙里，像是被卡在枪膛里的子弹一样。这是爱情的子弹，在击发之后却没有射出枪管，当然也不可能打中爱人的胸膛。这是我人为或故意制造的事故，目的是避免米薇受害。爱有时候比恨更能使人受伤、致命。至少对米薇我不能说爱，现在不能。

米薇当然也知道我堵在喉咙里的字眼，但她没有逼迫或诱使我把字眼勾引出来。她以沉默对待或回应我的决断和无情。我能想象她在电话那头的失望和难过，她黯然神伤的漂亮脸蛋，颤栗的唇齿以及滴落在《周公解梦》上的酸楚泪珠。

"对不起，米薇。"我说。

"彰副市长，你要当心。"米薇说，"别陷入敌人的圈套。"

"圈套？敌人？"我说，"什么圈套？谁又是我的敌人？"

米薇说："我也不知道。"

"那你为什么提醒我别陷入敌人的圈套？"

"因为你梦见和不喜欢的女人做爱了。"

我这才恍然觉悟米薇的话中真意，她在判断她自己不是我彰文联喜欢的女人。前面的话是在套我,后面的一句才是要害。

"这不是真的,米薇!"我说,"只是梦……"

米薇已经挂断了电话。

看这两个梦把我和米薇弄的。

秘书蒙非打电话过来,接电话的时候我还以为是米薇反打过来,结果不是。蒙非问我今天要不要去医院看杨局长。我看着窗外的雨,说不去。

今天一天基本上就呆在房间里看书。书是我从宁阳带来的,是作家东西赠我的小说集《我为什么没有小蜜》。

10月13日 雨

今天冒雨去医院看了杨婉秋局长。本来是不打算去的,在医院向杨婉秋汇报工作的教育局副局长唐进打电话来说,杨婉秋局长昏迷过去了。

到医院的时候,杨婉秋局长已经在急救室里。我们只能从急救室的玻璃窗看望她。我们是指杨婉秋治疗领导小组的全体成员。

大夫护士在杨婉秋局长身边和身上忙呼着,真正的治疗者是他们,我们只是看他们治疗。

杨婉秋局长仍然在昏迷中,我看着与我们共同等待她苏醒的姜小勇,说怎么回事?前两天杨局长的状态还是蛮好的嘛。姜小勇看看一脸忧愁的唐进,说你问他。

唐进说:"杨局长正在签字的时候,她突然就……"

"签字?你让杨局长签什么字?"我说,责备的口气。

唐进看看旁边的人,看看手里的包,想说不说的样子。

我把唐进叫到一边,就在距离急救室较远的卫生间外,我说好了,说吧。

唐进说:"上午,我来到医院,看到杨局长精神状态蛮好的,于是我就趁这个机会跟她汇报教育局的工作。工作汇报完后，我就拿出必须由她签的文件呀发票呀让她签字，签着签着，杨局长就突然昏迷过去了。"说着，唐进从包里抽出一大扎票据，"喏，就是签这个的时候，还有一半没签呢。"

我要过票据，翻了翻。名目繁杂数额巨细的票据让我眼花缭乱。我指着一张只有五元钱的矿泉水的发票，对唐进说："这么小的一张发票，也要杨局长签字？"

唐进点头，"是的。还有比这更小的呢，两元的，都要杨局长签字同意，才能报销。"

"为什么？"

"因为她是法人代表。"

"可法人代表现在病了！"我说。

"病了也还是法人代表。"

"她要是……病下去呢？"我说。

"那也得拿到病床上，让她签。"唐进说。

我盯着唐进，说："你们有几个副局长？"

"两个。"

"两个副局长，"我说，"就没有一个敢签这种五元十元的买矿泉水、墨水的发票？"

"不是不敢，"唐进说，"是不能。"

"什么意思？"

"因为不是杨局长的签字同意，发票是不能报销的，或者说是无效的，包括文件。除非……"

"说吧，除非什么？"我说。

"除非有杨局长的授权。"

"也就是说，到目前为止，你们几个副局长，还没有谁获得签字有效的权力？"我说。

"是这样。"

我把发票还给唐进，说："放心吧。"

唐进看着我。

"杨局长会醒过来的，"我说，"因为还有那么多发票等她签字，她一定惦记着，会醒过来，放心吧。"

唐进听了这话，有点失望。但他还是挤出笑容，装做乐观的样子，夹着鼓囊囊的包，向急救室走去。

但到现在为止，还没有杨局长醒来的消息。

10月14日　晴

今天上午，姜市长从宁阳飞来了广州，探视他的夫人。

市长夫人仍在昏迷着，不知道市长的到来。

而市长来去匆匆，在夫人身边呆了一个小时，又打道回府了。

临走，姜市长抓着我的手臂，什么话也没说，只是看着我。但通过他的眼神，我看明白了他的忧心和对我的信任。

我说："姜市长，您放心回去吧。这里一切有我。"我看看也在一旁的姜小勇，"还有小勇。"

姜市长看看儿子姜小勇，说："你要听彰副市长的。"

姜小勇看了我一眼，对他父亲点点头。

姜市长没有让我送他去机场，也不让姜小勇送。他打了一部出租车走了。

随后，从宁阳开来的两部车到了广州。我把配属我的那部别克车连同司机韦海交给了姜小勇。

姜小勇说："司机就免了，我自己能开。"

司机韦海把车钥匙给我，我又把钥匙给了姜小勇。姜小勇说了一声谢了，把车开走。

司机韦海愣愣地看着他固定的车驾，被别人开走，就好像自己的饭碗被别人剥夺了一样。

我说:"韦海,车子只是暂时让姜小勇用一用,等市长夫人病……好了,他会把车还给我们的。"

口无遮拦的韦海说:"市长夫人的病能好得了么?"

我说:"能好,不然我们来这干嘛?"

韦海说:"我现在干嘛?没车开了。"

"在广州玩几天。"我说。

"几天以后呢?"韦海说。

我说:"继续玩。"

10月15日　晴

主治大夫今天跟我说,杨局长复苏的希望是零。

我说大夫,您一定尽最大的努力救治我们的市长夫人好吗?治疗经费我们是绝对有保障的!

大夫说这不是钱的问题。

我说那是什么问题?

"你的意思是不是说,有钱能使鬼推磨?"大夫反问我。他的态度不像医学专家,而更像社会学家。

我说:"如果可能的话,但愿如此。"

"你错了,"大夫说,"癌不是鬼,而是魔。在魔面前,人类暂时还无法控制它,包括钱。"

"我知道,"我说,"那么,魔还能让市长夫人留在世上多长时间?"

大夫不假思索,"顶多半个月。"

大夫对市长夫人的判决让我心里打鼓。才有半个月,市长夫人就走到了生命的尽头。而我也需要半个月以后,才能卸掉肩上的担子,就是说,杨婉秋同志治疗领导小组,再过半个月,就可以解散。

一个人生命的最后半个月，对自己有多重要？对其他人有多重要？

　　这两个问题，我是不是都要思考？

10月16日　晴

　　今天召集杨婉秋治疗领导小组开了个会。我通报了市长夫人的病情。我说根据医院主治大夫的诊断，杨婉秋局长的病正在进一步的恶化，十分危险。但是医院方面已经答应尽最大的努力给予救治，争取创造奇迹。我们作为杨婉秋同志治疗领导小组的成员，一定要继续坚守岗位，各负其责，不能出现任何疏漏。关于杨婉秋同志生命以及身份的重要性或重要意义，不用我说，大家也都明白。杨婉秋同志是宁阳市的教育局局长，是我们宁阳市政府的重要干部。她同时又是我们宁阳市姜春文市长的夫人，与姜市长是一对恩爱夫妻。所以杨婉秋同志的安危，牵动着市长的心，关系着市政府工作的大局！为杨婉秋同志的治疗全心全意地服务和工作，就是替市长分忧，顾全大局！大家的认识要充分提高到这一高度上来。前天，姜市长来看望他夫人，临走的时候，嘱咐我代表他，向各位表示感谢！我相信各位的诚意和辛苦，市长是不会忘记的！

　　我像李论教导我一样说了一大番亦真亦假的话，没想到也能使在座的听众为之动容。我看到被我的话惊动、感动的人，无不闻声色变，他们的脸上挂上了乌云，有的人的眼睛还下起了泪雨。我知道他们的忧伤和激动，不是因为我的话，而是我的话中关于市长夫人急遽恶化的病情和市长亲切的问候！他们的表情绝对真实！我感觉我像是一名导演，但我却感觉不出他们像是演员。

　　最后小组成员纷纷表态，像忠诚的战士一样向我请求：彰副市长，你下指示吧，现在要我们怎么办？

我说：祈祷。

10月17日　阴

今天在宾馆房间里看了一天书，读完了作家东西的小说集《我为什么没有小蜜》。小说回味无穷又忍俊不禁，想给东西打个电话谈谈感受，这才发觉电话号码本留在宁阳了，手机里也没存有东西的号码，只好作罢。

又及，在医院值班的教育局副局长唐进来报，杨局长依然昏迷不醒。他还惦记着那一扎杨局长尚未签完的发票。我告诉他说，你就不能再等半个月么？唐进有些不解地看着我，说半个月？杨局长能醒过来？是医生说的吗？我说是我说的。唐进一愣，然后像明白了什么似的点头说哦，我知道了，半个月，半个月……他喃喃自语，脸上是幻想的表情。我说你知道什么？唐进一怔，说啊？我祈祷，祈祷。

唐进是在祈祷自己获得在发票上签字权力的那一天，我想。

10月18日

我必须对下面四个人刮目相看：蒙非、金虹、奉鲜明、蓝启璋。因为他们成为了我打牌的导师。

昨天睡得较晚，今天上午我醒来的时候，已经十点钟了。因为已无书可读，我想去书店买些书。

路过蒙非房间的时候，我想何不叫他跟我一起去。蒙非是学中文出身的，想来读书志趣与我一样。于是我敲蒙非的房门。

蒙非问谁呀？他的声音很有些警惕性。

我说我，彰文联。

蒙非把门打开，一脸的惊惶。

我说你忙,那我不打搅了。

蒙非说不,不忙。

我的目光越过蒙非的肩膀,只见房间里有几个熟识的身子和脸孔,在忙乱地收拾着什么。

蒙非见瞒不过去,坦白说彰副市长,我们几个在打牌。

"是吗?"我说,"我看看行吗?"

蒙非说:"请进。"

我走进房间,看见宁阳日报副总编蓝启璋正在把扑克牌往被窝里塞,其他人则是紧张地看着我,仿佛大祸临头的样子。

于是我就对他们笑,"紧张什么?我又不是警察,"我说,"再说你们打牌只是娱乐,不是吗?"

宁阳市财政局副局长奉鲜明说:"对,是,我们纯粹是娱乐。不是等市长夫人……苏醒吗,该做的准备我们都准备好了,闲着没事,玩玩牌,消磨时间。"

"好,没事的,"我说,"你们继续玩。"见他们没动,"打呀?我来了你们就不打了,可是我的不好。"

蓝启璋说:"不不,彰副市长,是我们的不对,我们不该在这个时候打牌,我们错了。"

"谁说你们错了?"我说,"我没有反对你们打牌!我还想跟你们玩呢。"

大伙又惊又喜地看着我,面部紧张的肌肉都松弛了下来。

"哎,刚才你们玩的是什么呀?"我说。

市府接待办副主任金虹说:"拖拉机。"

"拖拉机?"

金虹说:"彰副市长,跟我们一起玩好不好?你来接我!"她的声音很甜,像人一样甜。

我说:"想玩,但拖拉机我不会。我只会斗地主。"

蓝启璋说:"那我们就斗地主!"

"斗地主也不是怎么好玩，"我说，"拖拉机好玩吗？"

"好玩！"金虹说，"彰副市长，真的，不信你试试！"她殷切地看着我，"我教你！"

我说："恭敬不如从命，那我试试！"

四个人一听，像遇到知己或找到同谋一般高兴起来。蓝启璋转身去从被窝下掏出一手又一手的扑克牌，递给身后的奉鲜明。奉鲜明就像捧着捡得的现钞一样乐滋滋地把牌往茶几上放。茶几上的扑克牌已经有一大堆了，蓝启璋还在掏个不停，手在被子下摸来摸去。最后他干脆把被子掀开，把余下的牌搜罗清楚。

我说："怎么这么多牌呀？几副？"

金虹说："四副。"她扶了扶一张凳子，"彰副市长，来，你坐这。"

我在金虹指定的位子坐下，"这是你原来坐的位子吗？"我说。

金虹说："是。"

我看其他的几个人都不坐，说："你们坐呀？"

金虹说："你要选谁和你做一边，他们才好坐。"

原来是这样。"谁愿意和我做一边呀？"我说，"我可是初学者哟。"

三个男人异口同声：我！

看三个人那么愿意和我同盟，反而让我为难。

我对金虹说："刚才谁和你是一边？"

金虹看着蒙非。"蒙秘书。"

蒙非说："是我。"

我说："好，我们两个一边。"

蒙非坐在我的对面，成为我的盟友。奉鲜明和蓝启璋一个坐东一个坐西，成为我和蒙非的对手。

在蒙非过牌洗牌的时候，金虹向我讲明拖拉机的规则和方法，奉鲜明和蓝启璋在旁边进行补充阐释。

不到两分钟，金虹问我懂了吗？我说懂了。

奉鲜明说："那我们开始？"

我说："开始吧。"

于是开始摸牌。

金虹站在我的身后，不时指点和引导我插牌。在摸到二十几张牌的时候，我的手就已经夹不住牌了。金虹说我帮你拿。她把主牌抽了过去。我摸到主牌的时候，就交给她。

牌摸完的时候，我和金虹互相看了看，都喜不自胜，因为我们手上主牌副牌都不错，是一手好牌。

在金虹的指点下，加上蒙非默契的配合，第一局我与蒙非旗开得胜，顺利地通过3，打4。

蓝启璋说："想不到彰副市长出手不凡啊！"

"哪里，"我说，看了看金虹，"是导师水平高。"

金虹受到赞美，嘿嘿地笑。"哈，我哪敢成副市长的导师呀！"

蒙非说："你不仅是副市长的导师，还是硕士生导师的导师。"

金虹说："是打牌的导师而已。"

我看大家，"你们都是我的导师。"我说。

在洗着牌的奉鲜明抬眼看我，说："嗳，彰副市长，你现在还带研究生吗？"

我说："还带。"

"带几个呀？"蓝启璋说。

我说："五个，不，四个，有一个已经走了。"我想起已回国的曼德拉。

"那明年我考你的研究生怎么样？"奉鲜明说。

我说："好呀，如果我的资格不被取消的话。"

奉鲜明说："什么资格？是带研究生的资格吗？"

我说："我已经不是东西大学的人了，估计呀，我的职称很快就要被免掉，也就没有资格带研究生了。"

蓝启璋说:"职称不是终身制吗?"

我一愣,"是吧。"我说。

奉鲜明说:"对了,我们省委组织部牛部长仍然挂林学院的教授,现在也还带着研究生呢。"

"是吗?那你考他的研究生不是更好吗?"我说,又觉得这话有点刺耳或伤人,"我的意思是,牛部长是教授,而我只是副教授,所以你要投就投教授的门下。"

奉鲜明说:"牛部长的门可不是那么容易进喔。"他看了看金虹,"金虹还差不多。"

金虹瞪着奉鲜明,"你什么意思?牛部长是谁呀?"

奉鲜明也瞪着金虹,"你不知道牛部长?牛部长到市里来,哪回不是你接待?"

金虹说:"我还接待过中央首长呢。"

奉鲜明说:"中央首长,中央首长的门你是进不了的,牛部长……"

蒙非见奉鲜明说得过火,忙打断说:"摸牌!摸牌!"

各自摸牌。

金虹仍然帮我拿着一部分牌,因为五十多张牌我一只手实在是夹不了。我见她仍然站着,就说你找张凳子来坐吧。金虹说不坐,一会再坐。她立在我身边,关键的时候指导和纠正我出牌。我注意到每次奉鲜明出的牌,金虹都指示我出大牌去压,实在压不了,也要用话刺激和挖苦一番,把奉鲜明弄得很毛躁,频频出错牌,又不能反悔。

我和蒙非接连取胜。我们俩升到10的时候,奉鲜明和蓝启璋他们俩才打到5。

蓝启璋见盟友奉鲜明总是出错,责怪说:"你的手今天怎么这么臭呀?"

奉鲜明辩道:"我手怎么臭啦?是牌不好嘛。"

金虹说:"财政局副局长,能管着几个臭钱,手能不臭吗?而且还嘴臭!"说完自己先扑哧笑了起来。这时她已找了张凳子坐下。

蒙非、蓝启璋也跟着笑。

我想笑,但见奉鲜明的脸胀得通红,赶紧把笑收回。

奉鲜明看看我,看着金虹,厉声说:"金虹,你不能再指导彰副市长了!"

金虹说:"指导怎么啦?我就指导!收拾你!"

"到底是彰副市长打还是你打?啊?"奉鲜明说。

金虹说:"我打彰副市长打都一样,痛打落水狗!"

奉鲜明一听,怒了,"金虹,你别欺人太甚!我跟你说。"

"谁欺负谁呀?"金虹说,"是你先欺负我还是我先欺负你?"

"我欺负你?"奉鲜明冷笑了一下,"我敢欺负你,你再在领导耳边说我一句坏话,我看下回我得回社科院当会计了。"

"喂,奉鲜明!"金虹站起来,"你当不成财政局局长,就怀疑是我在领导面前说你坏话,你把我当什么人了?!"

奉鲜明说:"你是美人,大美人。领导和你跳舞,能跳出三条腿,你跳出矿泉水!"

"你……"金虹气得说不出话来。

我见状不妙,赶紧圆场道:"打牌就是打牌,别往政事上扯。来来,摸牌!"

牌局继续进行。

我不再让金虹帮我拿牌,也不让她指导我。金虹在我身边憋闷地坐了一会,看看表,说我去给你们打饭。

金虹一走,蓝启璋就批评奉鲜明,说:"老奉,你刚才那样说金虹不对,金虹是个多好的人啊,受这么大的委屈,还去帮我们打饭。"

奉鲜明说:"是帮你们打,不会有我的分的。"

蓝启璋说:"你敢不敢赌?"

奉鲜明一怔,不吭声。

蓝启璋说:"你不敢赌的。我告诉你,金虹是个善良的人,她不会在领导面前说任何人的坏话的。她漂亮、热情、大方,谁见谁都喜欢。你不喜欢,说明你狭隘,不正常。"

"我狭隘?不正常?"奉鲜明说,"你不如说我变态得了。"

蓝启璋说:"这可是你自己说的。"

"我错了行吧?"奉鲜明说,他打出一组三带对,"三个6带对10。"

我敲敲茶几,说:"不要。"

奉鲜明看了看我,说:"我可能真的错了,我怀疑金虹没有道理,瞎猜而已。其实我知道,我当不成局长的原因。"

我看着奉鲜明。

奉鲜明说:"就因为我少一张研究生文凭呗。早知道我也去买一个。我靠,赶明我就去买一个!"

我愣了,"买?文凭能买的吗?"

奉鲜明说:"不,不是。"他打出一张黑桃2,看着我,"要不要?"

我说:"要!"

我打出一张小王。

金虹打来了盒饭,还有啤酒和饮料,分发给我们,包括奉鲜明。我们暂停打牌,吃起午饭。此时已经是下午两点了。

奉鲜明吃饱喝足,看了看收拾拉杂的金虹,对她说了声对不起。

金虹嫣然一笑,说:"我早放下了,你还没放下呀?"

在欢乐的气氛中,牌局继续。双方鏖战如火如荼。愉快的战斗让我们忘乎所以。看着玩得十分开心的我临时的部下,我想起前天开会的时候,在提到市长夫人急遽恶化的病情和市长的亲切问候时,他们所表现出来的难过和感动,对比今天的超级娱乐,简直是天壤之别,恍若隔世。那天我还感觉我的言行像一名导演而他们却不像是演员,我误会了。今天我的感觉才是真的,我不是导演,他们也不是演员。我们都是性情中人。一种简单的牌局使我们的本性表露无遗。

可话又说回来,在留守已经没有救治希望的市长夫人的日子里,我能让这些留守的志愿者做什么呢?

除了祈祷、打牌,还有什么?

10月19日 晴

今天依然在蒙非的房间里打牌。我和金虹一边,蒙非和蓝启璋一边,战局是2:3。

打牌的时候有说有笑。蓝启璋和金虹是搞笑的高手,因为他们接触人多,搜集的段子也就很多。由于我们一起打牌的是四个人,因此以"四"为题的段子值得反思。记录如下:

四大叹——小姐太贵,情人太累,老婆没味,自摸遭罪。(蓝启璋)

四等儿女——一等儿女有福气,二等儿女走时气,三等儿女靠运气,四等儿女干生气。(金虹)

四大隐衷——股票被套,小蜜被泡,赃款被盗,伟哥失效。(金虹)

四大扯蛋——靠工资买房子那是扯蛋,靠老婆满足性生活那是扯蛋,靠工作政绩升官那是扯蛋,靠战争让世界和平那是扯蛋。(蓝启璋)

四小发明(又名某些官员的豪言壮语)——给苍蝇戴手铐,给老鼠戴脚镣,给蚊子戴口罩,给蟑螂戴避孕套。(金虹)

10月20日　晴

今天战绩还不错，3:3。我和金虹配合已经相当默契了。再有，五十多张牌拿在手上已经游刃自如。

蓝启璋还说，彰副市长，你的牌技已经到了炉火纯青的地步了。

但愿这不是恭维话。

打牌的时候依然说说笑笑。蓝启璋和金虹说的段子，很多是我没有听过的。

小段子里其实蕴藏大道理。比如下面这些笑话：

一位夫人打电话给建筑师，说每当火车经过时，她的睡床就会摇动。

"这简直是无稽之谈！"建筑师回答说，"我来看看。"

建筑师到达后，夫人建议他躺在床上，体会一下火车经过时的感觉。

建筑师刚上床躺下，夫人的丈夫就回来了。他见此情形，便厉声喝问："你躺在我妻子的床上干什么？"

建筑师战战兢兢地回答："我说是在等火车，你会相信吗？"

这个段子是蓝启璋说的。它说明了这样一个道理：有些话是真的，却听上去很假；有些话是假的，却毋庸置疑。

英国绅士与法国女郎同乘一个包厢，女人想引诱这个英国人，她躺下后就抱怨身上发冷。英国人把自己的被子给了她，她还是不停地说冷。

"我还能怎么帮助你呢？"英国人沮丧地问道。

"我小时候妈妈总是用自己的身体给我取暖。"

"小姐,这我就爱莫能助了。我总不能跳下火车去找你的妈妈吧?"

金虹说的这个段子,我的理解是:善解风情的男人是好男人,不解风情的男人更是好男人。

麦克走进餐馆,点了一份汤,服务员马上给他端了上来。
服务员刚走开,麦克就嚷嚷起来:"对不起,这汤我没法喝。"
服务员重新给他上了一份汤,他还是说:"对不起,这汤我没法喝。"
服务员只好叫来经理。
经理毕恭毕敬地朝麦克点点头,说:"先生,这道菜是本店最拿手的,深受顾客欢迎,难道您……"
"我是说,调羹在哪里呢?"

我的觉悟:有错就改,当然是件好事。但我们常常却改掉正确的,留下错误的,结果是错上加错。

10月21日　晴

3:2,我和金虹胜。

段子越说越多,也越来越黄和放荡,连几天来不说段子的蒙非也开了尊口。

蒙非说,我说一个最黄最黄的笑话,可以吗?他看着我,像在请示。我说可以。

"那我说啦,"蒙非说,他清了清嗓子,"我这个段子的题目是《最黄最黄的笑话》。"他又清了清嗓子。

金虹没耐性,说你快说吧。

蒙非说:"有一天,我碰到高中同学曹某,寒暄一阵以后,他说有个史上最黄的黄色笑话,问我想不想听。我说:这样吧,太黄的地方你就跳过。好吧!他说,接着说道:你听着,故事是这样的,跳过,跳过,跳过,跳过,跳过,跳过,跳过,跳过,跳过……完了!"

大家都愣了,没有一个人笑。过了一会,我笑了,但只有我一个人笑。

蓝启璋说:"这有什么好笑的?这个段子一点都不好笑!"

我说:"机智,有张力,我觉得挺好笑的。"

蓝启璋说:"但是没内容。我来一个有内容的!"他看着金虹,"各地方的新娘在新婚之夜如何叫床,听说过吗?"

金虹摇头。

蓝启璋说:"你都没听说过,那彰副市长更加没有听说过啦?"

我说:"是的,没听过。"

"那我说啦,"蓝启璋说,"东北的新娘,在新婚之夜最想念自己的母亲,她们会不停地叫:'啊呀妈呀……好,真好,啊呀妈呀……'"

蓝启璋声情并茂,逗得我们听的人都笑了。

金虹边笑边说:"还有呢?"

蓝启璋说:"北京的新娘,也很有亲情观念,所不同的是她们在新婚之夜最想念的,是自己的旁系亲属,而不是直系亲属;她们会不停地叫:'叔父……宝贝,好叔父……'"

金虹疑问:"叔父?为什么叫叔父?"

蓝启璋说:"你不明白呀?"

金虹摇头。

蒙非点拨说:"叔父就是舒服。"

金虹恍然大悟,"哦,我明白了。"她这才笑出来,"还有呢?"

蓝启璋说:"上海新娘,她们认为:爱情是不受年龄的限制的，只要有了爱情的经济基础，新郎岁数再大也无所谓。因此，她们在新婚之夜会不停地说：老好……老……好！湖南新娘最细心，新婚之夜她们会不停地提醒新郎别忘了解腰带：腰带……腰带……"

金虹又生疑了，"腰带？"但她马上就想明白了，"我知道了，要得！"

蓝启璋接着说："安徽的新娘最朴实，虽然入了洞房，还是放心不下地里的活。因此她们在新婚之夜喜欢说：快活……快活……快干活！四川新娘喜欢吃火锅，所以她们在新婚之夜会不停地叫：锅锅，快点上……好锅锅（哥哥）！陕西新娘人高马大、身强力壮，但她们的腰似乎普遍都不太好，所以她们在新婚之夜喜欢大叫：腰……腰……饿（我）还腰！"

蓝启璋说完笑话，听着的我们已经笑得前仰后翻。我的两张牌还掉到了地上，要被罚了二十分。

金虹不服，说不许罚，原先没有规定掉牌要罚。蓝启璋说这是常规，要罚的，一张牌罚十分。金虹还想拒罚。我说罚吧，二十分换来一个爆笑，值。

蓝启璋突然想起什么，"哎呀坏了！"他看着金虹，"我忘了问你是哪里的人了！东北？北京？上海？还是湖南、安徽、四川、陕西？"

金虹说："我都不是这些地方的人，我是浙江人。"

"幸好，不得罪你，"蓝启璋说，他拣了二十分过去，放到他和蒙非获得的分牌里。"浙江新娘是怎么叫床？"

金虹一听，扬手打了蓝启璋一下，"叫你个头！我还没结婚呢。"

"没吃过猪肉，难道还没见过猪跑吗？"蓝启璋说。

我怕金虹像两天前与奉鲜明那样又起口角，忙说："好了，出牌出牌。"

金虹出牌。

蓝启璋说:"俄（我）要！"

大家又笑。

金虹说:"我也讲一个，"她看蓝启璋一眼,"让你笑掉牌，罚你！"

蓝启璋挑衅地说:"你讲呀！"

金虹想了想,说:"老公鸡和小公鸡。有一个农夫觉得自己家的公鸡太老了，决定买一只年轻的公鸡来，这样，可以让母鸡们都满意。小公鸡买来后，老公鸡认为小公鸡会取代自己的地位，就对小公鸡说：这样吧，咱们围着院子跑十圈，谁跑赢了，就证明谁身强力壮，母鸡们就归谁。小公鸡同意了。一开始，老公鸡一马当先冲了出去，小公鸡在后面紧紧追赶。母鸡们都在喊加油。三四圈一过，老公鸡力气不支，小公鸡逐渐赶上。眼看就要超过老公鸡了，忽听砰一声枪响，小公鸡一头栽倒在地。只见农夫手里拿着一杆枪，气愤地说：他们又卖给我一只同性恋的鸡！"

我哈哈笑了起来。看看蒙非蓝启璋,他们却不笑。

蓝启璋:"这个段子我听过了。"

蒙非说:"我也听过了。"

金虹很败兴,对蓝启璋蒙非说:"我再说一个，我就不信，你们不笑掉牙齿！"蓝启璋说:"洗耳恭听。"

金虹仰脸对着天花板，像是过滤脑袋里的段子，要挑出顶级的来。几秒过后，她的脸一正，说:"慈禧小解，听说过吗？"

蓝启璋说:"没有。"

蒙非摇头。

金虹来了信心,"话说,"她以说书人的口吻说,"慈禧太后垂帘听政之后，什么待遇都要严格按照皇上的标准，不许有一丁点差错。这别的事都好办，唯有这小解一项叫太监们犯了难。为什么？因为这皇上小解有一套程序：大太监喊着，两名小太监具体操作。大太监喊:'撩起龙袍'!两个小太监立刻开始行动。'顺出龙首!'小太监得赶紧把皇上的××掏出来。'排出龙液!'侍候皇上尿了。'摇摇龙头!'就连摇摇××都需他人代劳。太监犯愁,就愁在这程序虽然一样,可是这老词不能用了。这边稍一犹豫,一看,坏了,太后的眼神不对。大太监哪敢怠慢,马上喊道。'撩起凤袍!'头一句好办,仅改一个字。第二句不好办,皇上可以顺出龙首,这太后可顺什么呀?一看,老太后又要发怒,大太监只好硬着头皮喊下去:'露出凤眼!'第三句也是只改一字。'排出凤液!'第四句更不好办啦,太后哪有龙头可摇呢。稍一停顿,老太后又不乐意了。无奈何,只得另编新词:'捏捏凤唇!'两个小太监一边一个,赶紧动作起来。哈哈!嘻嘻嘻!"

未等我们笑,金虹自己嘻嘻哈哈先笑了。

结果我们都不笑了。我们四个男人瞠目结舌地看着能说出如此高深段子的女子,像惊奇地看着从童话里走出的灰姑娘一样。

金虹见我们一个个呆呆的,把笑容一收,"哎,你们不笑呀?为什么不笑?"

蓝启璋说:"你的段子都涉及和深入到皇朝宫廷里了,段子的主角又是皇帝和皇太后,你都攀龙附凤了,你说我们敢笑么?"

金虹嘟着嘴说:"你们骗我,这个段子你们听过。"

蒙非说:"我没听过。"

蓝启璋摇头。

我说:"我们确实怕笑了,对皇上皇太后不恭。"

金虹叹了叹气,说:"真没劲。"她情绪低落地出着牌。

蓝启璋看看金虹,看看我,说:"彰副市长,要不你来一段?补救一下?"

"我?"我指着自己,"不,不不。"

金虹说:"对了,彰副市长你来一段!我们都讲了那么多了,你也该讲一个。"

我说:"我懂得的段子不多,而且也不好笑的。"

金虹说:"你先讲嘛。"

看着他们期待的样子,我说:"那我讲一个大学的段子。"

金虹说:"好!大学的段子我们很少听的。"

我说:"有个东南大学哲学系的硕士,因为毕业后找不到工作,又不想待在家当米虫,只好到动物园去应征管理员。虽然已经念到硕士了,但是识时务为俊杰,他也只好硬着头皮乖乖地安分工作。某天,动物园的猴子因为集体腹泻,全被送到医院去了,动物园的园长就吩咐这个硕士:今天动物园没有猴子像什么话?这儿有件猴子的假皮毛服,你就委屈一下?!如果你不肯,只好请你走路了。这个硕士虽然觉得很不甘心,为了一份薪水,他也只好听话装猴子陪小朋友开心。就在他尽心于他的工作时,忽然看见有一只狮子向他走来,他吓得直发抖。当狮子越来越靠近他,他简直就快屁滚尿流,当那只狮子来到他旁边时,狮子忽然对他说:嘿,同学不要怕,我是上海交大数学系研究生毕业的。只听到后面树丛中传出一个声音。树A说:我们是北京科技大学企管系的。树B说:呜呜呜,民办学校的只可以演植物,你们现在站的草皮就是北京财专的。这时地上一坨'排泄物'也出声了:你们研究算不错了,像我们本科毕业只能扮大便。呜!"

我讲完了,见金虹、蓝启璋、蒙非沉闷地坐在那里,更别说笑了。"我说过,我的段子不好笑的。"我说。

蓝启璋说:"是笑不出来,这个段子让人心里难受。"

金虹说:"想不到大学生现在找工作这么难。"

我说:"我有一个堂弟,也是大学毕业,找不到工作,现在就在老家的渡口划船,当艄公。"

蒙非说:"想来,我们这一代大学生算是够好的了,毕业国家包分配。"

蓝启璋说:"我一个中专生,都能分进报社,真是万幸啊!"

金虹捏着手里的牌，半天不出一张，难过的样子。蓝启璋说你出呀？

金虹出了牌后，看看我和蒙非，说："打完这一局，我们不打了好吗？"

蓝启璋说："干嘛不打？这一局我们输定了。至少再打一局，让我们扳回来。"

金虹说："这几天我们老吃盒饭，也该到外边去吃一顿了。"

我说："是呀，好的。打完这一局，我们到外面吃饭去！"我想了想，看着蒙非，"把小组的人都叫上。"

一个小时后，除了在医院值班的奉鲜明，杨婉秋治疗领导小组的成员，还有我的司机韦海，都出现在了广州街边的大排档。我们兴高采烈、晃晃悠悠，像一群进城的乡村干部。大排档的玻璃缸里活动着很多种生猛的海鲜，令我们馋涎欲滴、迫不及待。金虹说彰副市长，你来点菜！我说你点。金虹欣然去玻璃缸边，点了起来。

"基围虾一斤，生耗一斤，白鳝一条……"

服务员一面写着单子，一面用笔杆在身后挠痒。蓝启璋见了就笑，说我想起一个段子，叫医生点菜。说，有一个医生去一家餐厅吃饭，点菜时，发现服务员老是下意识地挠屁股，就关切地问：有痔疮吗？服务生指着菜单说：请只点菜单上有的。

我们听了，没有一个人叫好。组织部副部长韦朝生指责蓝启璋，说吃饭的时候说这种臭屁的笑话，存心要败我们的胃口呀！

蓝启璋赶紧缩着舌头，不再吭声。

吃喝的时候，大家的胃口出奇地好。鲜美的酒肉穿肠而过，使得我们的人一个个叫爽。

华灯绽放的广州街上车水马龙，金碧辉煌。一辆辆名贵豪华的汽车从我们的眼前飞奔而过，几天已没有车开的韦海不禁叹道：真是啊，不到广州不知道自己的车不好！

韦朝生接着说："不到北京不知道自己的官小。"

金虹说："到了上海才知道什么叫时髦。"

蓝启璋憋不住了，说："到了海南才知道自己身体不好。"

蒙非慢悠悠地喝了一口酒，说："到了加拿大才知道比中国还大的地方人口比北京还少。"

我也冲动了，张嘴说道："到了印度才知道人还得给牛让道，到了中国才知道只生一个好。"

大家一听，像打开了想象的闸门，七嘴八舌编凑起来：

"到了日本才知道死不认账还会很有礼貌。"

"到了韩国才知道亚洲的足球让上帝都差点疯掉。"

"到了泰国才知道见了美女先别慌着拥抱。"

"到了新加坡才知道四周都是水还得管别人要。"

"到了印尼才知道华人为什么会睡不着觉。"

"到了阿富汗才知道冤枉都不能上告。"

"到了伊拉克才知道污染会让你死掉。"

"到了中东才知道分不清楚到底是人的生命还是民族尊严重要。"

"到了阿拉伯才知道做男人有多么骄傲。"

"到了澳洲才知道有袋子的鼠肉也很有味道。"

"到了德国才知道死板还有一套一套。"

"到了法国才知道被人调戏还会很有情调。"

"到了西班牙才知道被牛拱到天上还能哈哈大笑。"

"到了奥地利才知道连乞丐都可以弹个小调。"

"到了英国才知道为什么牛顿后来都信奉基督教。"

"到了荷兰才知道男人和男人当街拥吻也能那么火爆。"

"到了瑞士才知道开个银行账户没有10万美元会被嘲笑。"

"到了丹麦才知道写个童话可以不打草稿。"

"到了意大利才知道天天吃烤Pizza脸上都不会长疱。"

"到了希腊才知道迷人的地方其实都是破庙。"
"到了南斯拉夫才知道为什么有人不想回到祖国的怀抱。"
"到了斯堪德勒维亚才知道太阳也会睡懒觉。"
"到了俄罗斯才知道有这么大块地也会有人吃不饱。"
"到了梵蒂冈才知道从其境内任何地方开一枪都会打到罗马的鸟。"
"到了美国才知道不管你是谁乱嚷嚷就会中炮。"
"到了墨西哥才知道佐罗为什么现在不出来瞎闹。"
"到了巴拿马才知道一条河也能代表主权的重要。"
"到了古巴才知道雪茄有n种味道。"
"到了巴西才知道衣服穿得很少也不会害臊。"
"到了智利才知道火车在境内拐个弯都很难办到。"
"到了阿根廷才知道不懂足球会让人晕倒。"
"到了埃及才知道一座塔也能有那么多奥妙。"
"到了撒哈拉才知道节约用水的重要。"
…………

精到、诙谐的句子从我们这些宁阳人的嘴里滔滔不绝地进出,像过往的名车川流不息。它们飘洒在广州街上,让这座灯红酒绿的城市之夜,增上了怪异的色泽,却让我们驻留在此的外地人,乐意融融。

10月22日　晴

米薇的到来让我始料未及,当然说是喜出望外也未尝不可。

当时我和金虹、蓝启璋、奉鲜明正在我的房间里打牌。今天轮到蒙非去医院值班,所以就把牌场移到我的房间来。韦海在一边陪同观战,兼为我们倒茶、洗牌。

照常边打牌边说了半天的段子后,渐渐地我们就觉得没趣了,笑声越来越少。金虹见状,说这样吧,我出一道测试题,考验你们。

蓝启璋说:"不会是一加一在什么情况下等于三吧?"他一定想到了赵本山的小品《卖车》了。

"是这样,"金虹说,她诡谲的眼睛看着我们几个男人,像是准备下套子要让我们钻。"假想你们四个男人去非洲旅游,误入了食人部落。你们没命地跑,来到了一条湍急的河边。现在,有四种方式可以过到河的对岸去,摆脱食人部落的追逐。一、抓着滑轮从钢丝绳过河;二、划船通过;三、骑上鳄鱼的背过去;四、游过去。还有就是,坐在那里等死。请问你们各位,选择何种方式?"

韦海说:"金主任,你想考我们什么呀?"

金虹说:"先别问,请回答。"

大家看着我,好像我级别最高,理先让我死里逃生。

"好吧,"我说,想了想,"我从钢丝绳上滑过去。"

金虹没有立即作答,转眼看着蓝启璋,"你呢?"

蓝启璋说:"我坐船过去。"

奉鲜明说:"我骑鳄鱼背过去。"

韦海说:"那我游过去。"

金虹复述了一遍,确定我们的各自选择后,说:"这是一道性测试题,检验你们的性生活状态。"

我们几个男人面面相觑,有一种上当的感觉,但又忍不住好奇,看着金虹。

金虹看着韦海,"先说你,"她说,"你游过去,表明你是刚强型的男人,你性欲旺盛。"

韦海听了,点点头,"没错,对。不瞒你们说,只要在家,我每天一歌。"

金虹接着看看蓝启璋,"你坐船过去是吧?"她说,"表明你是享受型的男人,喜欢浪漫、铺垫,不把性当发泄。"

蓝启璋听了很欣慰,说:"那当然,咱把人当人。"

奉鲜明急了,说:"那我呢?我骑鳄鱼怎么啦?"

金虹盯着奉鲜明,咧嘴一笑,说:"你是个性变态!"

奉鲜明的脸一下子红到耳根,赶紧转移视线,说:"那彰副呢?抓钢丝绳过河?"

金虹看看我,"彰副市长嘛,是个饥饿型的男人,表明长期处在性压抑中。"

我的心咯噔了一下,这真他妈的准了,我想。

金虹仍然看着我,"对不对?"

我不置可否。

奉鲜明说:"肯定不对,彰副怎么是饥饿型呢?不对!说我也不对!"

我说:"我与妻子分居多年,而且已经离婚了。"

金虹一听,高兴地蹦了起来,"哈,我厉害吧?"她转向奉鲜明,"我个个都说对了,难道只有你不对?你是不愿意承认罢了!"

奉鲜明低下头,像是找地缝钻,但嘴还在替自己辩护:"我不就喜欢换位和被绑起来嘛,怎么就成了变态呢?"

韦海说:"那坐在河边等死是怎么回事?"

蓝启璋抢着说:"这还不明白?是性无能!"

金虹像《开心词典》的主持人王小丫似的,对蓝启璋说:"恭喜你答对了。"

就是在这时候,米薇来了。

米薇敲门的时候,我根本没想到是她,还以为是送水的服务员。

韦海说我去开门。

我盯着牌,出牌。

一个熟稔的声音飘入我的耳朵:"你好,彰文联是住这吗?"

我一个激灵,转眼向门口望去。

一身红衣的米薇正在被韦海请进来。她活力四射，像是一团火焰，跟我梦境中的她一样。

我怔怔地站了起来，"米薇！你怎么来了？"

米薇也怔住了，因为看见了房间里的其他人。他们都坐在牌桌边上，手里还拿着牌。我的手上也还拿着牌，像拿着一把小扇子。

"也许我不该来。"米薇说。她的手上还提着行李。

我说："不，不是。"我走上前，到了她的身边，转脸对着牌桌旁的几个人，"我给你们介绍一下，这是我的学生米薇！"

蓝启璋、奉鲜明、金虹连忙向米薇点头。

我对米薇说："这都是我的同事。我们正在打牌。"

米薇看看陌生的我的同事，说："大家好。对不起，打搅你们了。"

金虹这时对蓝启璋和奉鲜明使了使眼色，率先把牌放弃在桌上。蓝启璋和奉鲜明会意，也把牌丢弃。他们站了起来，知趣地向我告退。我嘴里说着没关系别走呀！但却没有阻拦的动作。他们争先恐后离开了房间，最后出门的人还顺手把门带上。

房间里剩下我和米薇。

米薇说："我现在告诉你，我是怎么来的。"

"你怎么来的已经不重要，"我说，"重要的是你来了我很高兴。"

"真的？"

"真的。"

"你的同事或者说牌友，好像可不高兴。"米薇说，她看着我手上还拿着的牌，"你也舍不得他们走。"

我忙把牌丢开，去拿她手上的行李。

米薇攥着行李，不松手。

我说："把行李给我。"

米薇仍然攥着行李不松手。她突然身子一扭，"我走了！"说着向门口走去。

我一跃过去，把她抱住。

"放开我！"

我自然不会放。

"不放我喊了。"

我把她抱得更紧了。我从她身后搂在她胸前的手，像是一副重型的镣铐。

米薇不再声张，也没有动弹（我抱住她的时候她就不动）。我轻轻地把手松开，她也没有动，像是不会动了。

于是我把她的身胸扳到我的前面来。

顺从的米薇已是泪水婆娑。

我抬起手，去擦拭她脸上的泪水。刚才的镣铐变成了温柔的海绵。

米薇突然狠狠地咬了我的手一口！

我"哎呀"叫了一声。

米薇看着痛快的我，一头扎进我怀里，像找奶的孩子使劲地蹭着我的胸膛。

我顿时欲火中烧。激情的米薇把我融化，也把她自己融化。

就在我们即将交融的时刻，一个电话犹如冰雹般砸来，把我和米薇砸开。

电话是在医院值班的蒙非打给我的。他说，市长夫人醒过来了。

放下电话，我看着米薇，说："我得去一趟医院。"

米薇说："你去吧。"

我说："市长夫人……"

不容我解释，米薇把我的衣服丢给了我。

我撂下米薇，赶到医院的时候，蒙非就在医院的门口等我。他显得很着急，像是等钱来做救命手术的患者家人。我说人不是已经醒了么？你着什么急？

蒙非把嘴凑近我的耳边，说："是回光返照。"说着又把嘴挪开了，"市长夫人一醒来，就说要见你，有话和你说，单独。"

在医院重症室，我单独会见了苏醒过来的市长夫人，而她的亲生儿子姜小勇却只能留在门外。市长夫人究竟有什么重要的遗嘱要对我交代？她让我握住她的手，确实回光返照的眼睛看着我，"彰副市长，我要走了，"她说，"真的要走了，我知道。"

我说："杨局长，你已经好起来了，不要乱想。"

市长夫人的手在我手中动了动，"我走后，让黄永元当局长。"她说。

"黄永元？"我说，脑子一闪，想起我上任第二天来汇报工作的教育局副局长，我就是从他嘴里知道市长夫人患病住院的事情的。"哦，黄永元，我知道。"

市长夫人的手又在我手里动了动，说："他当局长，我放心。"

我点点头，说："你放心，杨局长，我会把你的意见跟市领导汇报。我尽量争取让你的愿望实现。"市领导其实就是你丈夫，为什么不把你的遗愿告诉你当市长的丈夫而要告诉我？我想，还有，为什么被推荐当局长的人是远在宁阳的黄永元，而不是每天都在医院守候你的唐进呢？

市长夫人说："黄永元当局长的事情，不要说是我的意见，就说是你推荐的，行吗？你是管科教的副市长，你推荐的人选会被接受的。我是市长的爱人，你知道，说是我的意见，影响不好。"

"我知道，"我说，"还有什么要交代吗？"

市长夫人看着我，不再说什么。但她的眼睛里，却似乎还有千言万语，只不过不是该对我说的话罢了。

从重症室出来，迎头就看见了姜小勇。他一直在外面等我。我明了告诉他说，你母亲在跟我交代教育局的人事安排事情。

姜小勇笑笑，"我请你吃饭。"

我一愣,说:"不,谢谢了。"

姜小勇说:"我不是只请你一个人,留在广州照顾我母亲的人,我全请。"

"是吗?"我说,"什么时候?"

"就今晚上,"姜小勇说,"酒楼我已经订好了。你们的人我已经让蒙秘书去通知。我是在这里等你,接你过去。"他看看表,"哦,时间也差不多了,我们走吧。"

我想起还撂在宾馆房间里的米薇,说:"对不起,我今晚还有事。"

姜小勇说:"给我个面子,别让我失望。我是真心地想答谢你们。再说,你的人都去了,你不去,你又是他们的头,这好吗?"

看着不容置疑或不怒自威的姜小勇,我说:"我去。"

几分钟后,我坐上了姜小勇的车,准确地说,是坐上了我送给姜小勇使用的车。它被姜小勇开着,载上我去赴宴。

到达酒楼的时候,被宴请的人都来齐了。包厢里的位置,只有两个空。我知道那是留给我和姜小勇的。

金虹看着我,突然说:"彰副市长,你的学生呢?怎么没来?"

米薇被金虹提及,让我尴尬。"哦,不管她,我们吃我们的。"我说。

姜小勇看看我,想起什么,对金虹说:"叫来呀!"

我摆手说:"不用。"

金虹看看姜小勇,说:"是彰副市长的一个学生,今天刚来的。"

姜小勇说:"那一定要叫来!"

金虹说:"我去接她。"

金虹说着站了起来。她走到包厢门口的时候,被姜小勇叫住。

姜小勇说:"你有车吗?"

金虹说:"我打车去。"

姜小勇又说:"会开车吗?"

金虹说:"会。但广州的路我不熟。"

姜小勇没有犹豫地说:"我跟你去。"

我拦了拦姜小勇,"算了,让金虹打车去就可以了。"

姜小勇说:"那怎么行,你给了我面子,我要给回你!"他不容我再阻拦,与金虹离去。

我想起该给米薇打个电话,让她做好准备。一摸口袋,才发现手机不在身上,一定拉在房间里了。

一个小时左右,金虹、姜小勇接来了米薇。

米薇的到来,让没见过她的人触目惊心,而对我刮目相看。彰副市长竟然有这么漂亮的女学生!我想见了米薇的人都这么想。她理所当然被安排坐在我的身边。

姜小勇也坐下了。他鹰隼一样的目光看了看我,说:"原来彰副市长金屋藏娇呐!"

"想藏来着,"我说,"可惜藏不住啊。"

姜小勇说:"我一看金虹把你的学生带下楼来,傻眼了。哟,是女学生呀,还这么漂亮!知道这样我就不勉强你来吃饭了,对不住呵。"

金虹说:"我就是考虑小米可能还没吃饭,所以才提醒彰副市长的。"

我说:"你考虑得很周到。"

米薇这时开口了,"我是来广州找工作,顺便看看彰老师的。没想刚见着,彰老师把我撂下就跑了。"她看看姜小勇,看看金虹,"你们要是不去接我,我不知道要饿到什么时候。"

姜小勇看着米薇,说:"彰副市长是因为看望我母亲而让你受冷落的,要对不住你是我对不住你。我向你道歉。"

米薇说:"大市长的儿子亲自开车请我来吃饭,这还算冷落吗?"

姜小勇笑,他抓起酒杯,"来,大家举杯,我敬大家,谢谢你们！"

大家逐一和姜小勇碰杯，然后共同饮尽。

晚宴进行了三个多小时，十个人醉了七八个。

显然醉了的姜小勇坚持开车，并且还要搭上我、米薇和金虹，将我们送回住处。

一路上，米薇缠着金虹，一口一个金虹姐。"金虹姐，我跟你住行吗？金虹姐？"

金虹说行。

姜小勇说："金虹，你也不问彰副市长同意不同意，就说行。"

米薇说："我才不管他同意不同意，金虹姐，我就跟你住，你一定要让我跟你一起住，金虹姐。"

金虹说："好，你跟姐一起住。"

到了G大厦，金虹果然把米薇带到她的房间里去了。两个貌似姐妹的人一个攀着一个，看不出谁比谁醉得更厉害。

我回到自己房间，拿了米薇的行李，要送去金虹的房间给米薇。

刚开门，看见金虹站在门口。

我说："我正要把米薇的行李送去你的房间。"

金虹说："对不起，彰副市长，大家的眼睛都盯着你。我想米薇是为了你好，我也是。"

"原来你没醉。"我说。

金虹笑笑，从我手上接过行李，跟我道了晚安，走了。

这两个漂亮女子都不寻常。

10月25日　晴

市长夫人去世，已经第三天了。

这几天我忙得日记都没法写。

杨婉秋同志治疗领导小组变成了杨婉秋同志治丧领导小组，我仍任组长。

追悼会定于明天上午在广州殡仪馆举行。将由我来念悼词。

悼词今天下午才拿出来，是教育局副局长黄永元撰写的。当时我还在殡仪馆检查灵堂和追悼会的布置及筹备工作。

这位市长夫人临终前嘱托我推荐的教育局局长接班人把悼词拿来的时候，眼睛布满了血丝，既像是悲伤所致也像是睡眠不足造成。这篇悼词让他心力交瘁，我想。

下面是悼词原文：

杨婉秋同志追悼会悼词

今天，我们怀着极其沉痛的心情，深切悼念宁阳市杰出的教育家、改革家，宁阳市人大常委会委员，宁阳市教育局局长杨婉秋同志。

杨婉秋同志因患肝癌，多方医治无效，不幸于二〇〇三年十月二十三日凌晨四时十八分在广州逝世，终年五十一岁。

杨婉秋同志是广西桂林市人，一九五二年九月三日出生，一九六四年考取广西艺术学校，一九六六年毕业参加工作，历任桂林市话剧团演员、桂林市榕湖小学音乐教师、宁阳市第三中学音乐教师，一九八八年考取东西大学中文系干训班，一九九〇年毕业获本科文凭，一九九一年起任宁阳市第三中学副校长、校长，一九九五年任宁阳市教育局副局长，一九九六年考取东西大学研究生，攻读中国当代文学专业，一九九九年毕业，获文学硕士学位，一九九九年十月至今，任宁阳市教育局局长，第九届宁阳市人大代表，第十届宁阳市人大常委会委员。

杨婉秋同志一贯坚持马克思主义、毛泽东思想和邓小平理论，忠实实践"三个代表"的重要思想，时刻以普通党员的标准严格要求自己，尊重组织，关心群众。为了宁阳市的教育事业，她鞠躬尽瘁，死而后已，奉献了毕生的精力！

杨婉秋同志是宁阳市杰出的教育家、改革家，在她担任宁阳市教育局局长以后，宁阳市的教育事业发生了翻天覆地的变化！全市教职员工在杨婉秋的领导下努力工作，朝气蓬勃，团结合作，创造出教育界前所未有的新风气和新局面。

杨婉秋为提高各中小学校长的办学水平，常率领他们到省外、国外的先进学校参观学习，了解和掌握进步、科学的教育思想和方法，培养了不少有思想、有能力的中小学校长，成为宁阳市教育界的支柱。

杨婉秋同志有着扎实、勤奋、严谨的工作作风，她公私分明，事必躬亲，在她患病期间，仍然关心着宁阳市的教育事业，直到生命的最后一刻。

杨婉秋同志一生追求进步，努力学习。她读书好学，不断地加强和提高自己的文化水平，一九九九年，她获得了东西大学文学硕士学位。

杨婉秋同志与世长辞了。我们党失去了一位好党员，我们宁阳市失去了一位优秀的干部，教育界失去了一位杰出的专家和领导者。此刻，我们的心情非常沉重和悲痛。

杨婉秋同志的不幸逝世，是宁阳市教育界的重大损失。我们要学习杨婉秋同志扎实、勤奋、严谨的工作作风，积极、向上、科学的治学态度，无私奉献的人格魅力和培养后辈、甘为人梯的高贵品质，化悲痛为力量，加倍努力工作，为推进宁阳市教育事业的发展而努力奋斗！

杨婉秋同志永垂不朽！

看完这篇充满了溢美和不实之词的悼文，我立刻叫回了作者黄永元。

在殡仪馆的一棵大树下,我抖动着手里的悼文,说:"这篇悼词你给谁看过?"

黄永元说:"就你,没给其他人。"他惶惑地看着我,像意识悼词究竟有什么问题和错误。

"你觉得这篇悼词准确、合适吗?"我说。

黄永元说:"彰副市长认为有什么不妥或错漏,请指正。"

我说:"首先,杰出的教育家、改革家,这是不是实事求是的定论?啊?"

黄永元说:"那……杰出改成著名好啦。"

我说:"教育家、改革家呢?要不要改?我不否认杨局长工作有能力,也有功绩,但是冠其为教育家、改革家,称得上吗?"

黄永元说:"彰副市长,我觉得杨局长人已经过世了,她的身份又特殊,所以在盖棺定论上,拔高一点也未尝不可。"

"包括她的学历?"我说。

黄永元一怔,"学历?"

"杨婉秋同志是什么时候考上研究生?又是怎样获得硕士学位的?"我说。

黄永元说:"悼词上写着呢。"他指示我再看看悼词,"喏,一看就很清楚。"

"黄副局长,"我说,"我当上副市长以前,是东西大学的副教授,中国当代文学的硕士研究生导师,而且在一九九六至一九九九年间,我是这门学科的唯一导师。如果杨婉秋读研究生的话,我就是她的导师,那么,我作为导师,却为什么不知道有杨婉秋这个人?也没见过她这名学生呢?"

黄永元搪塞说:"我是根据档案写的,档案里就是这么写,一九九六至一九九九年在东西大学攻读中国当代文学专业,毕业时获得文学硕士学位。不信你可以去查!真的!"

"真的?"我说,"如果杨婉秋的研究生学历是真的话,那我这位导师就是冒牌的，假的啰？"我不禁冒出一个冷笑。

黄永元有些激动，因为我的揶揄，"这不关我的事！反正就这么写了，已经这样了，爱啥想啥想，爱念不念！"他手冲动地一扬，又轻慢地放下，看着我，"杨局长都已经那样了，还追究这个那个做什么？这未免不近人情了吧？"

我愣愣地看了黄永元一会，"是不关你的事，"我说，又看了他一会，"你可以走了。"

黄永元走了。炮制伪悼词的人走了，而批驳悼词的人却留下。我呆呆地站在树下，还背靠着树，看着殡仪馆周围哭哭啼啼的人群，像一个矛盾而痛苦的死者亲人。

后来，我站在殡仪馆一号悼念大厅。巨幅的杨婉秋同志遗像已经悬挂在灵堂的中央，犹如一张宽阔的虎皮，震慑着我。上百个已经贴上标签的花圈摆满了大厅的四周，像是威风八面的锣鼓，让我打抖。

我看着让我不寒而栗的花圈和遗像，又看看在我手上哆嗦的悼文，心里哀痛而又诚挚地求告：尊敬的杨局长，杨婉秋同志，明天，你让我该怎么念你的悼词呢？你是不是一个杰出或著名的教育家、改革家？你知道你就告诉我。你又是不是一个真正的文学硕士？你不用告诉我我已经知道，因为你不是。如果你是东西大学中国当代文学硕士研究生，那么我就是你导师了。我怎么可能是你的导师呢？我在东西大学当副教授带研究生的这八年里，我什么时候带过你？给你上过课或给过你指导？你什么时候就成了我的研究生了呢？你怎么样就变成了东西大学的文学硕士了呢？你的学历和学位是如何来的？尊敬的市长夫人，明天我不照这篇悼词上写的念，行吗？我最多把你称作优秀的教育工作者，你同意吗？满不满意？还有，你的研究生学历和学位，我是不会念的，因为毫无疑问这是假的。我不能看着你带着虚伪的身份上天堂，因为我相信天堂是圣洁的，我相信你也希望天堂是洁净的，因为那将是你永久居住的天庭！我的这些决定和信念你同意吗？满不满意？如果你同意，你就对我笑。如果你满意，你也对我笑。好吗？

我慢慢地抬头，看着遗像，发现杨婉秋同志果然在笑。她笑不露齿，像是观世音菩萨。

又及，这几天忙得顾不上米薇，她或许走了，或许还在。

11月26日　晴

追悼会像是个团拜会。

宁阳市各部、委、办、局来了大大小小近两百人，鱼贯进入悼念大厅，而他们敬献的花圈在昨天就已经捷足先登。他们与其说是来悼念英年早逝的杨婉秋同志，不如说是来慰问或拜见丧妻的姜春文市长。他们与其说是灵堂前的香客，不如说是团拜会的代表——代表单位，代表别人，代表自己，接受姜春文市长的会见。他们把来参加市长夫人的追悼会都当作一种荣幸，尽管这些人的脸上都写满悲伤和沉痛。

黄杰林也来了。这是我当上副市长以后首次见到他。他是代表东西大学来的，当然也是代表没来的书记校长、五百多个处长科长和两万多名在校师生，还代表他自己。

但我和他只是握握手，没说太多的话，这不是谈感想的场合和地方。

李论没来。他居然没来。但是他花圈来了，还排在前列，因为他是副市长，四大班子成员之一。

悼文我改了，按照昨天我在杨婉秋遗像前的决定改。我不把杨婉秋称为杰出的教育家、改革家，而称之为优秀的教育工作者，当然我也绝口不提她文凭的事，她的研究生学历和文学硕士学位被我删掉了。

但是在悼文里，我给杨婉秋加上了：她是位好妻子、好母亲……

没想到悼词经我一念，作为丈夫的姜春文市长和作为儿子的姜小勇竟同时痛哭失声，潸然落泪！也许是死者好妻子好母亲的形象触动了他们的心弦，让他们省悟什么、悔恨什么。

姜市长父子和亲属的眼泪让在场的人为之动容，许多人泪光闪烁，抽泣不已。

这是悼词的力量。这力量来自于我的勇气。

当然也来自悼词的内容。

没有欺骗和谎言的悼词，也是让死者安息让活人感动的方式。

我觉得我做对了一件事情。

追悼会散后，金虹悄悄对我说，米薇走了。她擦了擦眼角上的泪痕，想起什么，"不是走了，是离开广州回宁阳了。因为你忙，所以让我告诉你。"

我说："对我来说，她是走了。"

"彰副市长你说什么？"金虹嗔道，"我说走，是离开广州回宁阳的意思，你想到哪去？东想歪想不吉利的事。"

"那我们走吧。"我说。

金虹一怔，"去哪？"

我说："你刚才说走，是什么意思？"

金虹会心地笑，看看人还在殡仪馆，赶紧不笑了。

第五章

上

11月17日　小雨

　　我意想不到，米薇成了市政府接待办的接待员。她找到工作了。

　　今天下午，我去宁阳饭店看望一位英国人，他是来宁阳投资教育的商人，由我出面会见和宴请。宁阳饭店是宁阳市政府定点接待的饭店，市政府接待办公室也设在这里。

　　我照例先到接待办打声招呼，问明客人的食宿安排情况。

　　办公室里只有一个人，在收着传真，虽然背对着我，但她的身材让我的心跳。多像米薇！我想。

　　"你好。"我心速加快地打着招呼。

　　她回过头，竟然就是米薇！她穿着与接待办接待员别无二致的服装，胸口上还别着有号码的徽章。

　　我愕在那里，说不出话。从广州回到宁阳二十天了，这还是我第一次见她，而且是不期而遇。

　　米薇嫣然一笑，"彰副市长，你好！"她鞠着躬说，完全是待人接物的那种礼节。

　　"对我还用这么客气。"我说。

米薇说:"我正在工作。对每个来人都要笑脸相迎、彬彬有礼,包括你。"

"这么说,你本该对我冷若冰霜的,只是因为正在工作,才不得不强颜作笑。"我说。

"你看我这种人当接待员还合适吗?"她看看我,又上下打量自己。

"合适,"我说,"意想不到的合适。"

"意想不到?"米薇说,"我可是经过严格的考核才进来的,不走任何后门!对,所以你才意想不到!"

"我就是这个意思。"

"不过,金虹姐推荐倒是真的。"

"我就想到是金虹。"我说。

"谁在背后议论我?"金虹的声音从我的身后传来。

我转过身,看见金虹从门口走进,手里玩弄着一把系着绒毛猴的汽车钥匙。

"原来是彰副市长驾到。"金虹说。

"我来看看英国来的客商安排得怎么样。"我说。

"这你要问米薇,"金虹说,"她接待的。"

我看米薇。

米薇说:"你没有问我。"

"英国来的客商安排得怎么样?"我说。

"住608,"米薇说,"晚宴安排在餐厅的金龙厢。"

"参加宴会的人都有谁?"我说。

"这你要问我,"金虹说,她勾动着没有钥匙的手指,"你、招商局卢局长、教育局黄副局长,加上英国客人,一共四位。"

"没有了吗?"我说。

金虹摇头,"正式宴席,随同司机和秘书一般是不跟领导陪同客人吃饭的,这你知道。但是如果你……"

"我不是这个意思,"我打断说,"我的意思是,市领导没有吗?"

金虹诧异地看着我,"你不就是市领导吗?"

我一愣,"哦,一高兴,我就忘了我是谁了。"

金虹看看米薇,再看看我,"你是该高兴。你的学生现在成为了你的下属。"

我说:"那我是不是要感谢你?"

金虹挑拨着钥匙上的绒毛猴,说:"你看着办。"

米薇说:"他才不是为我高兴呢!"

"噢?"金虹看着米薇,"那是为什么?"

"客人来自英国,所以他高兴。"米薇说。

我一怔,听出米薇的言外之音或知道她下一句会说什么。

"为什么客人来自英国,彰副市长高兴?"金虹说。

"因为他妻子在英国。"米薇说。

"是前妻!"我说,瞟了一眼米薇。

"前妻也是妻!"米薇说,她也瞟了我一眼。

"前妻就是前妻,"我说,"前妻就不是妻了。"

"我说是!"米薇说。

我说:"你说是就是?为什么?"

"因为你还爱她!"米薇说,她眼睛一眨,开始发润,像受尽了折磨和委屈。

"爱我们就不离婚了,"我说,"有什么夫妻有爱还会离婚呢?你说是不是金虹?"

金虹说:"我不懂这个。"她继续挑拨着手上的绒毛猴。

"你是属猴的居然不懂?"我说。

金虹一愣,"你知道我属猴?"看看手里的绒毛猴,明白什么,点点头,"哦,聪明。"

"你果然聪明。"我说。

"不，我是说你聪明。"

"都聪明。"我说。

"就我笨。"米薇在一旁嘀咕。

"好啦好啦，"金虹轻轻推了推米薇，"现在带彰副市长去会见客人！"

米薇身动脚不动。

"去呀？"金虹又推了推米薇。

米薇脚动了。

我原以为英国人金发碧眼，却是个黄种人，准确地说，是个英籍华人，这又是我意想不到的。他是个秃顶，看上去有六十多岁的年纪，说着一口流利的中文，还有一个厚道的中文名字：林爱祖。

我本来是跟他说英语的，说着说着，变成汉语了。

"林先生在英国居住很长时间了吧？"我说。

"二十多年。"林爱祖说。"中国一改革开放，我就出去了。"

"中国现在仍然改革开放，你却回来了。"我说，觉得不妥，"欢迎你回来投资报国。"还是觉得不妥，"住在伦敦？"

"对。"他说。

"在伦敦的华人多吗？"我说。

林爱祖说："认识一些。"他看着我，"彰副市长去过英国吗？"

我说："没有。"

林爱祖说："可是我觉得你的英文说得不错。"

"在中国学的。"我说，"林先生以前来过宁阳吗？"

林爱祖说："没有。但我知道宁阳是个……让人感动的地方，所以我就来了。"

我看看莫名其妙感动的林爱祖，也有些莫名其妙。

简单的会见之后，我们来到了餐厅的金龙厢。

宴席很隆重，佳肴美酒，目的是想让这名想来投资的英国商人感觉到宁阳市的软硬环境是经商的好地方。

"我们宁阳现在送孩子出国的家庭或父母很多,"教育局黄永元介绍说,他现在是主持全面工作的副局长,"您可以开办一个专门培训出国留学的学校,这样的投资能很快得到收益和回报。"

"不,"林爱祖放下筷子,看着大家,"宁阳市有没有贫困的地方?有没有孩子上不了学的?"

我和陪同的几个局长面面相觑,不明白这个华裔英国人葫芦里装什么药。

"据我所知是有的。"林爱祖又说。

我说:"是的,有,但主要集中在县以下的乡村。"

"好,"林爱祖说,他眼睛放亮,像看到了什么希望,"我找的就是贫困的地方!"

"但是……"

林爱祖打断黄永元的话说:"我投资是不求回报的。"

我们瞳孔都大了。这华裔英国人怎么啦?他不是商人吗?商人不商,那是什么人?要么是慈善家,要么就是骗子,我想。

"很好,"我说,举起酒杯,"林先生,为了你的乐善好施,我敬你!"

明天华裔英国人要去乡村考察,由市教育局的人陪同。我说我开会,不能去。其实我很怕开会,但是我又不喜欢英国——它让我伤心。

11月18日　小雨

李论难得在办公室,今天我终于在办公室逮住了他。他的办公室跟我的办公室规模一致,只是办公桌摆设的方位不一样,他的坐南朝北,而我的则坐东朝西。我说办公桌的方位也有讲究吗?他说那当然,必须讲究。我说坐南朝北是什么意思?

"我日柱天干属水的人，"李论说，"有利的方位是北方，不利西南，利黑色，不利红色、黄色，所以办公桌坐南朝北是对的，还有办公桌我重新把它漆成了黑色，它原来是红黄色。"

我摸了摸李论的办公桌，"确实够黑的。"我说。

"你的办公桌好像不是坐南朝北？"李论说。

我说："我跟你不一样。"

李论说："你日柱天干属什么？"

我说："不知道。"其实我知道。

"我给你算算，"李论坐在大班椅上仰着头，"你1964年……几月了？"

我说："八月。"

"八月几号？"

"二十四。"我说。

"阳历阴历？"

"阳历。"

"阴历呢？"

"七月十六。"

"七月十六，"李论掐起了手指，默念着什么，过了一会，他看看我，"你属木。日柱天干属木的人，有利的方位是东方，也是不利西南，但利绿色，不利白色、黄色，你的方位应该是坐西朝东！"

我说："我现在是坐东朝西。"

"反了，你赶紧得改过来！"李论说，"还有，办公桌得漆成绿色，你的现在还是红黄色对吧？"

我说："有办公桌漆成绿色的吗？"

"不漆也得漆！"李论说，"这是你的命，回去先把你的办公桌转过来。"见我没动，"我跟你去！"他站了起来。

我说以后再说。

李论看着我,"找我有什么事?"

我说:"桥。"

李论一瞪眼睛,"什么桥?"

我说:"你别忘了,你承诺当上副市长以后,要找钱给我们村造一座桥。"

"呵,原来是这件事呀,"李论说,"这事不急,过一阵子再说。"

我说:"李论,你承诺过的事情可不许反悔,我跟你说,"我指着那张高大的椅子,"你坐上今天的位子是讲好条件的。"

"我知道我知道,"李论从座位站起来,到我身边,"你阻止米薇控告我,作为交换,我负责找钱为我们村造一座桥,没错吧?这钱我是一定要找的。也要不了多少钱,我们村那条小河,造一座桥,五六十万足够了,小菜一碟。"

"既然是小菜一碟,你还等什么?"我说,"早一天造好桥,乡亲们就早一天结束在两岸爬上爬上坐船过河的日子。"

"文联,我是这么考虑的,"李论说,"我们两个都是从一个村出来的,现在当上副市长,为家乡造福义不容辞。可是,我们刚刚当上副市长,就马上找钱为本村本土造桥,领导、周围干部、组织上会怎么看待我们?说我们偏心,重一点就是以权徇私,知不知道?那么多需要造桥修路的村,你们为什么不帮找钱?"他一副别人的模样指着我,"呵,自己的村三下两下就来钱了,把桥给造了,把路给修了,这是什么意思?原则何在呀?"他巴掌往桌子一拍,"公心何在呀?"

我吓了一跳。

李论变回了自己,摸摸我的肩,"兄弟,我们两个还在试用期,地位还不稳,现在就急着找钱为我们村造桥,对我们是不利的,影响不好。你说是不是?"

我不吭声。

李论说:"这就对了。"他看看表,"哎哟,光顾和你说话,差点误了大事！"他拎起包就往外走。

我大喝一声："李论！你不怕乡亲撬你的祖坟你可以不找钱造桥！"

李论像突然刹住的车停了下来。他回过身，像蛮横的肇事司机瞪着无辜的受害者一样瞪着我，"谁他妈敢？"

"乡亲们要是不敢，我敢！"我说。

"你怎么啦？"李论说，"我什么地方又得罪你了？"

"你不讲信用，说当上副市长以后就找钱给我们村造桥，现在却找借口推托，你说你还是不是人？"我说。

"我不是人，你是！"李论说，他显然被激怒了，"我现在不找钱，你找呀？你也是副市长，有本事你去找钱给我们村造桥，功德归你！"

"我没有你找钱的本事，但是我也没有你这么无耻！"

"我无耻？我他妈的愿意无耻吗？"李论说。他看见门口有人经过，立刻住嘴，等没有了脚步声，再看着我，"我刚才说什么啦？"

"你说你无耻。"我说。

"我怎么无耻呢？"李论说，"我怎么可能说自己无耻呢？不可能！这点自知之明我还是有的。"

"你说造桥的钱，你找，还是不找？"

"找怎么啦？不找又怎么啦？"

"找，你家的祖坟还是好好的，"我说，"不找，撬你家祖坟的钢钎我预备着，找钱造桥的本事我没有，但是动你祖宗骨头的胆量我有，也做得出来！"

李论见我认真，有些害怕，口气和缓下来，"桥迟早是要造的，钱是一定要找的，我承诺不变，"他说，"但要等我，等我们转正以后，好不好？"他把垂下的包往腋窝上一夹，"我现在先去搭另一座桥，这座桥非常重要，把这座桥搭好了，我们村的桥也就不成问题了。"

"你搭的什么桥?"我说。

"鹊桥。"李论说。

"鹊桥?"

"对。"

"你给谁搭的鹊桥?"我说。

李论眼睛像老鼠一样小心和警惕,然后去把门关上。他回到我身边,轻声地说:"姜市长。"

我如雷贯耳,震惊地看着李论,"你有没有搞错?姜市长的夫人去世还没满月,你就忙着给他说亲,当媒公,这也太不……像话了吧?"

李论嘿了一声,"我还怕晚了呢。现在想给姜市长说亲做媒的人不知道有多少!花团锦簇,争先恐后,就看谁走运。"

"我看你未必走运,"我说。"拍马屁也要看时候。姜市长如今悲痛尚在,或者说旧情未了,他是不可能在这种时候另觅新人的。更何况,依姜市长的地位和个人魅力,根本不用别人为他牵线搭桥吧?如果他有心再组家庭的话。"

"这你就不懂了,"李论说,"姜市长有没有心,那是他的事。我有没有心,这是我的事。"

"市长夫人的追悼会你没去,给市长介绍新夫人你倒很积极,你这安的是什么心?"

李论说:"我没去参加追悼会,是因为我在日本考察,回不来,这我跟你说过。正因为我没能去参加追悼会,所以我内疚呀,不安呀,所以我要将功补过!市长夫人的位置现在空着,就看谁把谁补上去。"

"那将要被你补上市长夫人位置的幸福女人是谁呢?"我说。

"事成之后你就知道了。"李论说。他像一个急着开会的人,打开门走了出去,又突然回头,叫我离开的时候记得把门关上。

我在李论的办公室呆呆地站了好久,像一个遭奚落的不速之客。我仿佛独自留在主人的房里,这比吃了闭门羹还难受。我本来是来讨债的,因为李论欠了我的人情,结果我反而成了要饭的——上任前信誓旦旦为我们村找钱造桥的李论,现在耍赖了,而且赖得趾高气扬。他推掉了我贫困的村庄连通金光大道的桥梁,却正在为一座两个人幸福的鹊桥忙得不亦乐乎——当我痛苦不堪地为市长夫人的病症和后事日夜操劳的时候,却已经有一帮人在为新夫人的人选鞍前马后地奔忙了。

已经瞑目的市长夫人,但愿你在天之灵,不要在乎人间发生的一切,因为我以为,天堂也有市长。

11月19日 晴

我收到一封匿名信。

匿名信称,教育局副局长黄永元的文凭是假的,如果让这样的人当教育局局长,是宁阳教育的耻辱。

这封信像烙铁一样烫我的手。

我给秘书蒙非看了这封信。

蒙非说,匿名信可以不管它。

我说如果信里说的是事实呢?

蒙非说那要看写这封信的人是谁,写这封信的目的。

我看着蒙非,不太明白他的话意。

蒙非说写这封信的人一定是黄永元的对手,或者说自己就是想当局长的人。

我说谁呢?

蒙非笑笑,说还能是谁,唐进呗,至少跟他有关。

我决定到教育局走一走。

教育局像一座冷宫。办公楼的墙壁上仍然张贴着"沉痛悼念杨婉秋局长"、"杨婉秋同志永垂不朽"字样的标语。我看到每一个进出此地的人，都头重脚轻，表情僵硬，这无疑是标语造成的后果。

我对司机韦海说把这些标语给撕了。

副局长唐进平静地接待着我，好像知道我会来。

"黄局长陪外商到县里考察去了，局领导就我一个人在家。"唐进说。

"黄永元还不能叫作黄局长。"我说，"他只是主持全面工作的副局长。"

唐进看着我的眼睛泛着亮光，嘴里却说："他当局长是迟早的事，叫早比叫晚要好。"

"不会是看谁笑到最后吧？"我说。

唐进的眼球像卡在鸟屁股的蛋，出入两难。"彰副市长有什么指示，请讲。"他说。

我直言不讳，说："黄永元副局长最后念的大学是什么学校？"

唐进说："不知道。"

"不知道？"

"现在大学可以走马灯似的读，谁知道呀。"唐进说。

"那你自己呢，读什么大学，总该知道吧？"

唐进一听，把腰杆挺直，"我当然知道了！"他说，"本人正宗的华东师范大学数学系毕业，货真价实的本科文凭！不像有的人，到某某大学去进修一年，回来把文凭复印件往档案里一塞，结业证变成毕业证，专科变本科了。"

"你说的有的人，具体是谁？"

唐进说："反正不是我。"

"我知道了，"我说，"我可以翻翻你们局的干部档案吗？"

唐进说："我们局领导的档案都放在组织部。"

"我并没有说要看你们局领导的档案。"我说。

唐进一愣，说："哦，我听错了，没听清楚。我这就去把干部档案拿过来给你看。"

我摆摆手，说："是我没说清楚。"

离开教育局，我在车上给组织部副部长韦朝生打电话，问能否可以把黄永元的档案给我看看。我原以为一个副市长要看一个属于自己分管行业的副处级干部的档案，是顺理成章的事情，殊不知韦朝生在电话里明确回答不能。"彰副市长，按规定只有分管组织的市委常委才可以随时调阅干部的档案，对不起。"他说。我说好，那你能不能告诉我黄永元是在哪一所大学获得的本科文凭？韦朝生迟疑了几秒钟，说："你问这个干什么？"

我说："我一个分管科教的副市长，连一个教育局的干部读的什么大学都不能问吗？"

"不是这个意思，老领导。"韦朝生说。

"老领导？"我诧异地说。

韦朝生说："我们在广州的时候，你是杨婉秋同志治疗领导小组的组长，我是副组长，那你不就是我的老领导了嘛。"

我说："哦，你还记得。"

"是这样，彰副市长，"韦朝生说，"我这里的档案不方便让你看，但是有一个地方你是可以去看的。"

"什么地方？"

"职称办，"韦朝生说，"那里有每一个技术专业人员申报职称的材料存档，你有权力去调阅。"

我说谢谢。

回到办公室，我让秘书蒙非给职称办打电话，说我要看教育局班子职称申报的材料档案，包括已经去世的杨婉秋局长的档案，我也要看。

半个小时后，我需要的档案摆在了我的案头上。我的办公桌依然固执地坐东朝西，像一艘永不改向的航船，我像是船长。

我把黄永元、唐进、杨婉秋的文凭复印件又各复印了一份，留下来，然后让蒙非把档案退回去。

　　整个下午和晚上，我都在琢磨和研究复印下来的文凭复印件，像一个文物鉴定师，鉴别着文物的真伪。

　　因为不是原件，我没发现黄永元、唐进、杨婉秋的文凭有任何的破绽。也就是说，他们的文凭是真的，至少看上去是如此。

　　可是，杨婉秋的文凭怎么可能又是真的呢？她没有在东西大学读研究生的经历，这点我可以肯定，那么她的研究生文凭和学位证书又从何而来？黄永元的北京师范大学本科文凭上，学制写的是两年（专升本），他究竟是读一年还是两年？唐进的华东师范大学本科文凭，学制写的是四年，但字迹模糊，是原件陈旧还是故意为之？他们三人之中，究竟孰真孰伪？

11月20日　晴

　　黄杰林张开双臂拥抱着我，如同拥抱凯旋的运动健儿的本地政要或启蒙教练，无限的光荣感和自豪感洋溢于他的眉梢和肢体。这是我就任宁阳市副市长以后首次与他的正式会面，在他的办公室里。尽管我上任这一个多月以来，除了在广州的那些天，我每天都从东西大学进出，也经常从大学的办公楼经过，但是我就是没有上楼与黄杰林攀谈的冲动。

　　但今天我来了，而且来得迫切，像一个忘恩负义而又良心发现了的人。

　　三个月以前，也是在这间办公室，黄杰林把《G省公开选拔14名副厅级领导干部公告》的文件轻轻地往我眼前一推，就是这轻轻的一推，把我推上了权力的擂台。我像一个中量级的拳击手，在擂台上打拼，公平地击败了无数的对手，登上了公告或规则中限制的最高的那一级台阶——宁阳市副市长。

现在，我正是以宁阳市副市长的身份，与东西大学副校长黄杰林拥抱后平起平坐——两个曾经是北京大学的同学，又曾经是东西大学的同事、上下级，如今副厅级与副厅级，半斤对八两。

简单的寒暄过后，我对黄杰林说："我是来谈公务的。"

黄杰林一听，左脸上一块特别放松的肌肉移动到了右脸上，一种愉快变成了另一种愉快，"请讲。"

我从包里抽出杨婉秋的文凭复印件，递给黄杰林看。

黄杰林看着文凭，脸部的肌肉慢慢收紧，然后静静地看着我。

"请问，杨婉秋的这张文凭是不是东西大学发给的？"我说。

黄杰林缄默不语。

"杨婉秋在1996至1999年间，根本不可能攻读东西大学中国当代文学的文学硕士学位，因为那时候我是该学科的唯一导师，谁是我的学生我一清二楚，也就是说，杨婉秋的学历是子虚乌有的，但是她的学历证书却是真的。请问，东西大学为什么要给她发这样的学历证书？"我继续发问。

黄杰林的脸忽然漾开一个笑容，他站起来，说："走，我带你去看一个地方。"

十多分钟后，黄杰林驱车将我带到了毗邻东西大学校区的一片正在大兴土木的土地。

黄杰林和我站在土地上。他的手划着圈圈，说："这是东西大学科技园，知道不？"

我想起为了东西大学科技园的立项报告，我所经历或饱受的耻辱，说："我太知道了。但我不知道是建在这。"

"二百亩，知道不？"黄杰林竖着V形的手指，"二百亩啊！"

"是挺大的。"我说。

"宁阳市政府划拨给的，知道不？"黄杰林说。"姜春文刚当市长的时候，1999年就划给我们了。"

"听你这么一说，我基本知道是怎么一回事了。"我说。

黄杰林说:"你知道就好,我们心照不宣,不用我跟你说什么了。"

"但是我要说!"我看着黄杰林,然后从包里把杨婉秋的文凭复印件掏出来,"这份学历跟这二百亩地有关,因为批给东西大学这二百亩地的是姜春文市长,而杨婉秋是市长夫人!"

"市长夫人已经去世了!"黄杰林说,他在提醒我不要为一个已经入土为安的人的历史揪住不放。

我说:"是,我知道,"我扬着文凭,"这份文凭对市长夫人已经没有价值和意义了。但是,我想知道这样的文凭,东西大学一共发放了多少份?其他人有没有?"

黄杰林脸一横,瞪着我,"你什么意思?你把东西大学当什么啦?文凭批发部、专卖店吗?"

"这是你自己说,我没说。"我说。

"你想来清算东西大学,是不是?"黄杰林挽了挽袖子,"好,你来呀!欢迎,热烈欢迎!你才离开东西大学几天?啊?你人现在都还住在东西大学里,就跟东西大学造反?你现在究竟代表谁?宁阳市政府吗?宁阳市和东西大学是一个级别,你管得着吗?"

黄杰林越说越来气,像老子训儿子一样地训斥我。他掏了一支烟叼在嘴上,却东摸西摸也摸不到点火的东西。

我掏出自己身上的打火机,黄杰林把嘴凑过来。

但是我点燃的却不是黄杰林嘴上的香烟,而是东西大学发给市长夫人的文凭。

文凭在我手上燃烧着,像是烧给长眠九泉的市长夫人的冥币。它价值连城,却正在一点一点地变成灰烬。

最后灰烬掉落在地上,成为东西大学科技园富饶而腐朽的园址的肥料。

11月22日　晴

　　以职称办的名义对黄永元和唐进文凭真伪的调查，今天有了结果。

　　北京师范大学方面发来传真，明确编号为"毕字011788954"、毕业生为"黄永元"的毕业证为假文凭。

　　唐进的毕业证被华东师范大学证实是真的。

　　市教育局两位副局长的学历问题水落石出。

　　现在的问题是，作为主管教育局全面工作的黄永元，存在着伪造文凭的严重错误，他能否还担当负责人的重任？

11月23日　雨

　　去乡村考察的华裔英国人林爱祖回到了宁阳。他的脸上充满着慈善的笑容，仿佛从异国带来的仁爱落到了实处。

　　陪同外国人考察的黄永元更是一脸的灿烂，像是阳光通透的葵花。

　　接风洗尘的宴席上，黄永元的报告眉飞色舞、声情并茂——

　　11月18号，我们到了朱丹，受到朱丹县县长常胜的盛情接待。他用好茶好酒和当地的山歌欢迎林先生，把林先生当亲人。山歌是这样唱的："哎嗨，多谢了，多谢英国林先生，如今有着好茶饭啰喂，更有山歌敬亲人，敬亲人！"山歌唱了一首又一首，好酒敬了一杯又一杯，非常让人激动、感动。第二天19号，我们去了菁盛乡，这是朱丹县最穷的乡。我们到了才知道，这是我们彰副市长博士和李论副市长的家乡！两位副市长的家乡出英才呀！自然而然，我们就去了地洲村。沿着当年两位副市长走出来的路，我们来到村子的对岸。从对岸望过去，地洲村炊烟袅袅，在霞光映照下就像一块熠熠生辉的宝石，生成在天然如打开的畚匣一样的山冲，而从村前绕过的河流则犹如护宝的巨龙。好一块风水宝地！身临其境的人无不如此赞叹。然后我们坐船过河，划船的人就是彰副市长的堂弟。彰副市长的堂弟人了不得，出口成诗，颇有唐宋之风，可见这个村子的教育渊源，流长根深，英才崭露绝非一日之功！可当我们来到村小学的时候，都惊呆了。这么一所诞生博士市长的学校，竟然是那么的破陋！每一间教室的墙体都被木头撑着，随时有坍塌的危险！山里的秋天已是寒风凛冽，许多学生却只穿着单衣，还光着脚丫，在教室里发抖地听课和朗读。学校和学生的境况让林先生当场落泪！他决定出资五十万元，重建地洲村小学，并为每一个学生购置一套冬衣。离开村小学，在林先生的要求下，我们来到了彰副市长家，见到了彰副市长的母亲。彰副市长的母亲非常好客，不顾劝阻，杀鸡宰羊款待我们，还派人去请来了李副市长的父亲。在彰副市长家，满堂都是彰副市长从小学到中学的各种奖状，还有彰副市长父亲的遗像以及家庭的合影，成为我们瞻仰的目标，在茶余饭后又成为我们谈话的内容。林先生还把奖状和照片一张一张地拍了下来，说要带回英国去，激励别人。彰副市长的母亲听说林先生来自英国，她紧紧拉着林先生的手，请求他一定替她向在英国当律师的儿媳妇赔不是，说彰家对不住她。我们不知道彰副市长的母亲为什么会这么说。究竟谁对不起谁，这还是个问题。你说是不是彰副市长？林先生答应彰副市长的母亲，回英国后，一定转达她对儿媳妇的问候，如果有幸见面的话。那天，彰副市长的母亲说了她的儿媳妇和彰副市长的很多故事，说得林先生都舍不得走，最后干脆留了下来，在彰副市长家留宿。我们陪同的人当然也留在村里过夜了。第二天20号，我们离开了村子，坐船过河。当我们上岸的时候，依然望见彰副市长的母亲和村民们，以及地洲村小学的师生，伫立在河的对岸，挥动着森林一般的手。林先生的眼泪再一次夺眶而出，看着阻隔的河流，对菁盛乡的乡长说，我要在这造一座桥。

黄永元停止不说了。他像一个说故事的高手,在恰到好处或高潮的时候戛然而止,吊听众的味口。

大家的味口果然被吊了起来,看着黄永元,期待着下回分解。

黄永元说:"我讲完了。"

金虹说:"啊?完了?造桥要花多少钱你还没说哎!"

黄永元说:"这要问林先生。"

大家把目光投向华裔英国人林爱祖,看他嘴里能吐出多少钱来。

林爱祖说:"我今天看到菁盛乡的预算了,地洲桥造价约一百万人民币,那我就出一百万元人民币。"

金虹"哇"叫了一声,"加上地洲村小学的五十万建设费,那就是一百五十万元人民币!?"

林爱祖说:"对。"

在座的人除了我,不约而同举起了杯子,纷纷向口头上一掷过百万的华裔英国人敬酒。

最后,我也举起了杯子,"林先生,如果你没喝醉的话,我敬你一杯。"

林爱祖说:"我没醉。"他把酒干了。

我也把酒干了。但我心里始终不相信,这个华裔英国人会兑现自己的诺言。他凭什么要对我那个一穷二白的村子情有独钟?中国那么多的地方,他为什么偏偏选择来宁阳并且直奔我的家乡?他的身份、来历和动机十分可疑。我现在连他是慈善家都不相信,他就是个骗子。还有,黄永元报告究竟有多少可信度?既然他文凭都能伪造,虚构一个华侨的爱国情怀还不是轻而易举的事?如果有骗子大学的话,他能拿个博士文凭倒是货真价实,我想。

宴席散后,一拨人选择送华裔英国人林爱祖,金虹却来送我。她坐上我的车,坚持要把我送回东西大学。

"米薇在你那干得还好吧?"我说。我言外之意很明显,今晚怎么没见米薇来陪吃饭?

"今天她休息。"金虹说。

"我说过今天怎么没见米薇了吗?"

"你没有,"金虹说,"我也不想说现在米薇和姜小勇在一起,但是我不得不说。"

我如闻噩耗一般看着金虹。

"从广州回来,姜小勇就开始追她,"金虹说,"我想他们已经住在一起了。"

"是吗?"我强忍着悲怆,"这么说,米薇到接待办,并不是你的功劳。"

"我的功劳仅仅在于,我保护了你的前途。"金虹说。

"我的前途?"我看着夜幕下被灯光照着的路,"你是我的指路明灯,对吧?"

金虹说:"年轻貌美的女孩对你有害无益,对从政的男人都是如此。"

"但是你接待办的女孩,一个比一个年轻貌美,接待的全都是从政的男人。"

"那仅仅是接待,"金虹说,"谁要是和接待办的姑娘有过深的交往,结果代价总是很惨重。"

"比如?"我说。

"比如?"金虹冷笑了一下,"如果我没说错,你现在用的这部车,是一个叫蓝英俊的人用过的,他曾经是副市长,你的前任。"金虹脖子往前一伸,"是不是小韦?"

司机韦海开着车,说:"是,但彰副市长和蓝英俊不一样。蓝英俊贪财贪色,两样都贪。而彰副市长两样毛病都没有。你怎么能拿蓝英俊和彰副市长比较呢?"韦海承上启下,看来他开车并不专心。

"对，彰副市长和蓝英俊不一样，"金虹说，"所以我敢坐在他身边，送他回家。"

"说一说我的前任，代价是怎么惨重法？"我说。

金虹说："小韦你说。"

韦海说："不，你说。"

金虹说："蓝英俊和我们接待办的小梁好了以后，好到不可收拾，只有和老婆闹离婚。婚离成了，但前妻却抖出了蓝英俊受贿的事，蓝英俊这边正准备新婚，人就进去了。小梁因为藏着蓝英俊交给她的存折现金，离开接待办，被开除了。"

我说不上是难过还是难受，有一会儿不说话。

"我不想你重蹈覆辙，"金虹说，她摸捏着车门的扶把，"不过有了前车之鉴，你应该不会。"

我看看像保护神在我身边的金虹，说："你不愿看我栽倒在石榴裙下，却乐意或纵容被你视为红颜祸水的米薇，在泡我们市长大人的儿子，不知道你是何居心？"

"姜小勇不同！"金虹说，"他不是政客，你是。他们合适，你们不合适。"

"对，"我说，"姜小勇不是市长，他是市长的儿子！市长的儿子掼美女，那是天设地造，豺子配佳人！"

金虹看着我，"彰副市长，你的普通话不准喔，是caí，不是chaí，亏你还当过中文教授呢。"

"是副教授，"我说，"你知道我为什么一直评不上教授吗？"

金虹说："不知道。"

"想知道吗？"

"想呀。"

"因为我才豺不分，"我说，"但现在我分清楚了，才子，豺狼。可惜我清楚得已经太晚了。"

"塞翁失马，焉知非福。"金虹说。

我愣怔,记得还有另外一个女人也这么跟我说过。她叫莫笑苹,我前妻的离婚代理律师,米薇的同母异父姐姐。

"为什么干涉我幸福的女人总是用这句话安慰我?"我说。

金虹说:"原来爱护你的女人不仅我一个。"

"所幸的是,她没你露骨,也没你漂亮。"我说。

我叫司机韦海停车,我要下车。韦海说彰副市长是不是要小便?可附近没有厕所。我说我不上厕所,我要走路回家。韦海说那不行,这一带不安全,治安不好。他继续开着车。我说我现在一无所有,谁能把我怎么样?韦海说你是副市长,上过电视,有人会认得你。我说我是贪官还是污吏,怕人民戳我的脊梁骨吗?

金虹说:"小韦,你就停车,让他下去吧。"

我徒步走在回东西大学的路上,像一个输光了钱的赌徒。我觉得我真的什么也没剩下了,因为我彻底失去了米薇。在爱情的赌博中,我输给了姜小勇。一个公选出来的副市长,输给了市长的儿子。而这一切,都是我咎由自取。我优柔寡断,并且引狼入室——千不该万不该让姜小勇认识了米薇。一只老虎遇见一只轻佻的梅花鹿会是什么结果?肉包子打狗又是怎样一种下场?这个弱肉强食的世界还有没有像我这么蠢的人?我站在路边,用手做成喇叭状,朝着行人大喊:"像我这么蠢的人有吗?"朝着星空大喊:"傻B!"

行人没有回答,只是像看疯子一样看着我。

星空有了回音:傻——B。

一辆车在我身边停了下来,还鸣了鸣笛。

金虹的头从降落的车窗露出来,默默地看着我。

韦海则从车上跳下,强行把我拉上车。

我呆滞地坐在车上,一动不动。

金虹说:"我有个哥哥,他疯了的时候,就像你这样。"

11月24日　晴

　　我把莫笑苹约来的地方是夏威夷酒店的旋宫餐厅。我很清楚我为什么把她约来这里，因为她同母异父的妹妹米薇在这里请我吃过一顿六千块钱的饭，然后她喝醉了，我没醉。米薇喝醉是因为她想把身子给我而我没要，她以为我嫌她身子脏。而我没醉是因为我不能与米薇同醉，我以为我应该像在英国等我团聚的妻子曹英一样，不能做对不起对方的事情。于是那天我把喝醉的米薇从这间餐厅又拖又抱回房间一放，就溜之大吉。我做了一件今天对我来说十分后悔的事，但这件事米薇的姐姐莫笑苹不知道。

　　莫笑苹来了。她看见对她举手的我，走过来。我请她在我的对面坐下。

　　她比我上次见她的时候好看了些，但仍称不上漂亮，比起她倾城美貌的妹妹米薇，依然有着本质的区别，就是说因父亲而异，她们承传的是各自父亲的基因。我虽然没见过她们的父亲，但我可以想象米薇的父亲一定是高大俊朗、仪表堂堂的那种人，而莫笑苹的父亲反之。

　　莫笑苹见我看她出神，笑着说："难得你这么看我，难道我变得好看了吗？"

　　我说："你的确比上次我见你的时候好看了。"

　　莫笑苹说："能被你看得顺眼，想来你已经不记恨我了。"

　　"我为什么要记恨你？"我说，"因为你和我去离过婚？"

　　莫笑苹又笑，可能因为我的幽默。"我要是你的妻子，绝对不会和你离婚。可惜我只是个律师。"

　　"但是律师有着把别人的妻子变成前妻的能力。"。

　　"所以你应该记恨我，如果你还记恨你前妻的话。"

　　我说："中国的成语里，只有爱屋及乌，没有恨屋及乌。"

　　"所以我们还能坐在一起吃饭，"莫笑苹说，她盯着我，"为什么请我？"

我一时说不出理由。

"是不是通过我打听你前妻的情况？"莫笑苹说，"不过我现在已很难跟她取得联系，她的联络方式换了，但是我可以试试。"

我摇摇头。"记不得你给我发过一条手机短信？"我说。我拿起放在桌上的手机，"在我通过副厅级文化考试关进入面试的那一天。"

莫笑苹说："记得。塞翁失马，焉知非福。"

"那天几乎同时与你给我发短信还有一个人，"我调出手机短信，"她说，如果你想上天堂，最好是去做官；如果你想下地狱，最好也是去做官。"

"这个人好像在诅咒你？"

"不是诅咒，是警醒。而你是祝贺。"

"人和人就是不一样。"莫笑苹说。

"是你妹妹米薇发给我的。"

莫笑苹眼睛睁大，但并不是吃惊的神情，"只有她敢对你说这种话。"

"你妹妹在这里请我吃过饭。"我说。

"你今天为什么不请她来，而是请我？"

"她好吗？"我说。

莫笑苹说："好吧，不知道，我有快一个月不见她人影了。"

"是吗，"我说，"我原以为，你了解米薇的情况比我了解的要多。"

"看来你这顿饭要白请了，"莫笑苹说，"不过我可以买单，算我这个做姐姐的陪不是。"

"好啊，如果你带够钱的话。"

莫笑苹说："笑话，我一个律师，请不了一个副市长吃一顿饭？"

我指点着已经上桌的酒菜，说："你看清楚了，光这个燕窝要两千，还有这瓶酒，是XO，少说也要三千。你身上带有这么多钱吗？不准刷卡。"

莫笑苹掏出钱包看了看，摇摇头。

"但是我有，我有七八千现钱，"我说。我从衣袋抽起一沓现金，露给她看，"不够我可以刷卡。"

"你这是要干什么？"莫笑苹说。

"没什么，点少了就怕你付钱。就怕你请得起，所以我就点贵的。"我说。

"你当副市长才几个月？就已经这么阔了！"

"不是，"我说，"刚才的话，都是你妹妹跟我说过的，我只是复述一遍。你仔细看看这酒，不是XO，是普通的威士忌，还有这汤也不是燕窝，是菊花豆腐羹。"

莫笑苹真的仔细看着酒菜，大呼上当。"你要不说，我还真以为XO和燕窝呢，差点被你给蒙了！"

"不过威士忌也是洋酒，菊花豆腐羹也是补品，既能崇洋媚外，又能醒脑滤肺。"我说，并示意服务生给斟上酒。"来，"我端起杯，"干杯！"

莫笑苹看着我不动，"为什么干杯？"

"幸福。"我说。

"幸福？"莫笑苹一愣，皱起的眉头又迅速漾开，像真有什么幸福的事情。她端起杯，"干杯！"

我亲自给她倒了一杯酒，也给自己倒上。

"不过我不能再喝了，"莫笑苹说，"我开车。"

"好，"我说，"你看我喝。"

我自己连喝了好几杯。

莫笑苹开始劝我，"你也不要多喝。"

"我与往事干杯，"我说，"有多少往事我就喝多少杯！"

莫笑苹还想劝我，她的手机响了。手机的来电显示让她的眼睛明亮，她的心情和声音都来电通电了。"是你呀，"她说，"哎，我在跟彰副市长一起吃饭，我以前就认识他，聊一聊关于我妹妹的事，她是他的学生。哎，我不喝酒，你也少喝好吗？……"

莫笑苹和手机里的对象通着话，语气和脸色无限的甜蜜和幸福，像是恋爱中的女人。她温柔而缠绵地和电话里的男人聊着，完全忘了有一个无比伤感和痛苦的男人就坐在她的对面。

我只有一个劲地喝酒。

等莫笑苹打完电话，我想我已经趴下了。

究竟是谁把我送回家的我不知道。我醒来的时候身体已经在东西大学我寓所的床上，而别无他人。然后我开始失眠，睡不着就写日记。

11月25日　晴

市长办公会，我迟到了十分钟。

市长副市长们都在等我，但没有一个人问我迟到的原因。

我知道我得主动说。"对不起，我昨晚失眠，到了早上，却睡得像猪一样。"我说。

有人笑了笑，也没有人问我失眠的原因。我想我总不能主动说我失眠的原因吧？

姜市长说："好，我们现在开会。"

会议的议题是总结今年的工作和拟定明年的计划。

先由各副市长针对分管的系统本年度工作和明年计划进行发言。

经济副市长李论一马当先。他手拿文稿，眼睛却对着大家侃侃而谈，胸有成竹的样子就像是一位既熟悉行业工作而又高瞻远瞩的老副市长。事实上他当副市长还不到两个月，资历跟我一样浅。但他的确精到和老道,发言的内容成绩斐然又像是实事求是。

我暗暗地替自己冒汗。别人发言的时候,我就拿着秘书蒙非写的总结和计划在背,连厕所也不敢上。

我背了一个上午,还没轮到我发言。

姜市长宣布中午休息一个小时,然后继续开会。

李论捧着盒饭,走进我的办公室。他看见我对着我的那份盒饭发呆,说你不饿还是吃不下?我不吭声。他突然想起什么,踢了踢我的办公桌,说哎呀!你怎么还不转移办公桌的方位呢?见我没动,他把盒饭往桌上一搁,说来,我们来把它挪过去。

我说:"不动!"

李论看着我,"你怎么啦?"

我说:"没什么。"

"没什么?"李论说,"你的眼红得像杀了人似的。谁让你这么仇恨?我这几天可没招你惹你呵。"

我说:"你现在惹我了!"

李论说:"我惹你了?我怎么惹你了?"他一副委屈的样子,"嗨,我看你上午开会的时候状态不对,过来关心关心你,帮助你调整好状态,下午发言别出洋相。这就惹你了?好心被你当驴肝肺。好,我不惹你,我走!"他拿起盒饭,边吃边走了出去。

我把我的那份盒饭扔进了垃圾桶,因为它飞进了一只苍蝇。

市长办公会继续发言,并且轮到了我。

但是我早上背的内容全忘了,而我又不想照着文稿念,心一豁,放开了性子和胆子说。

"……因为我就任还不到两个月,而且有半个月时间不在宁阳,对分工的科教系统情况尚未有深入、全面的认识和了解。这一年的科教系统工作总结和明年计划是由秘书来写,在我手上这份打印的文稿里,就不照念了。我只想就文稿里没有的,针对我发现的问题,谈谈我的想法和建议。"

我看看姜市长，得到他的首肯。

"我发现，在我们宁阳市的干部队伍中，存在着虚假学历、伪造文凭的现象，虽然目前发现是个别的，但是情节严重，性质也恶劣。比如教育局主持全面工作的副局长黄永元，他的北京师范大学本科文凭就是属于伪造。黄永元只是到北师大进修了一年，获得的是进修的结业证书，但是他的履历表上，写的却北京师范大学本科毕业，职称档案里也夹着本科文凭的复印件。他的本科文凭究竟是从哪来的呢？毫无疑问是伪造的，从假证市场买来的！根据群众反映，宁阳市持假文凭和伪造学历的干部还有不少，甚至大有人在！我是从高校出来的，凭我的推断和分析，假文凭大致通过下面两种手段和渠道获得：一是直接从假证市场上买，这的真的假文凭；二是高校违规发给，这是假的真文凭。就是说，有的人连校门都没进，文凭和学历纯粹弄虚作假。有的虽然进了校门，但是并不具备获得相等文凭的资格和条件，于是利用某些高校把关不严或唯利是图，由别人冒名顶替，找枪手代考或权钱交易，获得所需的文凭。我以为，这些手段同等恶劣！而我们的职能部门，缺乏对文凭有效的验证机制、监督机制，造成了文凭以假乱真、浑水摸鱼的现象通行无阻。科教乃兴国之本，这是执政者都懂的大道理。培养和提高国民的素质，科学教育是关键。但是，科学教育出现了腐败，就是动摇了国家的根基。假文凭现象就是一种腐败，如果任由这种腐败泛滥下去，是国家的祸患，对宁阳市也不例外。因此，扫除假文凭，净化科教环境，将是明年宁阳市科教工作的重点。我建议，成立宁阳市清查假文凭工作组，全面开展假文凭的调查、清理和处理行动。我的发言完了。"

会议室忽然像山洞一样静，人们像躲避炸弹袭击一样屏心息气。

姜市长打破沉默，"彰副市长发言完了，请大家发表意见。"

没有人发表意见。

"没有人发表意见,那我说,"姜市长喝了一口水,"彰副市长言简意赅,却切中宁阳市的时弊,很好!我同意他的建议,成立宁阳市清查假文凭工作组,就由彰文联同志任组长。工作组领导成员要保证纪委、组织部、监察局和人事局各有一位副职以上领导参加。纪委和组织部参加工作组的领导成员,我会在市委常委会上提出来。还有,目前主持教育局全面工作的副局长黄永元,不再主持教育局全面工作,改由副局长唐进主持,保留黄永元副局长职务,视伪造文凭错误的轻重,再做处理。如果大家没什么意见,我就把这些事项提交市委常委会讨论通过。"

常务副市长林虎表态:"我同意。"

李论跟随说同意。

其他副市长无一不说同意。

会议室像解除了警报的防空洞,又活跃起来,转向另外的议题。

会议开到晚上七点。姜市长总结完后说,我们一起吃顿饭吧。

本来有应酬或宴请的几位副市长在走廊上打电话,把原定的应酬或宴请推掉,只有我不打。

姜市长从我的身后走上来,把手搭在我的肩膀上。

我受宠若惊。

"今晚我好好和你喝几杯,"姜市长攀着我的肩膀边走边说,"听说你有好酒量。"

"哪里,"我说,"我喝酒容易醉。"

姜市长说:"谁叫你喝洋酒啦?尤其是威士忌,一喝头就晕就痛。"

我一听,站住了,惊诧地看了看姜市长。因为我昨晚喝的就是洋酒,就是威士忌。他是怎么知道的?难道……

"哦,没什么,我猜的。"姜市长解释说,诡秘地笑笑。

姜市长的笑让我更加疑窦丛生。整个晚宴我的脑里全是问号。

宴席一散,我拉住李论说你别走。李论说我正想拉住你说你别走呢。我说你快找个地方,我有话问你。李论说你等我撒泡尿。

在卫生间,我迫不及待地问正在把东西往外掏的李论:"告诉我,你给姜市长牵线搭桥的女人是谁?"

李论说:"我说过,事成之后你会知道的。"

"我要你现在告诉我。"

李论摇头。

"快告诉我!"

"我尿撒不出来!"李论龇着牙说,"可我膀胱都要炸了。"

"炸了也要告诉我。"

李论说:"你让我把尿撒出来再说行不行?"

我点点头,盯着李论。

李论仍然没有把尿撒出来。"你别看我。"

我把头扭过一边。

"你陪我一起撒呀,我才能撒出来!"我听李论说。

我照李论的话做,带动他把尿撒了出来。

看着爽快收裤的李论,我说:"说吧,谁?"

李论却想耍赖不说。我抓住他的裤头,"你不说是吧?"然后把他的裤子往下拽。李论使劲地往上扯,我接着使劲地往下拽。拽来扯去,上上下下,李论的裤子像一个塞满了火腿而无法收口的袋子。

"是一个律师!"李论不得不说。

我仍然抓住他的裤头,"叫什么名字?"

李论说:"你不问那么仔细行不行?兄弟?"

"她是不是姓莫?叫莫笑苹?"我说。

李论一惊,瞪着我,十分恼怒地说:"你他妈的都知道了还问我?快点把手拿开!"

我松开手，恨不得用这只手打自己的耳光。我所有的疑问得到了证实——莫笑苹是姜市长新夫人的人选，昨晚在夏威夷酒店和她通电话的男人就是姜市长，我喝的什么酒喝成什么样子一定是莫笑苹告诉姜市长的。我没想到的是，莫笑苹和姜市长竟是李论给搭的桥！李论怎么会把莫笑苹介绍给姜市长？他是怎么想的？

我说："李论！"

李论不在我身边了。

我掉头一看，只见李论在将大便间的门一扇一扇地推开，搜查里面有没有人。

在里面的大便间，我们看见了一个人，他坐在马桶上，畏惧地看着我们。"我什么也没听见。"他说。

李论一扭身，把脸甩过来，两只喷火的眼睛几乎逼近我的眼睫毛，"这下你满意了吧？明天这个时候，这件事就会传得满城风雨！你他妈的要害了我不算，还要害姜市长！知不知道？"

我说："我又不知道厕所里有人。"

李论一只手伸向有人的大便间，眼睛还在瞪着我，"那不是人吗？啊？那人脸上挂着的是嘴吗？那是喇叭！广播！"

我感到问题严重，移动身体，把目光给了有可能把市长的隐私传播给大众而变成绯闻的那个人。他已经站起来，提拉好了裤子，但是神态依然十分的紧张和恐惧，就像是致命病毒的携带者，已经被政府人员发现。只要他一走出去，就会把病毒传染给他人，造成瘟疫。所以他不能动，他以为他不能走出去。这是一个穿着西装而不打领带的老头。

老头慌乱的眼光对着我，却用申诉鸣冤的口气说："我真的什么也没听见。我是个知识分子。我女儿今天结婚，我肚子不舒服，可能吃不惯海鲜。我是来拉肚的，不是来偷听什么。我是退休的中学教师，好歹也算是个知识分子。我女儿女婿也是吃政府饭的人。我知道什么该说，什么不该说。你们放心，啊？"

我看了看李论，示意他老头的话听到了没有。

李论对老头说："你走吧。"

我对老头说："对不起啊，叔叔。你慢点走。"

老头说了一声谢谢，然后虎口脱险一般迅速走出了卫生间。

"你放心，你不会功亏一篑的。"我对李论说。他脸上的愠怒未消，也还有余悸。

"这事要是坏了，你自己去给市长跪下谢罪。"

"市长不必，因为后选的市长夫人我想很多，"我说，"但是我会对莫笑苹说一声对不起。"

"对了，你是怎么知道莫笑苹的？"李论说。

我说："我和曹英离婚的时候，曹英委托她来和我办手续。"

"噢，有仇哪。"李论说。

"那你呢？你怎么会认识莫笑苹？"我说，"你不是只和漂亮的女人来往么？"

李论说："我在省计委的时候，每年要和各部门订多少合同协议，宁阳的律师我谁不认识？何况莫笑苹是个大律师。"

"这点我承认，她的才和貌正好成反比，"我说，"但是你把长相一般的……"

"做夫人又不是做情人，"李论打断我说，"老婆不能要漂亮的懂吗？但是要有旺夫相。莫笑苹长得是不算好看，但却是旺夫相，谁娶她谁旺。我老婆也不好看，但是旺我，明白吗？漂亮的女人是不能娶做老婆的。曹英够漂亮的吧？你娶她做老婆，最后怎么样？跟你离了。为什么跟你离？漂亮！漂亮的老婆关在家里你都不放心，何况跑到外边、外国？还有，她跟你结婚那么几年，旺你了吗？你当了八年的副教授，评上教授了吗？没评上。但是你和她离婚，不久就当上了副市长，旺了！丑妻旺夫，这是命理，你不信不行。"

"丑妻旺夫，姜市长也信这个？"我说。

李论说："我看只有你不信。不信你娶米薇试试？"

我扳起脸，"你别提她好吗？"

"不提？"李论审视着我，"米薇现在到了市府接待办，难道不是你弄进去的吗？我方才也想拉住你，问你的就是这个问题。"

"这个问题你应该问姜小勇！"我说。

"姜小勇？"李论呆了一下，突然猛拍脑袋，"我操！这下热闹了。姐姐要嫁给市长，妹妹要嫁给市长的儿子，如果都成功的话，这称呼怎么称呀？"

"妹妹叫姐姐妈妈，儿子叫父亲姐夫，父亲叫儿媳妇小姨，儿子叫继母姐姐，姐姐叫妹夫儿子。"我说。

李论一听，又傻了，然后猛地蹲下，苦恼地抱着头，"这可怎么办？这下怎么办？"

"随她们去呗，说不定正是她们所希望的。"我说，"什么叫亲上加亲，这就叫亲上加亲。"

"莫笑苹知道米薇和姜小勇的事么？"李论抬脸看着我说，"米薇不知道莫笑苹与姜市长的事那是肯定的。"

我说："不知道。"

"是你不知道还是莫笑苹不知道？"

"不知道。"

李论霍地站起，"不行，我们得想办法拆散米薇和姜小勇！必须想办法！要不岂不乱套才怪！"

"我们？我不会再跟你同流合污。"

"同流合污？这怎么是同流合污呢？"李论说，"这是维护伦理纲常，匹夫有责，何况我们是市长身边的红人。你看市长今天对你，多支持你，多宠你！又是表扬，又是搂肩搭背的，啊？"

"你想做红人你做，我不做这种红人。"

李论蔑视着我，"你不敢做是吧？好，我做。其实很简单，说米薇是个鸡，只要有人把话传到姜小勇的耳朵……"

我左手一把揪过李论，右手挥拳喝道："你用什么办法我不管，就是不能拿米薇的名誉来糟蹋！你觉得她被你糟蹋得还不够吗？"

李论双手护挡着自己的脸，说："好好，我另想办法。"

这时有人走进卫生间。我把李论放开。

进卫生间的居然又是刚才被吓跑的那个老头，一个保证守口如瓶的知识分子。想必他又拉肚子。看见我们，他又吓得转身就跑。

"叔叔你别跑！"我急忙喊道，"先生？老先生？"

我走到卫生间门口，伸头一看，老头不见了踪影。

"我现在已经不能保证市长的隐私明天不会变成满城风雨，"我回过身说，"因为一个有教养的知识分子极可能现在已经把屎拉在了裤裆里，辱没了斯文和尊严，他有呐喊和伸张的权利！"我把手朝李论一指，"但是这笔账，要算到你的头上！"

我拍拍屁股，撇下丧魂落魄的李论走了。

我明天开始，补休。

11月30日　晴

我担心或预料发生的事没有发生，宁阳市的老百姓依然对姜市长有口皆碑，这一点出租车司机最有代表性。

今天我是坐出租车去上班的，在补休了四天之后。

而四天来，我人在休息，心却是提心吊胆——为25日那晚在厕所里不慎泄露的姜市长已有新欢的消息，我担心被传出去变成了绯闻。虽然我把账算到李论的头上，但是一旦麻烦我也难脱干系。四天里我关掉手机，拔掉电话线，给自己关了禁闭，闭门反省或者思过。我人不出屋，心却像热锅上的蚂蚁。我倒希望司机韦海和秘书蒙非来拍我的门,因为之前我告诉他们,一旦有事就上门通知我。但他们始终不来。我捱过了难熬的四天。

我坐在出租车上,像一个赶去城里购置降价商品的大学讲师。因为我是从东西大学门口出发的,对此出租车司机深信不疑。我一上车,司机就说是去利客隆对吧?我不解其意,嘴里却应道对。司机有点得意,说明说今天利客隆店庆,全场商品除了电器一律六折,就上午两个小时,九点到十一点,你现在不去就晚了。我说所以我打的。司机说大学教授打的是不成问题吧?我说你看我像个教授吗?他说现在年轻的教授多得很,读博士出来,熬两年就可升教授了。我说你都不回头看看我,怎么知道我年轻?他说你上车的时候我已经看过你了。我说那你怎么认为我是教授呢?司机说我看你走路的派头像。你走路的时候挺胸昂头,不是当官的就是当了教授,你是从东大出来的,所以我想你就是教授了,对不对?我说不对,我只是讲师。司机回头吃惊地看了看我,说不会吧?我说只有讲师愿意夸自己是教授,哪有教授愿意说自己是讲师的?他说那是。现在很多人科长局长厅长市长地叫,其实就是副的,哪有那么多厅长市长呀?市长我们电视上天天见,骗得了人么?

"宁阳市现在的市长是谁?"我装做不懂说。

"你不知道?"出租车司机不敢相信地说。

我说:"大学教师成天钻在书本里,对社会上的事很孤陋寡闻的。"

出租车司机相信了,说:"我告诉你,宁阳市的市长姓姜,叫姜春文。"

"哦,"我说,"这人怎么样?"

"不错!"出租车司机说,还竖起了拇指,"他当市长以后,宁阳市的变化确实是大!街道宽多了,堵车少了,楼房起多了,发廊少了,草皮种多了,牛皮少了,这都是我们姜市长的功劳,我们有这样的市长,是我们宁阳老百姓的福啊!"他连续用了三次我们。

我说:"那姜市长生活方面,有没有听到不好的传闻?"

司机摇头,"没有!要有,我们开出租的肯定首先知道。"

"最近也没有?"

司机又说没有,"不过,宁阳最近死了个局长,女的,听说就是我们的市长夫人,如果是真的话,可就苦了我们姜市长了,他那么好的一个人,神灵怎么不保佑他的一家呢?希望这不是真的。"

"还听到别的什么没有?"我说。

"就这些,没有了,"出租车司机说,"听到这些就够让人难受的了。"

我一直前倾的身子往后一仰,靠在椅背上,像阵痛消除的人,感到十分的舒畅。我不由感念起那位被我和李论吓跑的老知识分子,他即使把屎拉在裤裆里,也要坚定地维护市长的尊严和形象,做到守口如瓶。他的有为和不为让我感到惭愧和羞愧。

我让出租车司机把车开到利客隆商场,在那下了车,因为我必须把大学讲师装到底。

利客隆商场人头攒动,摩肩接踵,纷纷地要往里涌,但警察和保安已经组成人堤,拦截人的进入。

于是我像一个来晚了不可能买到便宜货的市民,在路边拦了一辆出租车。

在离市政府有三百米的地方,我下了车。我既不能被误以为是一个投诉者或上访者,也不想暴露自己的身份。

秘书蒙非汇报说市委常委会已经批准了市政府关于成立清查假文凭工作组的提议,工作组领导成员的名单也已确定。

我看到文件中的名单如下:

宁阳市清查假文凭工作组领导成员名单

组　　长：彰文联　市人民政府副市长
副组长：韦朝生　市委组织部副部长
　　　　方　强　市纪委副书记兼市监察局局长
　　　　田代强　市人事局副局长

名单连我一共四个人，职务前面都是"副"字当头。我不知道这么几个副手能干多大的事？敢不敢碰硬？而且这个名单意味着我们只能查职务比我们低的人的文凭，就是说只可打老鼠，不可打老虎。但是先打老鼠也好。俗话说拔出萝卜带出泥，杀鸡也可儆猴。

"工作组人员定了吗？"我问蒙非。

蒙非说："还没有。人员由领导小组定，从各个部门抽人。"

"你通知一下领导小组的成员，下午开会。"我说。

蒙非出去打电话。过了一会，他走回来，说："彰副市长，韦朝生副部长下午要去教育局，宣布唐进代理黄永元主持教育局全面工作的决定，参加不了下午会。是不是要改期？"

我说那就明天吧。

蒙非站着不走，看看我，似有话要说。

我说："说吧。"

"关于工作组的人员，我想不能再把本身文凭就有问题的人吸收进来。"蒙非说。

"那当然！进来之前先严格审查。"我说，突然一愣，"不能再把？你什么意思？你的意思是不是领导成员里就有本身文凭有问题的人？"

蒙非说："我没说。"

我说："到底是谁？"

蒙非痛苦的样子，哀怜的眼睛看着我，希望我别问了。

我说好吧，你能提醒我到这一步已经很不容易了。谢谢你。

蒙非得到解脱，像获得大赦一般。

我在办公室里，却如坐针毡、如临大敌。清查假文凭的领导成员里就有假文凭的人，这还了得！如何是好？这不等于一个队伍的内部有了奸细吗？这个奸细是谁？一个还是两个？

危机四伏的我，觉得自己就像电影《无间道》里那位智勇双全最后仍然死于黑枪的探长。

12月1日　晴

我是凌晨六点被叫起来的。打电话给我的是常务副市长林虎。

林虎说，我是林虎。黄永元自杀，接你的司机已在路上。

我蓦地从床上挺身坐立，电话筒脱手掉落在地。

我听到地上的电话筒传着林虎的声音：这事该你负责。

然后电话"嘟嘟"地响。

我呆了很长的时间，还没有把地上嘟嘟作响的话筒捡起挂上，直到有人敲门，我才如梦方醒一般，把灯打开，把门打开。

来接我的司机韦海循声去卧室把电话挂好，把我打开的日记本合上。然后站在一旁看我。他说彰副市长，你把衣服的扣子扣错了。

路上，我才怯怯地问司机："他死了吗？"

韦海说："不知道。但人已经送到医院里了。"

我不再问什么，是不敢问。一向多话的韦海也缄口不语，他不是被自杀的黄永元吓坏了，就是被我惊恐的样子吓怕了。

我来到市一医院，直奔急救室。

医院的负责人和医生还未来得及跟我说什么，一个披着男人棉袄的女人一边叫喊着"凶手"，一边冲过来。她撞开阻挠，像疯子一般来到了我的面前，直勾勾的眼睛瞪着我，说："你这个凶手！你还我丈夫！"

我像根木头一样站着，不知道这个时候该跟她说什么，只好不说。

我的沉默让女人更加疯狂，她扑上来，撕打我，凶猛的架势像要把我撕碎不可。

但她很快被制止住了，被人拉走。

抢救黄永元的医生说，病人腕动脉断裂，失血很多，血压测不到，心率微弱，生命仍然处在危险之中。

一医院院长说，我们正在想法组织血源，争取尽可能找到血源，给黄副局长输血。

我说："医院没有备用的血浆么？"

医院院长说："黄副局长的血型是Rh型，我们医院的库存没有Rh型的血浆。"

"那赶紧向其他医院求援呀！"我说。

"我们已经给血站、二医院、三医院、四医院打电话了，"一医院院长说，"也向省医科大附院、省人民医院求援，都没有Rh型的血浆。"

"O型血不是万能血型吗？"我说。

医院院长摇摇头，"Rh型是一种特殊的血型，每一万人中才有一个，这种血型的人只有配型一样的人方可输血。"

我说："那医院有没有这种血型的人档案？"

医院院长说："我们医院没有。"

"血站呢？"我说。

另一位医院负责人说："血站倒是登记有五例，电话也都打过了，有两例在外地出差，一位在新疆，一位在国外，短时间内回不来。另外三例，有一位已经去世了，另两位联系不上，号码和地址都变了。"

"把两位联系不上的Rh型名字告诉我！"我说。

医院负责人说:"因为联系不上,我就没有问名字,但血站知道。"

我说:"马上叫血站把名字发到我的手机上!我的手机是13907810496,记住了吗?"

医院负责人说记住了。

我朝司机韦海一招手,"快,我们走!"

司机韦海说去哪?

我说:"市电视台!"

不到三十分钟,我坐在了市电视台的直播间。

我向公众发表电视讲话:

"我是宁阳市人民政府副市长彰文联,现在有一名教育战线上的同志急需输血,他是Rh血型的患者,住在宁阳市第一人民医院,等待输血。Rh型是一种特殊的血型,只有配型相同的人方可输血。现在宁阳市的所有医院都没有Rh型的血浆,也找不到血源。我急切向市民恳求,是Rh血型的人,请马上到宁阳市第一人民医院。知道有Rh血型的人,请帮助转告,或拨达120,110。我恳求你们的帮助、支援!丁工同志,胡红一同志,你们现在是我所知的Rh血型的人,如果你们正在看电视,我请求你们立即赶往宁阳市第一人民医院,因为患者是和你们同一种血型的人,Rh型,只有你们能挽救他的生命!"

我把同样的话重复了一遍,然后要求电视台反复播出。

当我重新来到市第一医院的时候,只见要求验血献血的人已经排成了长队。

我在电视讲话里指名道姓的丁工、胡红一都来了,护士正在抽他们的血。

他们的血让我流泪,因为他们的血让割腕自杀的黄永元有可能得救。

我现在知道,教育局副局长黄永元的自杀,确实和我有关。

因为我查出黄永元的文凭是假的,他因此被削去主管教育局全面工作的权责,并有可能受到进一步的处分。这意味着,黄永元当局长已经没有可能,副局长的位置也难保。他因此以死抵触。我看到他的遗书是这样写的:

宁阳市假文凭的人多的是,为什么只拿我开刀?这不公平!我没有得罪任何人,包括彰文联副市长。但愿我的血没有白流。
　　　　　黄永元2003年12月1日凌晨绝笔

遗书像一份诉状,被我递还给在场调查的警察。我在诉状里成了黄永元自杀的罪人,但我无须辩护。

然而我很难过,非常难过。

中午,我弟弟彰文合打电话来,说华裔英国人林爱祖扶助我们村建校造桥的一百五十万元资金已经到位了,建校造桥工程将于元旦开工,问我到时能不能回去参加开工仪式?

我说我不能。

"这是乡里的希望,"我弟弟说,"哥,我现在已经当上菁盛乡副乡长了,并且,我们村的建校和造桥工程由我负责。"

我说:"那我更不能回去了。"

"为什么?"

"因为我不能让你有恃无恐。"

"哥,你这是什么意思?"我弟弟说,"你是不是担心我会拿工程的回扣?"

"你会吗?"

"哥,你放心,我不会。"

我说:"那好,等工程竣工了,我再回去。"

我弟弟说:"工程计划明年六月竣工,学校可能会提前一点。"

"妈好吗?"

"好。"

"那就这样。"

我放下电话，心情仍然沉重地停留在我们村建校造桥的事情上。因为我以为一百五十万元工程款不会到位。我把华裔英国人林爱祖当成了骗子，也把带动林爱祖去我们村的黄永元当成了骗子。在这件事情上，我错了。我们村就要有桥有新的校舍了，并且还是黄永元促成了此事。而我却不依不挠地查处黄永元的假文凭，造成了他的自杀。我觉得很对不起黄永元。我很难过。

晚间的时候，医院打电话来，报告黄永元已经苏醒，脱离了生命危险。

但是黄永元拒绝见我。

我也不好意思见他。我对他永远心存愧疚。

12月2日　雨

我走进姜市长办公室。我正想求见他，他却已经先约见我。

我清楚是关于黄永元自杀的事件。

我忐忑地坐在姜市长的对面，等待他的训斥。

他静静地看着我，忽然给了我一个笑脸。"你比我更适合当一名市长，"他说，"因为我更关心的是市民的生活，而你珍视的更是人的生命。"

我没有答应，因为我摸不透姜市长的话中真意。

"你昨天的电视讲话，我看见了，"姜市长继续说，"你的话不仅打动宁阳市的市民，也打动了我。"

听见姜市长的话不像挖苦，看他的神态也不像嘲弄，我说："姜市长，黄永元的自杀，我有责任。抢救他的生命，也是我的职责。"

笑容又一次在姜市长的脸上出现，"所以我在市委常委会紧急会议上，说我相信彰文联同志是一位称职的副市长。因为，昨天早上市委常委正在开会研究如何抢救黄永元的时候,你却已经付诸行动了。"他说,"常委们都看了你的电视讲话,一看完,用不着再开会了。"

"我没有经过请示,就擅作主张,是我不对。"我说。

"你救了一个人的命,还能说你不对吗?"姜市长说。

我笑笑,彻底舒了一口气。

"黄永元的遗书我看了。"姜市长说。他拿起一张纸条。

我看见那张纸条昨天也曾经在我手上抖动。"这件事情付出的代价太大了。"我说。

"所以我找你来问,是不是打算偃旗息鼓?"姜市长说。

"是指清查假文凭的事吗?"我说。

"你还敢不敢再查下去?"姜市长说。

"我敢。"我说,但声音很低调。

"好!我要的就是你这句话!"姜市长说,嗓门很高。

"但是我有个疑虑。"我说。

姜市长:"你说。"

"我怀疑清查假文凭工作组领导成员里,就有持假文凭的人,但我不知道是谁,"我说,"这样的人留在领导成员组里,是很可怕和可悲的事情。"

姜市长一怔,思忖了一会,说:"这样,领导成员组先不要开会。我把成员的档案调到我这里,包括你的档案我也要调。当然我对你是信任的,这样做是为了不打草惊……动静太大。然后我把档案给你,你秘密地看,再秘密去查。把结果单独向我汇报。我视情况重新调整领导组的成员,决不让持假文凭的人领导清查假文凭的工作!你看怎么样?"

我只说两个字:"英明。"

姜市长看着我,露出另一种眼神,说:"我爱人的事,你辛苦了。一直没有恰当的时候跟你说声谢谢。谢谢你。"

我看着富有人情味的姜市长，有好一会张不开口，因为感动和歉疚。我想起在市长夫人弥留的日子里，我所做的一切——探望、守侯、打牌、讲段子、会女学生、违心的承诺和市长夫人去世后缩水的悼念。这些对市长虚伪忠诚的表现，却得到市长真心的感谢。我又想起在决定是否任用我为副市长的问题上，姜市长果敢鲜明的立场，再联系清查假文凭问题和黄永元自杀事件，姜市长对我坚定的支持，我觉得姜市长真是个难得的好官。在这样的好官身边工作，我母亲还用担心她的儿子不会是个好官吗？我想。

　　我站立起来，像表忠似的对姜市长说："姜市长，您放心，有您这样的好领导，我彰文联死心塌地，赴汤蹈火，在所不辞！"

　　姜市长笑笑。他也站了起来，走到我身边，把手往我肩上一放，说："去吧，放胆去干。"

　　有姜市长这句话，我像吃了定心丸，或豹子胆。我决心将清查假文凭进行到底。

12月3日—5月25日

　　日记本（二）无故丢失，略。

下

5月26日　雨

　　清查假文凭的工作进行半年了。这半年我总觉得像十年一样长。一个人觉得日子漫长,是因为这个人活得太艰难。我就是活得太艰难的这么一个人。

六个月以来,我领导的清查假文凭工作组,像是个特务组织,因为我们在和混在干部队伍里的假文凭干部做斗争。斗争的艰难和残酷超乎我的想象和承受能力。到今天为止,我一共收到子弹四颗,恐吓电话我记到三十次以后便不计其数。车祸遭遇两次,一次我额头碰伤,另一次让我的司机韦海失去了胳膊,三十岁便退休了。给我更换的司机也不敢为我开车。我每天出门就坐出租车,并且居无定所。工作组人员从原来的九人减到了现在的五人。退出的人是迫于无奈和压力,为了生命的安全他们宁可失去工作或铁饭碗,我只好批准他们撤离。剩下的人是最坚强的战士,但他们随时随地都面临生命的危险。

即或这样,清查假文凭工作还能缓步进行。到目前为止,共查处宁阳市党政机关和事业单位假文凭干部三百四十一人,假文凭五百零六张,因为有不少人拥有两张以上假文凭。

这数字已经让人触目惊心。但是更大单的还在后头。

根据群众举报,我秘密调查发现,常务副市长林虎的东西大学硕士文凭也是假的。是假的真文凭,由东西大学违规颁发,与已去世的教育局局长杨婉秋情形一样。所不同的是林虎是经济管理专业的硕士文凭,杨婉秋是当代文学专业硕士文凭。就是说,两人都没有就学,但东西大学还是把文凭发给了他们。授予理由不言自明,因为一位是常务副市长,一位是市长夫人。市长夫人假文凭的事我始终没有告诉姜市长,他或许知道,或许不知道。况且市长夫人已经安息,就让她继续安息吧。

林虎的假文凭嫌疑,是姜市长支持我去秘密调查的。

今天我又收到一颗子弹。是第四颗。

这颗六四手枪子弹是夹在牛皮信封寄给我的,跟电影里的特务分子寄给异己的革命者方法一样,所区别只是我这个类似特务头子的人收到子弹，而寄给我子弹的人是谁我不知道。

其实我知道。我只是不对任何人说。

对姜市长我也不说。

我只是把对林虎的文凭秘密调查结果和证据交给姜市长。

姜市长看了后把调查材料全部锁进保险柜里。

他坐回椅子上，看着我，说："好了，清查假文凭工作我看可以暂停。你这段时间辛苦了，也比较难，工作组的同志们也很劳累，都需要休息。你是管科教的副市长，只抓清查假文凭工作是不够的，有很多工作等着你去抓。你休息几天，到外面度度假也行，回来后开始新的工作。你看怎么样？"

姜市长的话像是商量，其实不容置疑。

"姜市长，清查假文凭工作已经进入决定性的关键阶段，正是骑虎难下的时刻，如果这时候停下来，不彻底查处下去，必定会产生后患，并且前功尽弃。我不怕难，就怕工作不彻底。"我说。

"难道查到常务副市长的头上还不够吗？"姜市长说，"是不是还要查市委书记？查我？"

"市长我不是这个意思，"我说，"我的意思……"

"好了，你的意思我明白，"姜市长打断我说，"你想彻底地净化宁阳市的科教环境，这很对。但我们查处假文凭的策略和目的是惩前毖后，治病救人，不是斩草除根，一网打尽。假文凭现象虽然是我们干部体制中的一个毒瘤，但毕竟是内部矛盾，不是你死我活的战争。如果把我们政府的所有部门闹得天翻地覆，把干部弄得人人自危，政府工作还怎么开展进行呀？啊？人有病，既要帮查、帮治，也要自查、自治，就是说，查处一部分人，让另一部分人自我警醒、防范，自我纠正，真正体现惩前毖后、治病救人方针政策，这不是挺好吗？清查假文凭工作已经取得了预期的效果，至少已经遏制了假文凭的泛滥势头。先停一停。"姜市长的眼睛变得和蔼地看着我，"文联，你看好吗？"

我说好。

我独自坐在一家僻静的酒吧里喝酒,因为我很郁闷。姜市长为什么在这时候让我把清查假文凭的工作停下来?在把常务副市长林虎的假文凭证据拿到手以后。他戛然而止,跟先前那个痛恨假文凭的姜市长简直判若两人。他为什么要放弃胜利在望的果实?难道他以为已经胜利了吗?他把常务副市长林虎的假文凭证据锁进保险柜里,是什么意思?是作为控制、回击野心勃勃且长期和他不和的林虎的紧箍咒吗?如果真是这样,那我岂不是成了姜市长的一条猎犬?他支持我开展清查假文凭的行动,先捕捞一批小鱼小虾,在钓到他所需的大鱼后宣布大功告成。这条咬钩的大鱼仍然把它留在水里,它还能游动,但是鱼竿却掌握在渔翁的手上,只要大鱼兴风作浪,就收线起钩,把大鱼拉上来。是不是这样?

我郁闷,有人比我更郁闷。

我没想到在我喝酒的时候,莫笑苹给我打电话。她说你在哪?我说我一个人在喝闷酒。她说我能和你一起喝么?我说如果你想安慰我什么就不要来。莫笑苹说我比你更需要安慰。

莫笑苹来了,抓起我面前的酒杯就喝。我跟服务生重新要了个杯子。看着莫笑苹苦闷的样子,我说你可能找错人了。

莫笑苹说:"先说好,你不能醉,因为我要喝醉。我喝醉了你得送我回去。"

"那我得问问自己,我有没有送你回去的胆量。"我说。

莫笑苹看着我,"半年多前你在我面前喝醉那次,记不记得是谁送你回去?"

"这至今是个谜。"我说。

"我就是谜底。"莫笑苹说。

"你真有手腕,能把我拎上七楼。"

莫笑苹说:"是有钱。在酒店,我雇了两个保安把你放上车,到了东西大学，我又雇了两个学生把你抬上楼。"

"我今天没有钱怎么办？"

莫笑苹又把一杯酒干了，"不送拉倒！"

见她不高兴，我说："你就尽管喝吧，我想我还扛得动你。"

我本以为莫笑苹应该笑一笑，但她不笑，倒酒又喝。

我冷静地任由她喝。

莫笑苹喝掉了一瓶葡萄酒，睁着昏花的眼睛看我，"你为什么不问我，为什么要喝这么多酒？"

我说："我以为你会问酒。其实我也是来问酒的。"

"我和老姜分手了你知不知道？"莫笑苹说。

"新闻。"我说。

莫笑苹笑了。笑着笑着，笑出眼泪来。然后她趴在桌子上，号啕大哭。

我抓住她的手，像按动扬声器的开关。

她渐渐地不哭了。

"是因为你妹妹么？"我说。

她抬起头，"你早就知道我妹妹跟姜小勇好，为什么不告诉我？"

"你和姜市长，你也没有告诉我，但是我知道，所以我以为你也应该知道。"

莫笑苹说："我知道的时候已经太晚了，米薇和姜小勇已经在外面同居了好长时间。而我和老姜没到那个程度，所以我只能选择和他分手。"

"你跳下了悬崖，没让你妹妹跳下去。"

"但我们是相爱的！"莫笑苹说，"我和老姜。"

"我相信。"我说。

莫笑苹看着空酒瓶，朝服务生一扬手，"给我上酒！"

酒拿了上来，但我没让莫笑苹再喝。我说这瓶是我的，该轮到你看我喝了。

莫笑苹听从，看着我喝酒。

我快把一瓶酒喝光的时候，莫笑苹说："我应该抓住你才对。在你和你妻子离婚的时候，我就应该抓住你。"

"那跳崖的就是你妹妹了。"我说。

莫笑苹说："你也喜欢我妹妹对不对？"

我说："那是在姜小勇喜欢你妹妹之前。"

"这么说你现在恨我妹妹，更恨姜小勇。"

我说："我连自己都不恨，还会去恨别人吗？"

莫笑苹说："但是我恨，都恨，除了老姜我不恨。"

"就像我刚和前妻离婚的时候，我谁都恨，除了前妻我不恨。"

"你现在还恨我吗？"莫笑苹说，"因为我代理你妻子和你离婚。"

我笑笑，说："如果我的前妻现在让你继续代理她和我复婚，我都不会恨你。"

莫笑苹哭后第一次露出笑容。"你的前妻和你离婚，真的是因为感情不和吗？"

"难道你和老姜分手，是因为没有爱情吗？"我说。

"那到底是为什么？"

"不知道。"我说。

我倒光了瓶子里的酒，正要端起杯子的时候，被莫笑苹抢了过去，代我干了。

莫笑苹想醉，我也想醉。

结果我们都没醉。

回到东西大学的住处，不知为什么，我竟然把倒置在抽屉里的我前妻曹英的相片翻了过来，又拿到桌面上来。她美丽、尊贵的容颜和气质又一次让我倾倒。我吻了吻已经不是我妻子的女人，虽然只是相片，但我觉得她的嘴唇居然是温热的，甚至还带着天然草莓味的馨香。

5月27日　雨

休息。

5月28日　晴

继续休息。

5月29日　晴

今天得到通知，华裔英国人林爱祖明日抵达宁阳，将参加6月1日由他捐资建造的朱丹县菁盛乡地洲桥的竣工通车仪式，由我全程陪同。

5月30日　晴

林先生的再次到来，犹如晴天霹雳。

他带来了我前妻曹英的骨灰！

当林先生从机场走出来的时候，我就感觉不对劲。他双手捧着一个锦缎的包裹，步履缓重，小心翼翼。在出口，他拒绝手中的包裹让金虹接手，而我也无法跟他握手。

在车上，林先生仍然把包裹捧在怀里，像呵护着一个熟睡的小孩。

那时候我就感觉到了一种不祥，但是我怎么样都没有想到，他捧着的是我前妻曹英的骨灰。

直到到了宾馆的房间，林先生让其他人都离开，把我留下来。

他关上房门，回身看着傻站在房间中央的我，眼里的泪水先于我夺眶而出。

我明白林先生的泪水跟他带来的包裹有关，而包裹跟我有关。

我强忍自己不去看那放在桌上的包裹，否认它和我有关系，但是我的泪水已经忍不住流了下来。

林先生这时把包裹交到了我的手上。"我把曹英律师带来了。"他说。

我想我凝固了，成了一尊塑像。林先生几次想从手里拿过曹英的骨灰盒，都无法将我和曹英分离。

这是四年来我终于和曹英的生死相抱。

我想起四年前我和曹英在机场的那次拥抱，她是那般的活泼和兴高采烈，像是出笼的小鸟。过了安检，隔着栏杆，她还想跟我再抱一抱，但是已经不被允许。她朝着犹如还在笼中的我，做了个飞吻。没想到这个期待我去英国和她团圆的吻，变成了死吻。

"一年前我认识了曹律师，因为一场生意上的官司，"林先生告诉我说，"曹律师最终帮我把官司打赢了，为我挽回了近一百万英镑的损失。我给她报酬，但是她没有接受。她说，你能不能帮我一个忙，替我把这笔钱，投到我丈夫的家乡，为他们村的学校，建一座教学楼，但是不要让我的丈夫知道。我答应曹律师。于是半年前我来到宁阳，并去了你的家乡，完成你妻子的心愿。那时候我也已经知道你的妻子身患绝症。当我回到英国不久，她就去世了。临终，曹英律师希望我在她死后，把她的骨灰带回国，撒在丈夫村前的小河里。她生前只是坐船去过你家，她希望这次丈夫能带她从桥上过去。她知道地洲村有桥了。"

林先生讲述中，我轻轻地掀开包裹的锦缎，再打开骨灰盒，然后我把我的脸埋了进去。我吻着我的妻子，闻着她的气息。

我离异的妻子芳香馥郁。

文联：

当你看到这封信的时候，我已经永远地离开这个世界了。我爱这个世界，我更爱你，文联。

我之所以和你离婚，是因为我被查出患了癌症。我不想你到英国来，拥抱的是一个不久于人世的妻子。虽然这三年多来，我无时无刻不盼着你出国，来和我团聚。我也知道，你为了我们夫妻的团圆，费尽了周折，还受尽了不是你能承受的屈辱。这一切都是因为你爱我，就像我爱你一样。所以我宁可你恨我，也不能让你在我身边，看着我痛苦地死去。

文联，爱你也被你所爱，是我这一生最大的幸福。你也知道，我是为了我们的幸福才到英国来的。因为只要我先在英国，你跟着也会来，学校不会不放你。等你来了，我们就生孩子。这是我出国前我们约好的。文联，可是现在我不能给你生孩子了。我对不起你，也对不起你们彰家。我只希望我死后变成鱼，游在你们彰家门前的那条河里，看着妈妈每天到河边来洗衣服。你每年回家看望妈妈的时候，我也能看见你。

文联，如果我在河里看见你带着妻子、孩子回家，我一定不会嫉妒的。我不仅不会嫉妒，我还为你们祝福。

因为我爱你。

曹英
2004年4月13日

我抱着妻子曹英回到东西大学的住所，这曾经是我们两人的家，现在还是。我把她放在床上，盖上被子。曹英，我向你发誓，在你走后，这张床上就没有上过别的女人。这张床上，只有你一个女人的味道，不信你闻闻。你尽可放心地睡。等我写完日记就过来陪你。

然后我们明天再回老家，曹英。你想变成鱼就一定能变成鱼。但我不需要你为我祝福。

因为我同样爱你。你永远是我的妻子。

第六章

1

　　一个陌生的女人告诉我,我在我现在躺着的这张床上,已经昏迷了六个月零十一天,到昨天为止。。

　　她指着墙上的挂历,往一个没有打圈的日子一指,说:"你看,现在是2005年1月12日,而你是在2004年6月1日那天出事的。从出事那天起你就一直不醒,现在你可醒了。"

　　我说:"你是谁?"

　　她一愣怔,说:"我是金虹呀!你不记得了吗?"

　　我摇摇头。"那我是谁?"

　　叫金虹的女人又一个愣怔,"你连自己是谁都不记得了吗?你是彰文联,宁阳市的副市长!"她环顾着窗明几净的雪白墙壁的房间,"这是G省医科大学附属医院的高干病房。最好的医院,最好的病房。"

　　"那我是怎么住进这里的?"我说。

　　金虹说:"来,我慢慢帮你回忆。"她在我的身后垫了个枕头,将我的头垫高。"你的头被从桥上垮塌下来的石子砸中了,这也难怪。"

　　"石子为什么砸中我的头?"我说。

　　"因为桥垮塌了!"

"什么桥？"

"就是地洲桥，"金虹说，"地洲也不记得吗？"

我摇头。

"就是你出生的地方，地洲村呀。你的村前有一条河，河上有座桥，就叫地洲桥。"金虹说，她像一个保育院的老师启发幼童一样对我循循善诱。

"那地洲桥为什么会垮塌？"

"因为桥的质量出了问题，"金虹说，"上午刚举行竣工通车仪式，下午就垮塌了。"

"垮塌的时候我在哪？"

"你在河里的船上。"

"我在船上干什么？"

金虹说："你记得你有过妻子吗？"

我不摇头也不点头。

"你的妻子在英国去世了，"金虹说，"根据她的遗愿，把骨灰带回来，撒在你家村前的小河里。当时你在船上，往河里撒着你妻子的骨灰，桥突然就塌了，飞崩的石子砸中了你的脑袋。当时桥上还站着很多人，坠落下来，死了不少。"

"那我怎么没死？"我说。

"因为你的妻子不想你死，"金虹说，"我们都不想你死。"

"我的妻子不是已经死了吗？"

"她只是变成了鱼。"

我默默地看着天花板，想象天花板的上方是不是就是天堂。

"你现在想起什么了吧？"金虹说。

我仍然看着天花板，想象天花板上方的天堂。我的妻子住在那里。

"现在我是谁记起来了吧？"金虹说。

"你说你叫金虹。"

"那你是谁记得了吧？"

"你说我叫彰文联。"

金虹微微地摇头，露出失望的眼神，像是一个努力教学的老师面对一个智性很差的学生。

她突然眼睛一闪，像想起什么人。"你等等，我叫一个人来！"她说。然后她拿着手机出了病房。

不久，她带来了一个男人。

男人火急火燎地，他张开的双手，像一把大钳掐住我的肩膀，把我撬起来。"兄弟！很高兴你醒过来了！"他说，"让我好好看看你！"

我像被挖掘起来的树根被他看着，摸捏着，评头品足，估量我的价值。"嗯，好，不错，凹下的地方不凹了，削掉的皮肉长出来了。恢复得很完整，像模像样，出去又是一条好汉，兄弟！"

看他摆布我的架势，好像我是可以拿出去卖个好价钱的艺术根雕。我说："你是谁？"

他愣怔，像吃惊根雕也会开口说话。"我是谁你都不认得？"他说，"我是你的好兄弟李论呀！李论，记不记得？你的小学、中学同学，我们一个村的，同年考上大学，又同时考上副市长，不记得啦？"

我摇头，"不记得。"

李论说："我们一起做过很多事，小时候掏过马蜂窝，读大学放假的时候，我们在火车上一起卖过袜子，后来工作了我们又在同一个城市里，春节我们都是一起回家，记不记得？"

"不记得。"

"好事你不记得，坏事你总该记得吧？"李论说，"我们一起做过坏事。"他看了看金虹，再看看我，"什么坏事不用我说，我想你能记得一清二楚。"

我说不记得。

李论傻了。他看着金虹，耸耸肩，说："完了，连我都不记得，还记得谁呀？没用。"

金虹不死心，她坐到床的另一边，想了一会，说："我跟你说另外一个人。是一个比我大很多的女人。她比我们所有的人都爱你，是这个世界上最爱你的女人。自从你出事后，她一直陪伴在你的身旁，寸步不离地守侯你，永不放弃地呼唤你。因为长时期地呼唤你，本来结巴的她都不结巴了。又因为没日没夜地侍侯你，为你操心，她病倒了，现在还住在这家医院的普通病房里治疗。我现在就去看看，能不能把她带过来，你等着。"

金虹说完走出去。

李论说我跟你去。他也出去了。

我觉得我等了漫长的时间，金虹和李论才把世界上最爱我的女人带来了。

她在金虹和护士的搀扶下站在门口，苍白的头发和乌黑的脸，像是蔫了的干枯的向日葵，只有一双眼睛还保持着水分，泪汪汪地看着我。

我跟跄过去，匍匐到她的脚下，连哭带喊着："妈！妈！妈——"

2

母亲奇迹般康复了，就像我奇迹般恢复了记忆一样。

这天，决心回乡下去的母亲到高干病房来和我告别。

她把五千块钱塞给我，说："联儿，我住院治病的钱，医院就是不收，说有人已经替我出了。我不是公家的人，不能让公家替我出钱治病。你一定要把这些钱，替我还了。你是公家的人，也要想着公家，不要老呆在医院里。等一好利索，你就出院。啊？"

我答应母亲。

"你弟弟没有把造桥的事给管好，让桥给塌了。"母亲说，"他虽然没有跟乡长他们一起收别人的钱，但桥塌死了不少人，还伤了不少人，自己的哥哥也给伤了。你弟弟丢了我们彰家的脸，更对不起别人呀，那么多条命。他现在坐牢，是应该的。"她抹着泪水，"家里现在就只剩下他媳妇和我两个孙女，我不能不回去管管，可我又舍不得你。"

"妈，你回去吧妈，"我说，"我已经快好了，什么事情都已经能够自己做，你就放心，啊？"

母亲点头。

她坚持不让我送她，走了。

金虹后来跟我说，我母亲是坐班车走的，她只是把我的母亲送到车站，连车票都是我母亲自己掏钱。

我说："我母亲的住院费是不是你出的？"

金虹说："是我。"

我把母亲留给我的钱递给金虹，金虹不收。

我说："钱是肮脏的，但是经过我母亲的手挣来，就十分的干净、纯洁。"

金虹把钱收了。

"我什么时候可以出院？"我说。

金虹低了低头，又抬起来，"你可以长期地住下去。"她说。

我说："是不是我副市长的办公室已经有人进去坐了。"

"我想，只要你不出院，我可以来照顾你。"金虹说。

"但是我母亲是不会答应的。"

"你还可以回东西大学，做学问，当教授。"金虹说。

"是的，"我说，"什么都可以从头再来。就是爱情不能。"

"我想你能。"

我摇头。

"因为我能！"金虹说。她看着我，情意的目光把我照耀得周身发热，犹如当年我的妻子曹英自主与我恋爱的美好感觉。

但我最终避开了金虹的目光。

就像金虹最终离开了我。

我不需要再来电了。因为我心中有一盏灯，她永远不灭。

3

我的前司机韦海来看我。他带来了我的日记。

"我知道你有记日记的习惯，"韦海说，"你房门的钥匙我也还拿着，所以一听说你出事后，我就去把你的房门打开，把日记本拿走，保管起来，现在还给你。钥匙也给你。"

我从韦海仅有的一只手上接过日记本，但没有接受钥匙。我说："韦海，钥匙你留着，因为以后我还会继续写日记。我不写日记，也会写小说。"

韦海说："你的经历确实够写一本小说。"

我看着我的前司机韦海，看着他剩下的一条手臂，想着他另外一条在清查假文凭期间因车祸而失去的手臂，说："是我们的经历够写一本小说。"

韦海笑笑，说："那得加进爱情才行。没有爱情的小说没有人看。何况彰教授你的经历里，不缺爱情。"

我愣了愣，因为很久没有人叫我教授了。

韦海有点紧张，"对不起，你的大部分日记我都看了，是忍不住想看的。但前年的12月3日至去年的5月25日，我没看着。我没找到这部分的日记本。"

我笑笑，"你看有什么关系，说不定我还拿我的日记出来发表呢。你没找到我的那部分日记本，是我搞丢了。"

韦海松了一口气，却又长长地叹了一口气，说："可惜米薇已经疯了。"

我如雷轰顶,"你说什么?"

"米薇已经疯了。"韦海说。

"为什么?"

"她知道谁是她的亲生父亲,然后就疯了。"

我惶恐地问:"是谁?"

"姜市长,"韦海说,"姜春文市长竟然是米薇的亲生父亲,那她和姜市长的儿子姜小勇就是同父异母的兄妹。兄妹俩在不知道的情况下搞在一起,知道了谁都会疯。"

"那姜小勇呢?"

"他没疯,"韦海说,"但是也找不见了。也许去了国外,也许蒸发了。"

我不知惊魂失魄了多久,才记得问韦海:"米薇现在在哪?"

4

宁阳市精神病院竟然就像一座娱乐宫。我在狂欢的人群中找到了笑口大开的米薇。她正在观看疯子们的表演,却比表演的疯子们更加快乐。

快乐的米薇被护士带了出来。她站在我的面前,脸上的表情一收,像看见一种她不喜欢的动物,露出惊骇的神色。

护士指着我问她:"看看,这是谁?"

米薇说:"我爸爸。"

护士说:"他不是你爸爸。"

"爸爸,"米薇说,她拍起巴掌,"爸爸爸爸,爸爸爸,爸爸爸爸,爸爸,爸!"然后她嘻嘻地笑了。

我说:"米薇,我不是你爸爸。我是你的老师,彰文联,记得吗?"

米薇不回答,像没有听到我的话。她自顾自在我面前跳起舞来。

米薇自由的舞蹈,像是在旷野上的孔雀自如地开屏。

后记

感谢时间，让我争分夺秒地写作这部长篇小说。

感谢母亲，让我回忆起一切。

感谢司机韦海，他保存了我的日记。

感谢金虹，在我写作的过程中，她拿保尔·柯察金和奥斯特洛夫斯基来鼓励我。

感谢东西大学常务副校长黄杰林，他欢迎我重返大学，重领副教授的工资。我愿意回来。在我副市长一年试用期任满以后，我不再是副市长，我也只能回来。于是我回来了。我重新站在大学的讲坛上，教授盼我像盼星星月亮的学生。而事实上青春飞扬的学生们，就是我的星星和月亮。我想念他们，喜欢他们，愿与他们同辉。

感谢李论，他让我明辨善恶和是非。没有他的恶和贪欲，我至今仍执迷不悟。

感谢米薇，没有她，我将无地自容，也不会写作这部长篇小说。我把她从精神病院接了出来，悉心地照料她。她现在就在我身边，像小鸟一样看着我，等我不写作了，带她到校园里散步。

感谢宁阳市的人民，这是最值得我感谢的。他们将手中的选票，投给了我——我当选第十一届宁阳市人大代表，这使我感到意外和荣幸。而更令我感到意外的是，在人大会上，我竟然被大多数代表推举，提名我为副市长的候选人，并在投票中高票当选！

我不再感到荣幸,而是觉得责任重大。如果说我第一次任副市长是考上的话,那么这一次任副市长是由人民代表选上来的。说明我已经为人民交了一份满意的答卷,那么更让人民满意的答卷,等待我去完成。面对人民代表的信任和期待,我心甘情愿做一头耕耘的牛,或一匹拉车的马。

  面对米薇重新灿烂的笑脸,我谢天谢地,感谢生活和命运。

2005年3月3日

图书在版编目(CIP)数据

博士彰文联的道德情操/凡一平著. —上海：复旦大学出版社，2019.8
(复旦大学中文系"高山流水"文丛/陈引驰,梁永安主编)
ISBN 978-7-309-14436-9

Ⅰ.①博… Ⅱ.①凡… Ⅲ.①长篇小说-中国-当代 Ⅳ.①I247.5

中国版本图书馆 CIP 数据核字(2019)第 157354 号

博士彰文联的道德情操
凡一平　著

出　品　人　严　峰
责任编辑　宋文涛

复旦大学出版社有限公司出版发行
上海市国权路 579 号　邮编：200433
网址：fupnet@fudanpress.com　http：//www.fudanpress.com
门市零售：86-21-65642857　团体订购：86-21-65118853
外埠邮购：86-21-65109143　出版部电话：86-21-65642845
常熟市华顺印刷有限公司

开本 890×1240　1/32　印张 8.5　字数 202 千
2019 年 8 月第 1 版第 1 次印刷

ISBN 978-7-309-14436-9/I·1166
定价：45.00 元

如有印装质量问题，请向复旦大学出版社有限公司出版部调换。
版权所有　　侵权必究